CHRISTINA LAUREN

Christina Hobbs et Lauren Billing ont écrit à quatre mains la fanfiction *The Office*, téléchargée sur Internet plus de deux millions de fois, qui leur a ensuite servi de base pour le livre *Beautiful Bastard*. Depuis sa sortie aux États-Unis en février 2013, les droits de publication du roman ont été cédés dans une quinzaine de pays. En France, il s'est placé directement sur les listes des meilleures ventes. Les droits d'adaptation cinématographique ont été achetés par le studio allemand Constantin Films, producteur notamment de la série *Resident Evil*.
La suite de *Beautiful Bastard*, *Beautiful Stranger*, a paru en France en octobre 2013. Les deux romans ont été publiés aux Éditions Hugo & Cie.

BEAUTIFUL
BASTARD

CHRISTINA LAUREN

BEAUTIFUL
BASTARD

*Traduit de l'anglais (États-Unis)
par Margaux Guyon*

HUGO ROMAN

Titre original :
BEAUTIFUL BASTARD

© 2013 par Lauren Billings Luhr et Christina Hobbs Verstra
© 2013, Hugo et Compagnie
ISBN : 978-2-266-24326-1

Au SM pour nous avoir inconsciemment rapprochées,
À l'univers des fans pour avoir officialisé
notre collaboration,
Et à nos maris,
pour s'être accommodés de la situation !

CHAPITRE 1

Mon père disait toujours : « La meilleure façon d'apprendre un job, c'est de passer beaucoup de temps à regarder faire les autres. »

« Pour arriver en haut de l'échelle, il faut commencer par le bas, ajoutait-il. Deviens celle dont le P-DG ne pourra plus se passer. Son bras droit. Fais en sorte de leur plaire, et ils te mettront le grappin dessus à la seconde même où tu obtiendras ton diplôme. »

Alors je suis devenue irremplaçable. Et, sans aucun doute, *le* bras droit. Mais en l'occurrence, je suis le bras droit qui, la plupart du temps, doit se retenir de foutre son poing dans la sale gueule du directeur en question.

Mon boss, M. Bennett Ryan. *Beautiful bastard.*

J'ai le ventre noué rien qu'en y pensant : grand, beau, le mal incarné. Le type le plus puant, le plus imbu de lui-même que j'aie jamais rencontré.

J'ai eu droit à tous les potins des secrétaires au sujet de ses frasques légendaires. On croit rêver : tout ça juste parce qu'il est beau gosse ? Mon père disait aussi : « Tu t'apercevras vite que quand on regarde quelqu'un, on n'en voit que la moitié. » J'ai eu ma dose de mecs insupportables ces dernières années, j'ai même couché avec quelques-uns d'entre eux entre le lycée et l'université. Mais celui-ci les surpasse tous – et de loin !

— Ah ! Vous voilà, mademoiselle Mills !

M. Ryan se tient dans l'embrasure de la porte de mon bureau, qui sert de vestibule au sien. Une voix tout sucre tout miel, avec quelque chose qui sonne faux – du miel trop dur, impossible à tartiner. Et des cailloux à la place du sucre.

J'acquiesce d'une grimace. Après avoir renversé de l'eau sur mon téléphone, fait tomber mes boucles d'oreilles dans le trou du lavabo, avoir eu un carton sur l'autoroute et dû attendre que la police arrive pour constater ce que tout le monde savait déjà – que c'était l'autre qui était en tort –, la dernière chose dont j'avais besoin ce matin, c'était d'une remarque acerbe de mon boss.

Manque de bol, M. Ryan ne connaît pas d'autre ton.

Je lui lance légèrement : « Bonjour, monsieur Ryan ! » avec l'espoir qu'il me gratifiera de son habituel hochement de tête sec en retour.

Mais quand je tente de m'éclipser pour atteindre mon bureau, il grogne :

— Oui ? Bon... *jour*, mademoiselle Mills... Quelle heure est-il dans votre petit monde ?

Je m'arrête et croise son regard glacial. Il a vingt bons centimètres de plus que moi – avant de travailler avec lui, je ne m'étais jamais sentie aussi petite. Ça fait six ans que je suis chez Ryan Media Group. Et depuis son retour à l'entreprise familiale, neuf mois en arrière, je me suis mise à porter le genre de talons que je considérais jusque-là réservés aux top models de Dolce&Gabbana, tout ça pour arriver à peu près au niveau de ses yeux. Et, même ainsi, je dois toujours relever la tête pour le regarder. Ça l'enchante, visiblement – ses yeux noisette brillent chaque fois d'un éclat suspect.

— J'ai eu un début de journée plutôt désastreux... Ça ne se reproduira plus, je lui réponds, rassurée – ma voix n'a pas tremblé.

Je n'ai jamais été en retard, vraiment jamais. Mais c'est bien son genre d'en faire tout un plat la première fois que ça arrive ! Au bout de quelques minutes, je finis par me faufiler jusqu'à mon bureau, je range mon sac et mon manteau dans un placard et j'allume l'ordinateur. L'air de rien – comme s'il ne se tenait pas à la porte, à scruter le moindre de mes mouvements.

— « Un début de journée désastreux »... Oui, c'est une description assez juste de ce que j'ai eu à gérer en votre absence. J'ai téléphoné *personnellement* à Alex Schaffer pour lui faire oublier qu'il n'a pas eu les contrats signés à l'heure prévue, c'est-à-dire 9 heures, heure de la côte Est. J'ai dû, *personnellement*, appeler Madeline Beaumont pour lui dire qu'on continuait bien le projet comme c'était prévu. Bref, j'ai fait votre travail *et* le mien ce matin. Vous pouvez sûrement, même avec « un début de journée désastreux », réussir à être là à 8 heures ? Il y en a ici qui se lèvent et commencent à travailler avant l'heure du brunch, vous savez...

Je lui jette un coup d'œil. Il n'a pas bougé et me fixe d'un regard noir, furieux, les bras croisés sur sa large poitrine. Putain, tout ce cirque pour une heure de retard ! Je cligne des yeux, délibérément, pour ne pas avoir l'air de remarquer que sa veste noire cintrée se tend au niveau de ses épaules athlétiques. J'avais fait l'erreur fatale de passer par la salle de gym de l'hôtel pendant un congrès, le premier mois où nous travaillions ensemble. Je l'avais trouvé torse nu et transpirant, à côté du tapis roulant. N'importe quel mannequin tuerait pour avoir son visage et ses cheveux, les plus incroyables qu'il m'ait été donné de voir sur un homme. La crinière « retour de baise » : c'est comme ça que les filles d'en bas l'appellent et, selon elles, elle vaut bien ce titre de noblesse. L'image – il épongeait sa large poitrine avec son T-shirt – reste gravée dans mon esprit.

Bien sûr, il avait tout foutu en l'air rien qu'en ouvrant la bouche : « Content de voir que vous vous intéressez enfin à votre forme physique, mademoiselle Mills. »

Connard…

— Je suis désolée, monsieur Ryan, j'ai fini par répondre, un brin ironique. J'imagine à quel point cela a dû être pénible pour vous de devoir utiliser un fax et décrocher un téléphone. Je vous l'ai dit et le répète, cela ne se reproduira plus.

— Voilà une bonne résolution, et j'y veillerai, réplique-t-il avec un sourire présomptueux qui étire ses lèvres.

Ce type serait parfait s'il consentait à garder la bouche fermée. Un peu de ruban adhésif ferait l'affaire. J'en ai dans un tiroir de mon bureau. Je sors parfois le rouleau pour le caresser, espérant lui offrir un jour le rôle qu'il mérite.

Il reprend :

— Et juste pour que cet incident ne vous fasse perdre la mémoire, j'aimerais avoir sur mon bureau, à 17 heures, le tableau complet des statuts pour les projets Schaffer, Colton et Beaumont. Puis vous rattraperez l'heure perdue ce matin en faisant une simulation de la présentation du dossier Papadakis pour moi, en salle de conférence. Si vous comptez gérer ce dossier, vous avez intérêt à me prouver que vous en avez la capacité.

Mes yeux s'écarquillent tandis qu'il tourne les talons et claque la porte de son bureau derrière lui. J'hallucine ! Il sait très bien que je suis en avance sur ce projet sur lequel se fonde ma thèse de MBA. Il me reste plusieurs mois pour finir mon PowerPoint, avant que les contrats soient signés – ce qui n'est pas à l'ordre du jour, ils n'ont pas même été entièrement rédigés. Maintenant, avec tout ce que j'ai sur le dos, il veut que je mette en place une simulation de présentation dans… Je regarde ma montre. Génial, j'ai sept heures et demie devant moi, si je saute le déjeuner. J'ouvre le dossier Papadakis et je m'y plonge.

Ils commencent tous à sortir pour déjeuner, pendant que je reste scotchée à mon bureau avec un café et un sachet de fruits secs tout droit sortis du distributeur automatique. D'habitude, soit je mange sur place des restes de mon dîner de la veille que j'ai apportés de chez moi, soit je sors grignoter un truc avec les autres stagiaires. Mais aujourd'hui, je joue la montre. La porte extérieure du bureau s'ouvre et je relève la tête, souriant à mon amie Sara qui entre. Elle suit le même programme de stage de MBA chez Ryan Media Group que moi, mais en comptabilité.

— On va déjeuner ? demande-t-elle.

— Écoute, Sara, je suis vraiment désolée. Je sais que je te l'avais promis, mais là je suis en galère.

Je lui adresse une mine confuse et son sourire devient moqueur.

— Encore un coup du boss ? ricane-t-elle en s'asseyant sur le bord de mon bureau.

Sara ne travaille pas pour lui, mais elle sait tout de Bennett Ryan – comme tout le monde, d'ailleurs. Il est une légende vivante dans la boîte : le plus jeune fils du fondateur de l'entreprise (Elliott Ryan) et, de notoriété publique, le génie du Mal. Bennett ne tolère pas d'être remis en question, par qui que ce soit. Putain, si je n'étais pas aussi compétente dans mon job et si j'avais moins d'ancienneté, je ne serais même pas autorisée à faire le quart de ce que je fais.

— Je suis totalement sous l'eau, me justifié-je en chassant mes cheveux devant mes yeux. Même si j'avais un clone qui bossait pour moi, je n'arriverais pas à tout finir à temps.

— Ne te laisse pas faire par ce sale con. On sait tous qui se tape réellement le boulot ici, Chloé.

Sara me sourit et quitte le bureau.

Je remonte un peu ma jupe et je me penche pour inspecter mes jambes :

— Et en plus de toute cette merde, fais-je, en entendant Sara revenir, j'ai déjà filé ces putains de bas. Je ne vois pas comment cette journée pourrait être...

Je relève les yeux et le mot « pire » se gèle sur mes lèvres quand je vois que ce n'est pas Sara qui se tient là. Je rougis jusqu'aux oreilles et baisse rapidement ma jupe.

— Je suis désolée, monsieur Ryan, je...

— Mademoiselle Mills, puisque vous et les autres employées avez assez de temps pour discuter de vos soucis de lingerie, en plus de mettre en place la présentation Papadakis, vous descendrez au bureau de Willis pour récupérer l'analyse et la segmentation de marché de Beaumont.

Il me tourne le dos et arrange sa cravate en regardant son reflet dans la fenêtre :

— Vous pensez que vous pourrez y arriver ?

Il vient de me traiter d'employée ou je rêve ? Bien sûr, en tant que stagiaire, j'assume souvent les tâches d'une assistante – basique –, mais il sait très bien que je travaillais ici depuis des années quand j'ai reçu la bourse JT Miller de la Northwestern University. Dans quatre mois, j'obtiendrai mon Master de Business.

Obtenir mon diplôme et me casser au plus vite pour ne plus recevoir tes ordres. Je lève les yeux et je rencontre son regard étincelant :

— Je demanderai à Sam si elle…

— Ce n'était pas une suggestion, me coupe-t-il. *Vous* irez les chercher, mademoiselle Mills.

Il me fixe quelques instants, la mâchoire serrée, avant de rentrer brusquement dans son bureau.

Non mais quel est son problème ? Claquer les portes comme un adolescent, est-ce vraiment nécessaire ? J'attrape mon blazer sur le dos de la chaise et je file, direction nos bureaux satellites, situés à quelques blocs de là.

De retour, je frappe à sa porte. Pas de réponse. Je tourne la poignée : la porte est verrouillée. Il devait tirer un coup rapide de fin d'après-midi avec une princesse d'un quelconque fonds fiduciaire, pendant que je parcourais Chicago dans tous les sens comme une folle. J'introduis la chemise de papier kraft dans la fente à lettres, en espérant que les papiers se répandront partout et qu'il devra s'agenouiller pour les ramasser

15

lui-même. Ça ne lui ferait pas de mal. Et j'aime assez l'imaginer à genoux, en train de rassembler les feuilles éparses. Mais là encore, tel que je le connais, il ne manquerait pas de m'appeler dans son trou à rats en environnement stérile pour que je le fasse à sa place, en me regardant, moi, à quatre pattes. Et en ricanant.

Quatre heures plus tard, la mise à jour des statuts est terminée, mes slides sont presque en ordre et je ris nerveusement – quelle journée de merde... Je rêve à un meurtre très sanglant et très élaboré du mec de chez Kinko. Je ne lui demandais pas la lune : faire quelques photocopies, relier les pages entre elles. Ç'aurait dû être un jeu d'enfant. J'arrive et hop, je repars. Mais, non. Ça a pris *deux heures*.

Je traverse en courant le hall sombre de l'édifice, vide à cette heure, les documents pour la présentation pêle-mêle entre mes bras, et je jette un coup d'œil à ma montre. 17 h 30. Ryan va me faire la peau. J'ai vingt minutes de retard et, comme il me l'a fait remarquer ce matin, il déteste les gens en retard. « Retard » n'existe pas dans le dictionnaire de Bennett-Ryan-tête-de-con. En sont absents également les mots « cœur », « gentillesse », « compassion », « pause-déjeuner » et « merci ».

Me voilà en train de cavaler à travers les salles vides dans mes pompes italiennes, les fameux stilettos à plate-forme de quatorze centimètres de haut, pour rejoindre la guillotine.

Respire, Chloé. Il sent la peur.

Je tente de calmer mon souffle et ralentis aux abords de la salle de conférence. Liseré de lumière sous la porte close. Il y est déjà, il m'attend. Je lisse mes cheveux et j'efface les plis de mes vêtements tout en rangeant le paquet de documents. Profonde inspiration. Je frappe à la porte.

— Entrez !

J'avance dans la pièce chaleureusement éclairée. La salle de conférence est gigantesque – l'un des murs est saturé de grandes fenêtres du sol au plafond, avec une vue imprenable sur Chicago, du dix-huitième étage. Le ciel est assombri par le crépuscule, les fenêtres éclairées des gratte-ciel se détachent sur l'horizon. Au centre de la salle se trouve une large table de bois lourd et, en face de moi, tout au bout, M. Ryan.

Il est assis, sa veste de costume pendue à la chaise derrière lui, la cravate desserrée, les manches de sa chemise d'un blanc éclatant sont relevées ; son menton est appuyé dans les paumes de ses mains. Ses yeux me scrutent intensément, mais il ne dit rien.

— Je suis vraiment désolée, monsieur Ryan, commencé-je d'une voix encore tremblante, en respirant avec difficulté. Le temps d'imprimer les...

Je me tais. M'excuser ne m'aidera en rien. Et je ne vais pas le laisser me reprocher quelque chose qui ne dépend pas de moi. Qu'il aille se faire foutre. Avec mon courage tout neuf, je relève le menton et marche jusqu'à lui.

Je trie mes papiers, en évitant son regard, et place une copie de la présentation sur la table :

— Je peux commencer ?

Il ne répond pas, je sens tout à la fois ses yeux perçants sur moi et mon courage qui faiblit. Tout serait tellement plus facile s'il n'était pas aussi attirant. Il fait un geste vers les documents devant lui, m'enjoignant de continuer.

Je me racle la gorge et je commence ma présenta-

17

tion. Pendant que je développe les différents aspects de l'offre, il reste silencieux, à contempler sa copie de la docu. Pourquoi est-il si calme ? Ses crises de colère, je connais. Mais cet étrange silence ? C'est… troublant.

J'étais penchée vers la table, je lui montrais une série de graphes quand c'est arrivé.

— Leur prévision pour la première étape clé est un peu ambi…

Je m'arrête en pleine phrase, le souffle coupé. Sa main appuie doucement sur le bas de mon dos avant de descendre, s'immobilisant sur mes fesses. En neuf mois de travail avec lui, il ne m'a jamais même effleurée – pas volontairement, en tout cas.

Et là, c'est clairement volontaire.

La chaleur de sa main se déplace sous ma jupe, ma peau s'électrise. Chaque muscle de mon corps se tend, mon ventre se liquéfie. Mais qu'est-ce qu'il fout ? Mon cerveau me crie de repousser cette main, de lui dire de ne plus jamais me toucher, mais mon corps a une autre idée. Les pointes de mes seins se dressent, je serre les dents pour toute réponse. *Trahison pectorale.*

Mon cœur saute dans ma poitrine, une longue minute passe, ni lui ni moi ne prononçons le moindre mot. Sa main explore ma cuisse, ses caresses se font plus insistantes. Nos respirations et le bruit sourd de la ville, en dessous, brisent seuls le calme de la salle de conférence.

— Retournez-vous, mademoiselle Mills, ordonne-t-il d'une voix calme.

Je me redresse, les yeux dans le vague. Je pivote lentement sur mes talons, sa main me parcourt rapidement et glisse sur ma hanche. Je la sens se déployer, le bout de ses doigts dans mon dos, et son pouce qui presse la peau douce de mon pelvis. Nous nous regardons à la dérobée.

Sa poitrine monte et descend, sa respiration est rauque. Sa mâchoire bien dessinée a un mouvement convulsif au moment où son pouce bouge, lentement, d'avant en arrière. Ses yeux ne me quittent pas. Il attend que je l'arrête, ce que j'aurais pu faire depuis plusieurs minutes déjà, le repousser, ou simplement tourner les talons et sortir de la pièce. Mes émotions sont bien trop contradictoires pour que je puisse réagir. Je n'ai jamais ressenti ça et je ne me serais jamais attendue à ressentir ça pour *lui*. J'ai envie de le gifler, puis de le tirer par sa chemise et de lui lécher le cou.

— À quoi pensez-vous ? murmure-t-il, le regard plein d'excitation et d'anxiété à la fois.

— Je me le demande bien...

Ses yeux toujours rivés aux miens, il fait coulisser sa main plus bas. Ses doigts sillonnent ma cuisse, jusqu'à l'ourlet de ma jupe. Il la remonte, ses mains redessinent l'élastique de ma jarretière, la dentelle de mes bas. Un long doigt s'introduit sous la matière fine et la fait descendre doucement. Je fonds littéralement, je suis brûlante.

Comment est-ce que je fais pour laisser mon corps réagir comme ça ? J'ai toujours envie de le gifler, mais maintenant, plus encore, je souhaite qu'il continue. Le désir monte entre mes jambes. Il arrive au bord de ma culotte et passe ses doigts sous le tissu. Je le sens glisser contre ma peau et frôler mon clitoris avant de me pénétrer. Je mords mes lèvres, essayant, sans succès, de réprimer un gémissement. Quand je baisse les yeux sur lui, la sueur perle entre ses sourcils.

— Pour être trempée, tu es trempée...

Il ferme les yeux, sûrement en train de mener la même bataille interne que moi. Je jette un coup d'œil à ses genoux, il froisse le tissu lisse de son pantalon. Sans ouvrir les yeux, il retire son doigt et écrase la dentelle de ma culotte dans sa main. Il tremble en me regardant, il a une expression furieuse. Il déchire la dentelle d'un geste sec. Le bruit de l'étoffe qui rend l'âme résonne dans le silence.

Il m'attrape par les hanches sans ménagement, me soulève et me pose sur la table. Sensation du bois froid. Il m'écarte les jambes. Je gémis involontairement au moment où ses doigts reviennent en moi, glissent sur mes jambes puis me fouillent. Je méprise cet homme avec une hargne singulière, mais mon corps me trahit – j'en veux toujours plus. C'est qu'il fait ça bien… Ses caresses n'ont rien à voir avec les attouchements amoureux auxquels je suis habituée. Lui, c'est un homme qui obtient toujours ce qu'il veut, et ce qu'il veut, là, maintenant, c'est moi. Ma tête tombe sur le côté alors que je m'allonge sur mes coudes, sentant un orgasme s'approcher à vive allure.

À ma grande horreur, je murmure :

— Encore…

Il arrête de bouger, ressort ses doigts et les rassemble dans son poing fermé devant lui. Je m'assois, j'attrape sa cravate de soie et j'attire brusquement sa bouche contre la mienne. Ses lèvres sont aussi parfaites qu'elles en ont l'air, fermes et douces. Je n'ai jamais été embrassée par quelqu'un connaissant aussi clairement toutes les manières de me faire presque totalement perdre la tête.

Je mords sa lèvre inférieure et mes mains ont vite fait d'ouvrir sa ceinture, je joue avec la boucle :

— Vous avez intérêt à être prêt à finir ce que vous avez commencé, monsieur Ryan.

Un bruit sourd, de rage contenue, monte de sa gorge. Il prend mon chemisier entre ses mains et l'ouvre en le déchirant. Les boutons de soie ricochent sur la grande table de conférence.

— Je compte faire plus que ça, mademoiselle Mills, fait-il.

Ses mains montent jusqu'à mes côtes, puis mes seins, ses pouces agacent les pointes tendues, son regard sombre fixé sur l'expression de mon visage. Ses mains sont grandes et rugueuses, il me fait presque mal, mais, au lieu de grimacer ou de me dégager, j'appuie sur ses paumes. J'en veux davantage, et plus fort.

Il grogne, la pression de ses doigts s'accentue. Je pense que je vais avoir des bleus et, étrangement, j'espère en avoir. Je veux me rappeler cette sensation, cette certitude totale de ce que désire mon corps, complètement déchaîné.

Il se penche et mord mon épaule. Il murmure :

— Tu es très excitante.

Impatiente, je m'affaire à baisser la fermeture Éclair de son pantalon, qui tombe par terre avec le boxer. Je serre sa queue, très fort, je la sens vibrer entre mes doigts.

La manière dont il a prononcé mon nom – « *Mills* » – aurait dû déclencher un élan de rage en moi, mais je ne suis plus que désir – pur désir. Il remonte brutalement ma jupe sur mes cuisses et me pousse contre la table. Sans me laisser le temps de dire quoi que ce soit, il attrape mes chevilles et sa verge s'avance vers moi. Il s'enfonce au plus profond.

Je n'arrive pas même à être horrifiée par la longue

plainte qui s'échappe de mes lèvres – c'est diaboliquement agréable.

— Qu'est-ce que c'est que ça ? siffle-t-il entre ses dents serrées.

Ses hanches frappent contre mes cuisses, il me pénètre à fond.

— Jamais été baisée comme ça, hein ? C'est vrai, tu ne serais pas si excitante si tu étais correctement baisée.

Pour qui se prend-il ? Et pourquoi diable ça m'excite tant qu'il ait raison ? Je n'ai jamais baisé ailleurs que dans un lit, et ça ne m'a jamais fait un tel effet.

— J'ai déjà eu mieux.

Il rit, d'un petit rire moqueur :

— Regarde-moi.

— Non.

Il se retire pile au moment où j'allais jouir. Un moment, je crois qu'il va vraiment me laisser comme ça. Mais il m'attrape par le bras et me force à descendre de la table, ses lèvres pressées contre les miennes et sa langue dans ma bouche.

— *Regarde*-moi, répète-t-il.

Et finalement, j'y arrive – depuis qu'il n'est plus en moi. Il cligne des yeux, lentement, ses longs cils bruns frôlent ses joues, et il dit :

— Demande-moi de te baiser.

Le ton ne va pas. C'est presque une question, mais ses mots lui ressemblent – pur salaud. Je veux qu'il me baise, j'en crève. Mais il est hors de question que, moi, je lui demande quoi que ce soit.

Je baisse la voix et lui rend son regard :

— Vous êtes un sale con, monsieur Ryan.

Son sourire me confirme que tout ce qu'il veut de

moi, il l'a déjà. J'ai envie de lui balancer un coup de genou dans les couilles, mais la pensée que je ne pourrais plus obtenir de lui ce que je veux par-dessus tout me dissuade de le faire.

— Dites « s'il vous plaît », mademoiselle Mills.

— *S'il vous plaît*, allez vous faire foutre.

Quelques secondes plus tard, je suis contre la fenêtre glacée, mes seins s'écrasent sur la vitre. Le contraste entre la température du verre et celle de ma peau me fait gémir. Je suis en feu, chaque parcelle de mon corps désire sentir ses mains rugueuses, sa queue si dure.

— Au moins, tu es cohérente, marmonne-t-il dans mon oreille avant de mordre mon épaule.

Il donne un coup de pied dans mes chevilles :

— Écarte les jambes !

J'obéis et, sans aucune hésitation, il prend mes hanches à pleines mains et m'attire à lui avant de me pénétrer une nouvelle fois.

— Tu aimes le froid ?

— Oui.

— Petite obsédée, sale perverse. Tu aimes être regardée, n'est-ce pas ? murmure-t-il, en prenant le lobe de mon oreille entre ses dents. Tu aimes l'idée que tout Chicago puisse relever la tête et te voir en train de te faire baiser, et en déguster chaque minute, tes jolis nichons collés contre la fenêtre.

— Taisez-vous, vous êtes en train de tout gâcher, dis-je.

Alors que ce n'est pas le cas. Mais alors, pas du tout. Sa voix grave m'excite encore plus.

Il rit dans mon oreille, il a probablement remarqué qu'il me fait tressaillir.

— Tu veux qu'ils te voient jouir, hein ?

Je gémis pour toute réponse, incapable d'articuler un mot sous ses coups de butoir. La part de moi qui le déteste est en train de se dissoudre comme du sucre sous ma langue, et la part qui désire tout ce qu'il veut bien me donner grandit, fougueuse et exigeante.

— Dis-le. Tu veux jouir, mademoiselle Mills ? Réponds ou j'arrête et je t'oblige à me sucer à la place, grince-t-il, allant toujours plus loin, à chaque à-coup. Dis-le-moi !

Il se penche, lèche mon oreille et la mord brièvement :

— Je te promets que je te ferai jouir.

— S'il vous plaît, je réponds, fermant les yeux pour oublier tout le reste et le sentir, seulement le sentir. S'il vous plaît. Oui.

Il s'incline légèrement et prend mon clitoris entre ses doigts, il le caresse – la pression et le rythme parfaits. Je sens son sourire contre mon cou et, quand il ouvre la bouche et presse ses dents contre ma peau, j'explose. La chaleur envahit ma colonne vertébrale, s'enroule dans mes hanches et entre mes jambes. Je me redresse et me colle contre lui. Mes mains s'appuient contre la fenêtre, mon corps entier frémit, plein de l'orgasme qui me prend, me laissant le souffle coupé. Quand ça s'arrête enfin, il se retire et se tourne vers moi, baissant la tête pour m'embrasser le cou, le visage, la lèvre inférieure.

— Dis merci, chuchote-t-il.

J'enfonce ma main dans ses cheveux et les tire, espérant obtenir une réaction et voir s'il est sous contrôle ou en plein délire. *Mais qu'est-ce qu'on est en train de faire ?*

Il s'appuie sur mes mains et m'embrasse le cou, il presse son érection contre mon ventre :

— Maintenant, fais ce que tu as à faire.

Je libère une main et je descends vers sa queue, je commence à le branler. Il est lourd, long et parfait dans ma paume. J'ai failli le lui dire, mais plutôt crever que de lui faire savoir à quel point il est merveilleux. Je me dégage de ses lèvres, je le regarde avec les yeux vides.

— Je vais vous faire jouir si fort que vous oublierez que vous êtes le plus gros con du monde, dis-je, glissant contre la vitre avant de le prendre entièrement dans ma bouche, jusqu'au fond de ma gorge.

Il se crispe et gémit profondément. Je relève les yeux, ses mains et son front sont appuyés contre la fenêtre. Il a fermé les yeux. Il a l'air vulnérable – sublime dans son abandon.

Mais il *n'est pas* vulnérable. Il est le plus gros enfoiré de la planète, et moi, je suis à ses genoux. Impossible.

Au lieu de lui donner ce qu'il veut – et je sais pertinemment ce qu'il veut –, je me relève, descends ma jupe et le dévisage enfin. C'est plus facile maintenant qu'il ne me touche plus et ne me fait plus sentir toutes ces choses qui n'ont pas lieu d'être.

Ni l'un ni l'autre ne regardons ailleurs.

— Mais qu'est-ce que tu fous ? grince-t-il. Mets-toi à genoux et ouvre la bouche.

— Compte là-dessus…

Je remets mon chemisier sans boutons et je sors de la salle de conférence, en priant pour que mes jambes flageolantes ne me trahissent pas.

De retour à mon bureau, j'attrape mon sac et enfile mon blazer, dont j'essaie désespérément de fermer le bouton de mes doigts tremblants. Ryan n'est toujours pas réapparu et je cours jusqu'aux ascenseurs, priant Dieu pour qu'il n'arrive pas avant que je sois partie.

Je m'oblige à ne pas y penser avant d'être sortie – vraiment sortie – de la boîte. Je l'ai laissé me sauter, m'offrir l'orgasme le plus délicieux de ma vie, et je l'ai abandonné avec son pantalon sur les chevilles, dans la salle de conférence de la boîte, avec les couilles les plus bleues de l'histoire de l'humanité. Si c'était arrivé à une autre fille, je lui taperais dans la main – *high five* ! Dommage que ce ne soit pas le cas.

Merde.

La porte s'ouvre et j'appuie sur le bouton. Je regarde les étages défiler. Dès que l'ascenseur est au rez-de-chaussée, je cours plus que je ne marche dans le hall. J'entends le type de la sécurité dire quelque chose à propos du travail à une heure pareille, je lui fais seulement un signe de la main et je m'éloigne en accélérant.

À chaque pas, la douleur entre mes jambes me rappelle les événements de ces dernières heures. J'arrive jusqu'à ma voiture, je désactive l'alarme, m'engouffre à l'intérieur et m'effondre dans le havre de sécurité des sièges en cuir. Je me regarde dans le rétroviseur.

Putain, mais c'était quoi ce bordel ?

CHAPITRE 2

Putain. J'ai vraiment merdé.

Je fixe le plafond depuis mon réveil – une demi-heure déjà. Cerveau : du grand n'importe quoi. Bite : érection tenace.

Encore en érection.

J'ai eu beau me branler hier soir, plusieurs fois après son départ, ça ne voulait pas redescendre. Je ne pensais pas que ce soit humainement possible, mais c'est cent fois pire que les cent fois où je me suis réveillé comme ça. Parce que cette fois, je sais ce que je rate. Elle ne m'a même pas fait jouir, la chienne...

Neuf mois. Neuf putains de mois dans cet état, de bon matin. Neuf mois de fantasmes incessants, sur quelqu'un dont je n'ai même pas vraiment envie. Bon, je ne suis pas totalement honnête sur ce coup-là. J'ai envie d'elle. Je n'ai jamais eu à ce point envie d'une femme – jamais. Le problème, c'est que je la déteste.

Elle me déteste également. Elle me déteste *pour de bon*.

En trente et un ans, je n'ai jamais rencontré

personne qui sache aussi bien appuyer là où ça fait mal. Mademoiselle Mills...

La simple évocation de son nom me met dans un état insurrectionnel. *Sale traîtresse de bite.* Je jette un œil sur mes draps – une bosse prometteuse. Mais de quoi ? Cet appendice stupide m'a mis dans un de ces pétrins... Je me frotte les yeux et je m'assois dans le lit.

Pourquoi n'ai-je pas réussi à la garder dans mon pantalon ? J'y suis bien parvenu pendant presque un an. Et ça a marché ! J'ai gardé mes distances, j'ai joué au patron exigeant. Putain, j'en suis presque à admettre que j'ai agi comme un vrai salaud. Et j'ai tout foutu en l'air. En juste une minute, assis dans cette pièce si calme, son odeur qui me submerge et cette fichue jupe, son cul dans ma gueule. J'ai craqué.

J'étais sûr que l'avoir une fois suffirait à me décevoir, que cette lubie me passerait. Que j'aurais la paix – enfin. Et me voilà, dans mon lit, à bander comme si je n'avais pas joui depuis des semaines. Des semaines... Coup d'œil au réveil – ça ne fait que quatre heures.

Je prends une douche rapide et je frotte mon corps avec violence, pour effacer toute trace d'elle, toute trace d'hier soir. Ça va s'arrêter. *Ça doit* s'arrêter. Bennett Ryan n'agit pas comme un adolescent en rut. Et je ne vais certainement pas me mettre à draguer au bureau. La dernière chose dont j'ai besoin, c'est d'un pot de colle qui me rendrait la vie impossible. Je ne laisserai pas Mlle Mills avoir ce pouvoir sur moi.

Tout était tellement plus simple *avant*. Ça me semblait terrible, mais là, je suis en train de vivre mille fois pire. Je sais ce que je rate.

Elle arrive au moment où j'entre dans mon bureau. Après son départ d'hier soir, presque en sprintant, deux scénarios sont envisageables. Soit elle me fait les yeux doux, pensant que notre petite incartade d'hier soir signifie quelque chose, que *nous* signifions quelque chose. Soit elle me fait la peau.

Si elle parle, je perds mon job et tout ce pour quoi j'ai travaillé jusqu'à présent. Pourtant, j'ai beau la détester, je ne la vois pas agir de la sorte. Si j'ai appris quelque chose de Mills, c'est qu'elle est digne de confiance, et loyale. Elle peut être odieuse, mais certainement pas du genre à me jeter aux lions. Elle bosse chez Ryan Media Group depuis l'université – ce n'est pas pour rien – et elle obtiendra son MBA dans quelques mois. Elle pourra choisir le job qu'elle voudra. Elle ne prendra pas le risque de tout faire foirer.

Ça m'étonnerait beaucoup qu'elle m'ignore complètement. La voilà qui avance dans un trench-coat à hauteur du genou. Il masque ce qu'elle porte dessous, mais dévoile ses jambes fantastiques – un grand moment.

Oh ! merde… Si elle porte ces chaussures, il y a beaucoup de chances… *Non, pas cette robe ! Pitié, pour l'amour de Dieu, pas cette robe !* Je

29

n'aurai pas le courage d'affronter ça aujourd'hui, c'est clair.

Je la dévisage pendant qu'elle pend sa veste dans le placard. Elle s'assoit à son bureau.

Cette fille a le pire sex-appeal du monde entier.

C'est la robe blanche. Avec un décolleté plongeant parfait pour souligner la peau lisse de son cou et la naissance de ses épaules. La couleur du tissu met en valeur ses seins magnifiques. Cette robe est le poison mortel de mon existence – mon paradis et mon enfer, délicieusement emballés.

L'ourlet tombe juste sous les genoux, c'est la chose la plus sexy qu'il m'ait été donné de voir. Pas affriolant du tout, mais avec un truc dans la coupe et dans ce foutu blanc virginal qui me fait bander presque toute la journée. Elle lâche toujours ses cheveux quand elle s'habille comme ça. Dans un de mes fantasmes récurrents, je défais son chignon avant d'attraper sa chevelure à pleines mains et de la baiser.

Putain, elle me rend fou.

Elle ne m'a toujours pas accordé un regard. Je me détourne d'elle et je me précipite dans mon bureau, en claquant la porte derrière moi. Pourquoi me fait-elle tant d'effet ? Rien ni personne ne m'a jamais distrait de mon travail, elle est bien la première. Je ne l'en déteste que davantage.

Une part de moi ressasse le souvenir de son expression de victoire quand elle m'a laissé hier, haletant, à deux doigts de la supplier de me faire jouir. Cette fille a un sacré culot.

Je ravale un sourire et je me concentre pour continuer à la détester.

Travailler. Je vais me focaliser sur ce que j'ai à faire et arrêter de penser à elle. Je marche jusqu'à mon bureau et je m'assois, en tentant de fixer mon attention sur n'importe quoi. Tout sauf la sensation de ses lèvres sublimes sur ma queue, hier soir.

Pas très convenable, Bennett.

J'ouvre mon ordinateur portable pour vérifier mes rendez-vous du jour. Mes rendez-vous... Merde alors. Cette garce en a une version plus récente dans *son* ordinateur. Avec un peu de chance, je ne manquerai aucune réunion ce matin. Parce qu'il est hors de question que j'appelle la reine des glaces ici, sauf nécessité absolue.

Je passe en revue une feuille de calcul quand on frappe à ma porte.

— Entrez, fais-je.

Une enveloppe blanche s'écrase sur mon bureau, comme une gifle. Mes yeux se lèvent jusqu'à Mlle Mills, qui m'observe, défiante, les sourcils relevés. Elle sort de mon bureau sans une explication.

Je fixe l'enveloppe, paniqué. Si c'est une lettre officielle détaillant ma conduite et m'indiquant son intention d'entreprendre des poursuites pour harcèlement sexuel... Je m'attends à un en-tête et à sa jolie signature proprette au bas de la page – mais pas au reçu d'un achat Internet… sur le compte de l'entreprise.

Je saute de ma chaise et sors du bureau, presque en courant, derrière elle. Elle se dirige vers la cage d'escalier. Bien. Nous sommes au dix-huitième étage, personne, à part peut-être elle et moi, n'utilise jamais les escaliers. Je pourrai crier aussi fort que je veux, en toute impunité.

La porte se ferme avec un bruit métallique et ses talons résonnent alors qu'elle descend les marches, juste devant moi.

— Mademoiselle Mills, où allez-vous ?

Elle continue à marcher sans se retourner.

— Nous sommes à court de café, monsieur Ryan. Et en tant que *secrétaire*, je descends en chercher au quatorzième. Je ne vais pas vous laisser manquer de votre dose journalière de caféine.

Comment cette fille fait-elle pour être aussi attirante et salope à la fois ? Je la rattrape entre deux étages et je saisis son bras. Je la plaque contre le mur. Ses yeux se rétrécissent, pleins de mépris – elle montre les dents. Je roule en boule la facture devant elle en la regardant, furieux.

— Qu'est-ce que c'est que ça ?

— Ne vous faites pas plus stupide que vous ne l'êtes, monsieur je-sais-tout. C'est un reçu, répond-elle en hochant la tête.

— Ça, j'ai bien vu, grommelé-je entre mes dents, froissant le papier entre mes doigts.

J'appuie mon poing fermé sur la peau délicate

juste au-dessus de son sein. Elle halète, ses yeux se dilatent. Ma queue durcit dans mon pantalon.

— *Et* pourquoi achetez-vous des vêtements avec la carte de crédit de l'entreprise ?

— Parce qu'un enfoiré a déchiré mon chemisier.

Elle hausse les épaules et approche son visage du mien. Elle murmure :

— *Et* ma culotte...

Et puis merde.

Je prends une grande inspiration et je laisse tomber la boule de papier au sol. Je me penche sur elle et je presse mes lèvres contre les siennes, enfonçant mes doigts dans sa chevelure, coinçant son corps contre le mur. Ma bite palpite contre son ventre quand je sens sa main agripper aussi mes cheveux. Elle les tire sans ménagement.

Je remonte sa robe sur ses cuisses et j'ai un frisson en découvant comme la veille le haut en dentelle de ses bas. Elle en porte encore pour me tourmenter, c'est *certain*. Sa langue parcourt mes lèvres, mes doigts frôlent le tissu chaud et mouillé de sa culotte. J'empoigne la soie délicate et je la tire vers moi brusquement.

— N'oublie pas d'en commander une autre, ai-je le temps de dire, avant de reprendre sa bouche.

Elle gémit longuement quand j'introduis deux doigts en elle. Elle est encore plus trempée qu'hier soir – faut le faire... *Nous sommes vraiment dans la merde quand j'y pense*. Elle se détache de mes lèvres, en soufflant. Je la baise avec les doigts, fort, mon pouce frottant son clitoris.

— Sortez votre bite, halète-t-elle. Je veux vous sentir en moi. Tout de suite.

Je la scrute froidement, en essayant de masquer l'effet immédiat que ses mots ont sur moi.

— Dites s'il vous plaît, mademoiselle Mills.

— *Tout de suite*, répète-t-elle.

— Autoritaire maintenant ?

Elle me foudroie d'un regard qui ferait débander instantanément tout autre que moi et je ne peux m'empêcher de rire. Mills aura sa friandise.

— Tu as de la chance, je me sens d'humeur charitable aujourd'hui.

J'ouvre ma ceinture, mon pantalon tombe sur mes chevilles et je la soulève pour la pénétrer, tout de suite, très fort. Dieu que c'est bon.

Mieux que bon. Ça explique ma difficulté à la faire sortir de ma tête. Une petite voix me souffle à l'oreille que je n'en aurai peut-être jamais assez.

— Bordel, murmuré-je.

Elle gémit et se crispe contre moi – sa respiration est tremblante. Elle mord dans l'épaule de ma veste et enroule ses jambes autour de moi ; je la prends vite et fort contre le mur. On pourrait entrer à tout moment dans la cage d'escalier et m'attraper en train de la baiser. Ça m'est égal. J'ai besoin de me l'extirper du cerveau.

Elle remonte la tête de mon épaule à mon visage, me mord le cou avant de prendre ma lèvre inférieure entre ses dents.

— Je suis tout près, chuchote-t-elle – et ses jambes se resserrent autour de moi pour que je m'enfonce davantage. Tout près...

Parfait.

J'enfouis ma tête dans son cou et dans ses cheveux pour étouffer mon cri quand je jouis avec violence, en tordant ses fesses entre mes mains. Je me retire sans lui laisser une minute supplémentaire de plaisir et je la repose sur ses jambes tremblantes.

Sa bouche s'ouvre en grand, ses yeux lancent des éclairs. La cage d'escalier s'emplit d'un silence de plomb.

— *Vous êtes sérieux ?* grince-t-elle, à court de souffle.

Sa tête frappe contre le mur avec un bruit sourd.

— Merci, c'était fantastique, fais-je, guilleret, en remontant mon pantalon.

— Vous êtes un connard.

— Vous l'avez déjà dit, répliqué-je.

Je remonte ma braguette avec précaution. Quand je lève les yeux vers elle, elle a lissé sa robe, mais est toujours échevelée – ce qu'elle est belle... Une part de moi m'ordonne de m'approcher, de glisser ma main, et de la faire jouir. Mais une autre – celle qui l'emporte – savoure la colère qui se lit dans ses yeux.

— Un prêté pour un rendu, si je puis dire...

— Quel dommage que vous soyez un si mauvais coup ! répond-elle calmement.

Elle se retourne et continue à descendre l'escalier, avant de s'arrêter brusquement. Elle se retourne pour rencontrer mon regard :

— Heureusement que je prends la pilule. Merci d'avoir demandé, enfoiré.

Elle dévale les marches et disparaît de ma vue ; je grogne en regagnant mon bureau. J'atterris sur ma chaise avec un grand soupir, je passe la main dans mes cheveux avant de sortir sa culotte déchirée de ma poche. Je contemple un moment la soie blanche, entre mes doigts, puis j'ouvre l'un des tiroirs de mon bureau. Elle y rejoint celle de la nuit dernière.

CHAPITRE 3

Je ne sais même pas comment j'ai réussi à descendre ces escaliers sans me tuer. C'est surréaliste. Je suis partie, courant presque, comme s'il y avait le feu. J'ai laissé Ryan seul dans la cage d'escalier, bouche bée, les vêtements de travers et les cheveux emmêlés. On aurait dit qu'il s'était battu.

Je ralentis et j'atterris au rez-de-chaussée, dans un saut élégant – pas facile avec ces chaussures. J'ouvre la lourde porte métallique et je m'appuie contre le mur, haletante.

Que s'est-il réellement passé ? J'ai vraiment baisé avec mon boss dans les escaliers ? Je suffoque, mes mains sur ma bouche. Je lui ai bien *ordonné* de le faire ? *Oh ! mon Dieu.* Qu'est-ce qui ne tourne pas rond chez moi ?

Étourdie, je trébuche en m'éloignant du mur et me précipite dans les toilettes les plus proches. Je jette un coup d'œil sous la porte des cabines pour m'assurer qu'il n'y a personne et je verrouille la porte principale. Je grimace en avançant vers le miroir. J'ai vraiment la tête d'une fille qui s'est fait baiser sauvagement il y a dix minutes.

Mes cheveux sont un cauchemar. Mes boucles soigneusement étudiées sont devenues un fouillis sans nom. M. Ryan a l'air d'aimer mes cheveux lâchés. *Il faudra que je m'en souvienne.*

Attends. Quoi ? D'où est-ce que ça sort ? Il est *hors de question* que je m'en souvienne. Mon poing s'écrase sur le lavabo et je m'approche du grand miroir pour évaluer l'étendue des dégâts.

Mes lèvres sont gonflées, mon maquillage a coulé, ma robe est toute détendue – elle pend sur moi plus qu'elle ne m'habille. Surtout, je n'ai, une fois encore, plus de culotte.

Fils de pute. C'est la deuxième. Qu'est-ce qu'il peut bien en faire ?

Mon Dieu ! Et si celle d'hier soir était restée dans un coin de la salle de conférence ? Peut-être qu'il l'a ramassée et balancée n'importe où ? Je devrais lui demander pour être sûre… Mais non. Je ne lui donnerai pas la satisfaction de reconnaître que… que… *quoi, déjà* ?

Je secoue la tête, en nettoyant mon visage. C'est du grand n'importe quoi. Quand je suis arrivée au bureau ce matin, j'avais un plan. J'allais entrer, lancer dans sa jolie petite gueule la facture et lui dire de se la mettre où je pense. Bordel, il était tellement sexy dans son costume Prada gris foncé, avec ses cheveux comme un panneau lumineux clignotant : « Baise-moi ». J'ai perdu toute faculté de raisonnement. Pathétique. Comment fait-il pour réduire systématiquement mon cerveau en bouillie et mouiller mes petites culottes ?

Ça ne va pas du tout. Comment le regarder en face sans l'imaginer nu ? OK, pas *tout nu*. Techniquement, je ne l'ai pas encore vu complètement déshabillé... Je frissonne en pensant à son corps athlétique.

Oh ! non. Est-ce que je viens de penser « pas encore » ?

Je peux démissionner. Je l'envisage une minute, et cela me déplaît. J'adore mon job. M. Ryan a beau être le plus gros enculé de la terre, je m'en suis accommodée pendant neuf mois. Jusqu'à ces dernières vingt-quatre heures, tout roulait à peu près correctement. Je suis bien la seule à réussir à le gérer. Et, bien qu'il m'en coûte de l'admettre, j'adore le regarder travailler. Cet enfoiré est dénué de toute patience, mais c'est un perfectionniste obsessionnel. Il applique aux autres ses propres valeurs : il ne supporte pas la médiocrité. Et moi, j'aime bien l'idée d'être plus performante, de travailler davantage et de me défoncer pour obtenir de meilleurs résultats – même si ses méthodes m'ont longtemps rebutée. C'est un génie du marketing, comme toute sa famille.

Et voilà l'autre problème. Sa famille. Elliott Ryan est le P-DG fondateur de Ryan Media Group – un mentor d'exception. Mon père est retourné vivre dans le Dakota du Nord quand j'ai été embauchée comme réceptionniste chez Ryan Media, en même temps que j'entrais à la fac. M. Ryan père a été si gentil avec moi... Ils l'ont tous été. Le frère de Bennett, Henry, l'un des autres cadres dirigeants de l'entreprise, est un type génialissime. J'aime tout le monde ici. Non, démissionner n'est pas une option.

Le plus gros problème, c'est ma bourse. Je dois faire un rapport sur mon expérience du monde du travail devant le jury JT Miller avant d'achever mon MBA et j'ai l'intention de tous les bluffer avec ma thèse.

C'est pourquoi je suis restée chez RMG, Bennett Ryan m'ayant proposé de travailler sur le dossier Papadakis – le plan marketing pour le promoteur immobilier multimilliardaire –, un projet de grande envergure, beaucoup plus important que ceux qui ont été confiés aux autres stagiaires. Si je partais maintenant, les quatre mois qu'il me reste jusqu'à la fin de mes études ne suffiraient pas pour recommencer ailleurs et parvenir à produire quelque chose de correct. C'est clair !

Non. Je ne peux *vraiment* pas quitter Ryan Media.

C'est décidé. Il me faut maintenant un plan d'action. Je dois rester professionnelle et faire en sorte que M. Ryan et moi, ça n'arrive plus jamais. Même s'il m'a offert le plan cul le plus excitant, le plus intense de ma vie… même s'il me refuse des orgasmes…

Connard.

Je suis une femme forte et indépendante. J'ai une carrière à construire et j'ai bossé comme un galérien pour arriver là où j'en suis. Mon esprit et mon corps ne sont pas régis par la luxure. Je dois juste me rappeler à quel point ce mec est un salaud. Un queutard prétentieux, qui méprise la terre entière et part du principe que tous les gens sont des cons – sauf lui, évidemment.

Je me souris dans le miroir et je feuillette mentalement mon *Bennett Ryan Best-Of* personnel.

« *C'est très aimable à vous de m'offrir du café quand vous en faites, mademoiselle Mills. Mais si j'avais envie de boire de la boue, j'aurais rempli moi-même mon mug de terre dans le jardin en arrivant ce matin.* »

« *Si vous continuez à taper sur votre clavier comme si vous enfonciez des clous dans le mur de votre chalet, mademoiselle Mills, soyez gentille de fermer la porte entre nos deux bureaux. »*

« *Pourquoi vous faut-il mille ans pour transmettre le brouillon du contrat au département juridique ? Est-ce que vous passez vos journées à rêver aux fils de fermiers de votre enfance ?* »

En fait, ce ne serait pas si difficile.

Avec une détermination toute nouvelle, je tire sur ma robe, je lisse mes cheveux et je sors des toilettes, sans culotte mais pleine de confiance. Je récupère rapidement le café que j'étais allée chercher et je retourne à mon bureau, en évitant les escaliers.

La porte de M. Ryan est fermée, aucun bruit ne filtre. Il est peut-être sorti. *Comme si j'étais du genre à avoir de la chance.* Assise sur ma chaise, j'ouvre un tiroir et j'en sors ma trousse à maquillage, histoire de me redonner figure humaine. Ensuite, me remettre au travail. Aucune envie de le voir. Mais comme je ne compte pas démissionner, il faut que je m'habitue à l'idée.

Coup d'œil au calendrier : je me rappelle que M. Ryan a une présentation devant les autres managers lundi. Je grimace – je vais devoir lui parler aujourd'hui pour préparer la réunion. Il a également une convention à San Diego le mois prochain… Je serai non seulement dans le même hôtel que lui, mais aussi dans le même avion, dans la même voiture de société… Et je l'accompagnerai à tous ses rendez-vous. Pas de malaise. Non, pas du tout !

Je passe une heure à jeter des coups d'œil à sa porte. Et à chaque fois, ça me retourne l'estomac. C'est ridicule ! Quel est mon problème ? Je ferme la chemise que je parcours sans la lire et je plonge ma tête entre mes mains. C'est à ce moment précis que sa porte s'ouvre.

M. Ryan passe devant moi sans me regarder. Il a remis de l'ordre à sa tenue. Son pardessus pend à son bras, il porte son attaché-case. Seuls ses cheveux sont encore en bataille.

— Je pars pour la journée, dit-il, étrangement calme. Annulez mes rendez-vous et faites les arrangements nécessaires.

— Monsieur Ryan, l'interpellé-je alors qu'il a déjà la main sur la poignée de la porte. N'oubliez pas, s'il vous plaît, que vous avez une présentation devant le comité de direction, lundi à 10 heures.

Je parle à son dos. Il est debout, comme une statue, les muscles crispés, et persiste à ne pas me regarder. Je continue :

— Si vous voulez, je peux déposer les feuilles de calcul, les portfolios et installer le PowerPoint dans la salle de conférence vers 9 h 30.

J'avoue que j'apprécie assez notre échange. Il semble mal à l'aise, *pour une fois*. Il acquiesce brièvement et passe la porte quand je l'arrête encore.

— Monsieur Ryan ? fais-je doucement. J'ai besoin de votre signature sur les notes de frais avant que vous ne sortiez.

Il hausse les épaules, soupire bruyamment et tourne sur ses talons pour venir jusqu'à mon bureau. Le regard ailleurs, il se penche et survole les formulaires, fixant les encadrés « Signez ici ».

Je lui tends un stylo :

— Signez dans les cases, monsieur, s'il vous plaît.

Il déteste qu'on lui dise ce qu'il doit faire quand il est en train de le faire – je ravale un fou rire. Il m'arrache le stylo des doigts et redresse lentement le menton. Ses yeux noisette se plongent dans les miens. Nous restons ainsi pendant une longue minute. Je ressens un besoin irrésistible d'embrasser ses lèvres boudeuses et de le supplier de me caresser.

— Ne transférez pas mes appels, lâche-t-il, en signant rapidement le dernier formulaire avant de jeter le stylo sur mon bureau. S'il y a une urgence, contactez Henry.

« Connard », murmuré-je pour moi-même en le regardant disparaître.

Dire que j'ai passé un week-end de merde est un euphémisme. J'ai à peine mangé, à peine dormi et mes quelques heures de sommeil ont été interrompues par des fantasmes de mon boss nu – sur moi, au-dessus de moi, derrière moi… J'en étais à souhaiter reprendre les cours pour me distraire.

Samedi matin, je me suis réveillée frustrée et grognon, mais j'ai réussi à me reprendre. Je me suis occupée du ménage et des courses. Dimanche matin, moins de chance. J'émerge en sursaut, haletante. Je tremble de tous mes membres, entortillée dans les draps de coton. Je suis en sueur. Mon rêve est si intense qu'il m'a amenée à l'orgasme. Ryan et moi nous nous trouvons sur la table de conférence, mais cette fois, tous les deux complètement nus. Il s'allonge sur le dos et je le chevauche. Mon corps glisse d'avant en arrière, et de bas en haut, le long de sa bite. Il me touche partout. Ses mains parcourent mon visage, descendent dans mon cou, sur mes seins, mes hanches – il guide mes mouvements. J'explose quand nos yeux se rencontrent.

« Merde » fais-je en sortant du lit. Ça va de mal

en pis. Comment aurais-je pu penser en commençant à travailler pour ce sale type hargneux que ça finirait en baise féroce contre une fenêtre froide *au boulot* ? Et que *j'aimerais* ça ?

Je passe sous la douche. Mais tandis que, debout dans la salle de bains, j'attends que l'eau soit à la bonne température, mes pensées dérivent une nouvelle fois. Je brûle de voir son regard se relever d'entre mes cuisses, et son expression au moment de me prendre alors que je suis trempée de désir. Je crève d'envie de l'entendre prononcer mon nom au moment où il jouit.

Mon cœur saute dans ma poitrine. Fantasmer sur lui, c'est un aller simple pour le purgatoire. Je suis sur le point d'obtenir mon diplôme. C'est un patron. Il n'a rien à perdre, alors que moi...

Je me lave et je m'habille rapidement. Je dois rejoindre Sara et Julia pour un brunch. Je vois Sara tous les jours au boulot, mais Julia, ma meilleure amie depuis le lycée, est plus difficile à harponner. Elle est acheteuse pour Gucci et remplit consciencieusement mes placards avec les échantillons et les surplus. Grâce à elle et à ses remises, je suis l'heureuse propriétaire de vêtements sublimes. Certes, ils me coûtent quand même une petite somme à chaque fois, mais ça vaut le coup. Bien que je gagne assez bien ma vie chez Ryan Media et que ma bourse couvre mes frais de scolarité, je ne pourrais pas claquer 19 000 dollars dans une robe sans envisager le suicide !

Je me demande parfois si le bon salaire dont me gratifie Elliott est dû au fait que je sois la seule à supporter son fils. S'il savait...

J'ai décidé que ce serait une mauvaise idée d'en parler aux filles. Sara travaille pour Henry Ryan et croise tout le temps Bennett à la boîte. De plus, elle est impressionnable. Un regard appuyé de Bennett Ryan et elle crache tout ce qu'elle sait. Julia, elle, m'engueulerait. Elle m'a entendue me plaindre de lui pendant près d'un an, et ne serait pas très heureuse de savoir à quel degré d'« intimité » j'en suis arrivée avec lui.

Deux heures plus tard, je bois un cocktail mimosa avec mes deux meilleures amies, dans le patio de notre restaurant préféré. Garçons, vêtements, travail… La conversation ne tarit pas. Julia nous a apporté quelques fringues-surprises. Elle me tend une robe d'une matière somptueuse. Je la range avec précaution dans la housse à vêtements qui pend sur le siège à côté de moi.

— Alors, ça se passe comment au boulot ? demande Julia, entre deux bouchées de melon. Toujours ton enfoiré de boss sur le dos, Chloé ?

— Oh ! « *Beautiful bastard* », soupire Sara.

Pendant que j'étudie la condensation dans ma flûte de champagne, elle avale quelques grains de raisin et reprend :

— Si tu le voyais, Julia… Ce surnom lui va comme un gant. Il est beau comme un dieu. Sérieux. Aucune faute de goût, rien qui cloche – physiquement du moins. Visage parfait, corps, vêtements, cheveux… Oh ! Ses cheveux ! Genre faussement négligé, dit-elle en mimant le geste de quelqu'un qui rejette ses cheveux en arrière. Comme s'il venait juste de baiser. En permanence.

Je détourne les yeux – je n'ai pas besoin qu'on me rappelle à quel point ses cheveux…

— À part ça, je ne sais pas ce que t'a raconté Chloé, mais il est vraiment odieux, embraye Sara plus sérieusement. Après l'avoir rencontré, je n'avais qu'une idée en tête : crever les pneus de sa voiture. C'est le plus gros connard de la terre.

Je manque m'étrangler avec un morceau d'ananas. Si Sara savait… Ce mec est tellement doué de ses dix doigts. C'est injuste.

— Et pourquoi il est comme ça ? demande Julia.

— Aucune idée, réplique Sara en regardant en l'air, comme si elle lui cherchait une bonne excuse. Peut-être parce qu'il a eu une enfance difficile…

— Parce que tu as *rencontré* ses parents ? fais-je, sceptique. Tu nous la joues tableau familial, à la Norman Rockwell ?

— OK, je n'en sais rien, concède-t-elle. Mais c'est peut-être une sorte de mécanisme de défense. Il a l'air aigri. C'est comme s'il bossait comme un malade pour en imposer à tout le monde et faire oublier à quel point il est putain de beau…

J'éclate de rire :

— Ce n'est pas la peine d'aller chercher aussi loin. C'est tout simplement qu'il pense que tout le monde devrait bosser comme lui, être aussi perfectionniste qu'il l'est, et que ça le fait chier de voir que ce n'est pas le cas.

— Je rêve ou tu es en train de le *défendre*, Chloé ? s'exclame Sara avec une expression de surprise.

— *Absolument pas.*

Les yeux bleus de Julia sont fixés sur moi, ils m'accusent en silence. Je me suis constamment plainte ces derniers mois, mais j'ai peut-être oublié de faire allusion à son physique de dieu grec…

— Chloé, qu'est-ce que tu me caches ? Ton boss est si beau que ça ?

J'essaye d'être aussi nonchalante que possible. Julia me devine tellement bien :

— C'est vrai qu'il est super beau. Mais il a une telle personnalité de merde qu'on n'arrive même plus à apprécier son physique.

Elle hausse les épaules et boit une longue gorgée avant d'asséner, sentencieuse :

— Dans ce cas, s'il est aussi chiant, c'est sûrement parce qu'il en a une petite.

Je renverse ma flûte de champagne sous les hurlements de rire de mes deux amies.

Lundi matin, je suis une boule de nerfs quand j'arrive au bureau. J'ai pris ma décision : je ne vais pas sacrifier mon job à un moment d'égarement. J'irai jusqu'au bout de ma mission dans cette boîte et je terminerai par un brillant exposé devant le jury de ma bourse. Après quoi je partirai commencer ma carrière ailleurs. Plus de sexe, plus de fantasmes. Je suis capable de travailler – *seulement travailler* – quelques mois encore avec M. Ryan.

Pour me sentir plus sûre de moi, j'ai mis la nouvelle robe que Julia m'a apportée. Elle épouse mes formes sans être provocante. Mais pour avoir vraiment confiance en moi, j'ai une arme secrète : ce sont mes dessous. J'ai toujours eu un faible pour la lingerie de luxe, et j'ai appris très tôt à traquer les meilleurs soldes des meilleures marques. Porter quelque chose de sexy sous mes vêtements me donne des ailes.

Ma culotte du jour fera l'affaire : soie noire devant, brodée ; le dos est fait d'une série de rubans de tulle, qui s'enchevêtrent pour se rencontrer ensemble au centre de mes fesses et en souligner leurs courbes délicates. À chaque pas, le tissu de ma robe caresse ma peau nue. Je supporterai tout ce que dira M. Ryan aujourd'hui et je le lui renverrai dans la gueule, au besoin.

J'arrive assez tôt pour avoir le temps de préparer la présentation. Ce n'est pas vraiment mon boulot, mais M. Ryan refuse d'avoir une assistante particulière. Tout seul, c'est un désastre, il ne sait pas rendre les réunions plaisantes : pas de café, pas de viennoiseries, juste une salle pleine de gens, des slides impersonnels distribués à tout le monde, et comme toujours, du travail, du travail, du travail.

Le hall est vide. Le large espace au sol de granite luisant et aux murs de pierre ouvre sur trois étages. Les portes de l'ascenseur se referment sur moi. Pour me motiver, je me repasse mentalement tous nos désaccords et ses éternels commentaires de sale con.

« Tapez, n'écrivez rien à la main. Votre écriture manuscrite est celle d'un enfant de 8 ans, mademoiselle Mills. »

« Si j'avais envie de profiter de l'intégralité de votre conversation avec votre directeur de thèse, je laisserais ma porte ouverte et je commanderais du pop-corn. Vous avez vraiment besoin de parler aussi fort ? »

Je me sens prête. Ce salaud est mal tombé avec moi, je ne suis certes pas la femme adéquate. Plutôt mourir que de le laisser m'intimider. Je me touche les fesses et je souris, machiavélique… *Super pouvoir de ma culotte.*

Comme je m'y attends, le bureau est encore vide quand j'arrive. Je rassemble tout le matériel dont j'ai besoin pour la présentation et je me dirige vers la salle de conférence pour l'installation. Devant la grande baie vitrée et l'immense table étincelante, je chasse à toute force les images qui m'assaillent tel un réflexe pavlovien.

Corps : ta gueule. Cerveau : reprends-toi.

Je jette un regard circulaire à la pièce inondée de soleil, j'installe les dossiers et les ordinateurs portables sur la large table de conférence et j'aide le service traiteur à organiser la table du petit déjeuner le long du mur du fond.

Vingt minutes plus tard, les propositions sont prêtes, le projecteur est allumé et les rafraîchissements sont bien disposés. Je déambule dans la pièce et mes pas me conduisent malgré moi jusqu'à la fenêtre. Je suis en avance. Je m'approche et, comme mes mains se posent sur la vitre, les sensations me reviennent. La chaleur de son corps contre mon dos, le verre froid contre mes seins et sa voix, rauque, animale, dans mon oreille.

« Demande-moi de te baiser. »

Je ferme les yeux et je me penche en avant, pressant mes paumes et mon front contre la fenêtre. Les souvenirs prennent le dessus.

Je suis tirée de mes fantasmes par un raclement de gorge derrière moi : « Vous rêvassez... »

— Monsieur Ryan, suffoqué-je, en me retournant.

Ses yeux dans les miens. Une fois encore, je suis frappée par sa beauté. Puis il étudie la pièce du regard.

— Mademoiselle Mills, dit-il en séparant chaque mot, d'une voix tranchante. Je vais faire la présentation au quatrième étage.

— Pardon ? m'écrié-je, furieuse. Pourquoi donc ? Nous utilisons toujours cette salle. Et pourquoi avoir attendu la dernière minute pour me l'annoncer ?

— Parce que, articule-t-il en appuyant ses poings sur la table, je suis le patron. C'est moi qui établis les règles et qui décide où et quand les choses se passent. Si vous ne perdiez pas votre temps à regarder par les fenêtres, vous auriez pensé à confirmer les détails avec moi ce matin.

Mon esprit est obnubilé par l'image de mon poing qui s'écrase sur sa gorge. Je prends sur moi pour ne pas sauter sur la table et l'étrangler. Un sourire suffisant se peint sur ses lèvres.

— Ça me va, lâché-je en ravalant mon mécontentement. Aucune bonne décision ne s'est jamais prise dans cette salle de conférence.

Quand j'entre dans la nouvelle salle de conférence, mes yeux rencontrent immédiatement ceux de M. Ryan. Il est assis sur sa chaise, les mains tendues devant lui – le portrait par excellence de l'impatience contenue avec difficulté. *Typique.*

Mon attention se reporte sur celui qui m'accompagne : le P-DG et fondateur de Ryan Media Group, Elliott Ryan.

— Donnez-moi ça, Chloé, dit-il en m'ôtant des bras une pile de dossiers afin que je puisse faire entrer plus facilement le chariot de viennoiseries dans la pièce.

— Merci, monsieur Ryan, dis-je en lançant un regard acerbe à mon boss.

— Chloé… réplique M. Ryan père en riant.

Il attrape les prospectus et les pose sur la table pour que les participants les prennent.

— Combien de fois faudra-t-il vous dire de m'appeler Elliott ?

Il est aussi beau que ses deux fils. Grands et musclés, les trois mâles Ryan ont un physique de rêve. Les cheveux gris d'Elliott sont devenus plus sel que poivre depuis notre première rencontre, mais il reste l'un des plus beaux hommes à la ronde.

Je lui souris avec reconnaissance :

— Comment va Susan ?

— Elle va très bien, merci. Elle serait ravie que vous veniez dîner, un de ces jours. Elle m'en parle souvent, ajoute-t-il avec un clin d'œil.

Je ne peux m'empêcher de remarquer que M. Ryan fils renifle d'ennui à côté de moi.

— Transmettez-lui mes amitiés.

Des pas résonnent derrière moi et je sens une main me tirer gentiment l'oreille : « Salut, petite », me fait Henry avec un large sourire. Il se retourne pour s'adresser au reste de la salle :

— Pardon pour le retard, je pensais que la réunion avait lieu à votre étage.

Je jette un regard victorieux – quoique discret – à mon boss. Il me fixe avec indifférence. La pile de documents me revient et je lui en tends un jeu :

— Tenez, monsieur Ryan.

Il saisit les dossiers sans me prêter un regard et commence à les feuilleter.

Sale con.

Je me rassois quand la voix de stentor de Henry retentit :

— Au fait, Chloé, quand j'attendais là-haut, j'ai trouvé ça par terre.

Je m'approche de lui et je vois deux boutons en argent ouvragé dans le creux de sa main.

— Pourriez-vous demander autour de vous si quelqu'un les a perdus ? Ils ont l'air assez précieux.

Je me sens rougir. J'avais totalement oublié l'existence de mon chemisier déchiré...

— Hmm, bien sûr, réponds-je.

Et soudain, l'autre enfoiré ramène sa fraise : « Montre-moi ça, Henry » lance-t-il en prenant les boutons de la main de son frère. Puis il se tourne vers moi avec un rictus pervers :

— N'avez-vous pas un chemisier avec des boutons comme ceux-ci ?

Je regarde rapidement autour de moi ; Henry et Elliott sont absorbés dans une autre conversation, ils ne font pas attention à nous.

— Non, fais-je, de la voix la plus détachée possible. Pas que je sache.

— Vous en êtes sûre ?

Il prend ma main, son index court de mon poignet à ma paume, puis il y laisse tomber les boutons et referme mes doigts dessus. Ma respiration s'étrangle dans ma gorge et mon cœur frappe violemment dans ma poitrine.

Je retire ma main comme si je m'étais brûlée :

— Oui, je suis sûre.

— J'aurais juré que votre chemisier de l'autre fois avait des boutons en argent... Le rose ? Je m'en souviens parce que j'ai remarqué que l'un d'entre eux était déboutonné quand vous êtes remontée dans la salle du haut.

Mon visage devient pivoine. À quoi joue-t-il ? Est-ce qu'il est en train d'insinuer que *je lui* ai demandé de rester tard ? Que j'ai fait en sorte de le coincer, tout seul, dans la salle de conférence ?

Il s'approche de moi et murmure, son souffle chaud s'insinuant dans mon oreille :

— Vous devriez faire attention.

Je me calme et je m'éloigne de lui, non sans siffler « connard » entre mes dents, ce qui le fait se redresser dans son siège. Et il ose avoir l'air surpris ? Comme si c'était moi qui brisais les règles. C'est une chose d'agir comme un enculé avec moi, mais mettre en danger ma réputation devant les autres managers... S'il veut déchaîner les commérages...

Nous nous sommes observés pendant toute la réunion – moi, pleine de colère, et lui, l'air incertain. Alors je me suis concentrée sur les feuilles de calcul, autant que possible, pour éviter d'avoir à le regarder.

Dès que la réunion a pris fin, j'ai rassemblé mes affaires et j'ai filé aussi vite que j'ai pu. Bien sûr, il m'a suivie jusqu'à l'ascenseur et nous nous sommes retrouvés tous les deux au fond de la cabine, de mauvaise humeur, sans se parler.

Pourquoi monte-t-on si lentement ? Et pourquoi y a-t-il quelqu'un pour prendre l'ascenseur à chaque étage ? Les gens autour de nous téléphonent, feuillettent des dossiers, parlent de déjeuners. Le bruit devient un bourdonnement sourd, qui noie les insultes mentales que j'adresse à M. Ryan. Au moment où nous arrivons au onzième étage, l'ascenseur est presque plein. Quand la porte s'ouvre, trois personnes entrent – on me pousse contre lui, mon dos collé à sa poitrine et mon cul contre sa... *oh !*

Je sens le reste de mon corps se tendre subitement, sa respiration est rapide. Au lieu de rester dans cette position, je m'écarte au maximum. Lui s'approche et attrape ma hanche, m'attirant contre lui.

— J'*aime* sentir ton cul contre moi, murmure-t-il,

la voix basse et chaude dans mon oreille. Où est-ce que tu…

— Je vous envoie mon talon dans les couilles si vous ne me lâchez pas. Deux secondes. Une…

Il se colle contre moi :

— Tu fais la difficile, maintenant ? Pourquoi ça ?

Je tourne la tête vers lui et je grince :

— Peut-être parce que vous venez juste d'insinuer devant votre père que je fais dans la promotion canapé.

Sa main retombe. Il a l'air surpris : « Non. » Il cligne des yeux. Deux ou trois fois. « *Quoi* ? » Étonné, M. Ryan est encore plus sexy. *Salaud*…

— Je me suis juste un peu amusé, finit-il par lâcher.

— Et s'ils vous avaient entendu ?

— Mais non.

— Ils auraient pu.

Toujours cet air d'étonnement authentique, comme s'il n'y avait pas pensé. Il n'y a pas pensé. C'est toujours plus facile de jouer à ces petits jeux quand on est protégé par sa position. Il est le manager bourreau de travail par excellence. Je suis la fille coincée au milieu de l'échelle.

Le type à notre gauche nous regarde et nous nous redressons tous les deux, les yeux ailleurs. Je lui donne un coup de coude, très fort, dans les côtes et il pince mes fesses suffisamment fort pour qu'un petit cri m'échappe.

— Et je ne compte pas m'excuser, murmure-t-il.

Bien sûr que tu ne vas pas t'excuser. Pauvre merde.

Il se presse contre moi et je le sens durcir encore plus dans son pantalon. Une chaleur suspecte envahit mon entrejambe.

La plupart des gens descendent au quinzième étage.

Je glisse ma main derrière moi et je le prends entre mes doigts. Il exhale une bouffée chaude dans mon cou, chuchotant :

— Oh ! putain, oui... (Et je serre.) Putain... *Désolé !* siffle-t-il dans mon oreille.

Je le lâche, laissant tomber ma main, et je souris intérieurement. « Putain de merde, c'était juste un jeu. »

Seizième étage. Le reste de l'ascenseur sort rapidement : tout le monde se rend apparemment à la même réunion.

Les portes se ferment et la cabine reprend son ascension. J'entends un grognement derrière moi et je vois M. Ryan appuyer sur le bouton d'arrêt. Ses yeux se posent sur moi, encore plus sombres qu'à l'ordinaire. Dans un mouvement fluide, son corps se plaque contre le mien. Je suis collée à la paroi de l'ascenseur. Il s'éloigne juste assez pour me regarder d'un air mauvais et ordonne :

— Ne bouge pas.

Et même si j'ai envie de l'envoyer balader, mon corps me supplie de faire ce qu'il dit.

Il attrape un Post-it accroché dans mes dossiers et le place sur la lentille de la caméra au plafond.

Son visage est seulement à quelques centimètres du mien. Sa respiration est saccadée, je la sens sur ma joue.

— Je n'ai jamais insinué quoi que ce soit, tu n'as pas besoin de faire dans la promotion canapé. (Il inspire, se penche dans mon cou.) Tu réfléchis trop.

Je m'éloigne autant que je peux et je crie presque :

— Vous ne réfléchissez *pas assez* ! Il s'agit de ma carrière. Vous avez tout ici. Le pouvoir, tout. Vous n'avez rien à perdre.

— Moi, j'ai le pouvoir ? C'est toi qui as touché ma bite dans l'ascenseur. C'est toi qui *me fais* ça.

Mon visage se relâche, je n'ai pas l'habitude de le sentir si vulnérable, surtout pas avec moi.

— Alors, ne me prenez pas de court.

Après un long moment, il acquiesce.

Les bruits du building tout autour de nous remplissent l'ascenseur, nous continuons à nous regarder. Le désir de le toucher monte d'abord dans mon nombril, puis redescend entre mes jambes.

Il se penche et me lèche la bouche avant de poser ses lèvres sur les miennes. Un gémissement involontaire monte dans sa gorge, sa queue dressée se presse contre mon ventre. Mon corps se met à agir selon mon instinct, ma jambe s'enroule autour des siennes, je me colle à son érection, mes mains cherchent ses cheveux. Il glisse les doigts pour défaire ma ceinture. Ma robe flotte sur moi.

— Petite chatte en colère, murmure-t-il.

Il place ses mains sur mes épaules, me regarde dans les yeux et fait glisser le vêtement. J'ai la chair de poule quand il prend mes mains, me retourne et presse mes paumes ouvertes contre la cloison.

Il retire le peigne en argent de mes cheveux qui tombent en cascade sur mon dos nu. Il les saisit et attire brusquement ma tête sur le côté. Des baisers brûlants et mouillés pleuvent sur ma colonne vertébrale et sur mes épaules. Ses mains électrisent chaque centimètre carré de peau qu'il touche. Il s'agenouille derrière moi, attrape mon cul et mord la chair ferme avant de se redresser.

Dieu tout puissant, comment est-il possible qu'il sache aussi exactement quoi faire avec moi ?

— Tu aimes ? souffle-t-il en étreignant mes seins. Tu aimes qu'on te morde le cul ?

— Peut-être bien.

— Tu es une vilaine petite fille.

Je glapis quand je sens sa main s'abattre sur mes fesses, puis je gémis de plaisir pour toute réponse. Ses mains tirent sur le ruban délicat de ma culotte, je frémis. Il la déchire.

— Attendez-vous à une nouvelle facture, connard.

Il glousse et se serre contre mon dos, mes seins s'écrasent sur le mur métallique. Tout mon corps frissonne, le souvenir de la fenêtre du premier soir s'impose. J'avais oublié combien le contraste – chaud/froid, dur/*lui* – me faisait monter au plafond.

— Ça vaut largement quelques dollars, lâche-t-il.

Sa main parcourt ma taille et descend sur mon ventre, toujours plus bas. Ses doigts sur mon clitoris :

— Tu sais, je pense que tu ne portes ça que pour m'exciter…

Et s'il avait raison ? Et si je me berçais d'illusions en pensant que c'est pour *moi* ?

Je me tords de plaisir sous ses doigts qui appuient et se relâchent, et me laissent pantelante de désir.

— Tu es trempée. Bordel, tu as dû y penser toute la matinée.

— Allez vous faire foutre, lancé-je en gémissant quand son doigt entre finalement en moi, m'attirant en arrière.

— Dis-le. Dis-le et je te donnerai ce que tu veux.

Un deuxième doigt me pénètre, je crie sous la sensation.

Je secoue la tête, mais mon corps me trahit encore. Il a l'air en manque, ses paroles sont excitantes et autoritaires, mais c'est comme s'il me suppliait, lui aussi. Je ferme les yeux, en essayant d'éclaircir mes pensées. C'est trop pour moi. La sensation de son corps tout habillé contre ma peau nue, le son de sa voix grave et la sensation de ses doigts longs rivés en moi me font craquer. Sa deuxième main remonte sur mon sein, il en tord la pointe à travers la matière fine du soutien-gorge et je gémis très fort. Je suis tout près de jouir.

— *Dis-le*, éructe-t-il dans mon oreille, son pouce toujours sur mon clitoris. Je n'ai pas envie de te supporter toute la journée dans cet état-là.

J'abandonne finalement et je chuchote :

— Je veux vous sentir en moi.

Il gémit d'une voix étranglée et pose son front sur mon épaule. Ses doigts accélèrent, entrent en moi puis dessinent des cercles sur mon clitoris. Ses hanches contre mon cul, son érection se frotte dans mon dos. « Oh ! mon Dieu. » Je sens mon ventre se resserrer, mes pensées se concentrent sur l'orgasme qui va éclater.

Et les bruits rythmés de nos respirations haletantes, de nos gémissements, sont soudain interrompus par la sonnerie stridente d'un téléphone.

Figés dans notre position, nous nous rendons compte que nous sommes dans un ascenseur. La réalité nous écrase. M. Ryan jure en s'éloignant de moi, il attrape le combiné d'urgence.

Je me retourne, j'attrape ma robe et je l'enfile sur mes épaules. Je la ferme avec des mains tremblantes.

« Oui… » Sa voix est calme, absolument pas à court de souffle. Nous nous buvons des yeux. « Je vois… Non, tout va bien… » Il se penche lentement et ramasse ma culotte déchirée. « Non, il s'est juste arrêté. » Il écoute le technicien à l'autre bout du fil tout en faisant jouer la soie entre ses doigts. « OK », conclut-il avant de raccrocher le téléphone.

L'ascenseur tremble et il se remet à monter. Il jette un coup d'œil à la matière fine entre ses doigts, puis il me regarde. Il grimace, s'éloigne du mur sans me lâcher du regard. Il appuie l'une de ses mains à côté de ma tête, se penche, son nez dans mon cou, et murmure :

— Ton odeur est aussi bonne que ta chatte.

Petit gémissement que je ne parviens pas à contenir.

— Et ça, dit-il en montrant ma culotte, c'est *à moi*.

Cloche de l'ascenseur, c'est notre étage. Les portes s'ouvrent et, sans un regard vers moi, il fait glisser le petit morceau de soie noire dans la poche de sa veste et sort à grandes enjambées.

CHAPITRE 4

Panique. L'émotion qui me saisit quand je sprinte quasiment jusqu'à mon bureau, c'est de la panique pure. Être seul avec elle dans cette petite prison d'acier – son odeur, ses gémissements, sa peau – a fait s'évaporer mon self-control. Tout a foutu le camp. Cette fille joue sur mes sens comme personne.

Arrivé dans la sécurité relative de mon bureau, je m'effondre sur le canapé en cuir. Je me penche en arrière, j'empoigne mes cheveux, en tentant de me calmer et de faire redescendre mon érection.

« Et merde ! » C'est de pire en pire.

Putain... J'ai su, à la minute où elle m'a rappelé la réunion de ce matin, que je ne pourrais pas former une seule pensée cohérente et encore moins faire une présentation convenable dans cette foutue salle de conférence. Il était hors de question que je m'assoie à cette table. Mais rien que le fait d'entrer et de la voir debout contre la vitre, plongée dans ses rêveries, a suffi pour me faire bander – encore.

61

J'ai inventé une histoire débile sur le change-ment d'étage de la réunion et, bien sûr, elle a essayé de me coincer. Pourquoi est-ce qu'elle me contrarie toujours ? J'ai dû lui rappeler qui commande ici. Mais, comme à chaque fois que nous avons une altercation, elle me l'a renvoyé à la gueule.

Je sursaute légèrement en entendant un bruit sourd dans le bureau d'à côté. Suivi d'un autre. Et encore un autre. Non, mais qu'est-ce qu'il se passe ? Je me relève du canapé et je m'ap-proche de la porte. Quand je l'ouvre, je trouve Mlle Mills en train de balancer tous ses dossiers sur des piles différentes. Je croise les bras et je m'appuie contre le mur, en la regardant pendant un moment. La voir si énervée n'apaise en rien le petit problème dans mon pantalon.

— Puis-je savoir ce qui vous prend ?

Elle relève les yeux et me regarde comme si j'étais un martien :

— Vous avez perdu la tête ?

— Je ne crois pas, non.

— Excusez-moi, je suis un peu à bout, siffle-t-elle, attrapant une pile de dossiers.

Elle les lance brusquement dans un tiroir.

— Je ne suis pas très enthousiaste à propos de...

Mon père entre soudain dans le bureau :

— Bennett, bravo pour tout à l'heure. J'ai parlé avec Henry, Dorothy et Troy et ils étaient...

Il s'arrête et fixe Mlle Mills, échevelée, sur le côté de son bureau.

— Chloé, ma chérie, tout va bien ?

Elle se redresse et étire les mains, en acquiesçant. Ses joues sont roses, ses cheveux emmêlés – elle est charmante comme ça. Tout ça à cause de moi... J'avale ma salive et je me tourne vers la fenêtre.

Mon père continue :

— Ça n'a pas l'air d'aller. (Il s'avance vers elle et pose la main sur son front.) Vous êtes brûlante.

Je serre les dents en regardant leur reflet dans la vitre. Un sentiment étrange m'envahit. *D'où sort-il ?*

— En fait, je ne me sens pas très bien, dit-elle.

— Vous devriez rentrer chez vous. Avec vos horaires ici et votre semestre qui vient de s'achever à l'université, il est normal que vous...

Je le coupe en me retournant :

— Nous avons une journée très chargée, vraiment. Je pensais en finir avec Beaumont aujourd'hui, Mlle Mills.

J'ai parlé sèchement, les dents serrées.

Mon père tourne son regard d'acier vers moi :

— Je suis sûr que tu peux gérer tout ça seul comme un grand, Bennett.

Il pivote vers elle :

— Et vous, partez ! Allez, hop !

— Merci, Elliott.

Elle me regarde en relevant ses sourcils parfaitement dessinés :

— À demain, monsieur Ryan.

Je la contemple qui s'éloigne, et mon père

ferme la porte derrière elle. Il me regarde, outragé.

— Quoi ?

— Ça te tuerait d'être un peu moins désagréable, Bennett ?

Il s'avance et s'assoit sur le bord de son bureau :

— Tu as de la chance de l'avoir, tu sais...

Je lève les yeux au ciel et secoue la tête :

— Si elle était aussi *sympathique* qu'apte à faire des PowerPoint, il n'y aurait pas de problème.

Il m'interrompt d'un froncement de sourcils :

— J'ai eu ta mère au téléphone, elle m'a dit de te rappeler que nous dînons ce soir à la maison. Henry et Mina viennent avec la petite.

— J'y serai.

Il sort et me lance un dernier regard :

— Ne sois pas en retard.

— Mais non, bon Dieu !

Il sait, *tout le monde* sait que je ne suis jamais en retard, même pour quelque chose d'aussi informel qu'un dîner de famille. Henry, en revanche, serait capable d'arriver en retard à son propre enterrement.

Enfin seul, je retourne dans mon bureau et je m'effondre sur mon siège. OK, je suis peut-être un peu à bout de nerfs.

Je sors de ma poche ce qui reste de ses sous-vêtements, prêt à envoyer sa culotte dans le tiroir, avec les autres, quand je remarque l'étiquette. Agent provocateur. Elle a dû dépenser une somme rondelette pour celle-là. Ça éveille ma curiosité. J'ouvre le tiroir et j'examine les deux autres. Aubade. Merde, cette fille s'y connaît en lingerie. Je devrais m'arrêter à la boutique Aubade en ville pour voir combien ma petite collection lui coûte... Je passe ma main gauche dans mes cheveux et je jette la pièce de soie dans le tiroir, que je referme d'un geste brusque.

C'est officiel : j'ai perdu la tête.

J'ai essayé, j'ai vraiment essayé. Impossible de me concentrer sur quoi que ce soit aujourd'hui. Même après un long jogging à l'heure du déjeuner, je n'ai pas pu me sortir de l'esprit les événements de ce matin. Vers 15 heures, j'ai su qu'il fallait que je sorte de là. Je suis arrivé devant l'ascenseur et j'ai eu un coup au cœur : impossible de rentrer là-dedans, mieux vaut prendre les escaliers. Puis j'ai réalisé que c'était encore pire ! J'ai descendu en courant dix-huit étages.

Quand je suis arrivé chez mes parents, plus tard dans l'après-midi, j'ai senti une partie de ma tension redescendre. En entrant dans l'appartement, j'ai été immédiatement happé par l'odeur familiale de la cuisine de ma mère et l'écho de la discussion entrecoupée de rires de mes parents, dans la salle à manger.

— Bennett ! s'écrie ma mère quand j'entre dans la pièce.

Je me penche et je l'embrasse sur la joue. Je la laisse quelques instants essayer de lisser mes cheveux en bataille. Ses mains retirées de ma tête, je prends un saladier et je l'apporte sur la table, saisissant une carotte à la volée en guise de commission.

— Où est Henry ? demandé-je en regardant vers le salon.

— Ils ne sont pas encore arrivés, répond mon père en entrant à son tour dans la pièce.

Avec Henry, c'est déjà compliqué. Donc quand on lui ajoute sa femme et sa fille… Nous pourrons nous estimer heureux s'ils arrivent à venir tout court. Quant à être à l'heure… Je me dirige vers le bar pour servir un Martini Dry à ma mère.

Vingt minutes plus tard, nous sommes tirés de notre quiétude par un vacarme venant de l'entrée. Comme je me précipite à leur rencontre, une petite chose remuante, dotée d'un large sourire, crie à hauteur de mes genoux :

— Benny !

Je soulève ma nièce dans mes bras et couvre ses joues de baisers.

— Tu es pathétique, raille Henry en passant devant moi.

— Ça te va bien de dire ça…

— Si vous voulez mon avis, il n'y en a pas un pour racheter l'autre, conclut Mina.

Elle suit son mari vers la salle à manger.

Sofia est la première petite fille et la princesse de la famille. Comme d'habitude, elle a décidé de s'asseoir sur mes genoux pendant le repas, j'ai tenté de manger « autour » d'elle, et j'ai fait de mon mieux pour éviter son « aide ». Elle m'a complètement embobiné, quand j'y pense.

— Bennett, je voulais te demander, commence ma mère en me tendant une bouteille de vin. Et si tu invitais Chloé à dîner la semaine prochaine ? Fais de ton mieux pour la convaincre de venir pour de bon.

Je grogne pour toute réponse et je reçois un petit coup de poing affectif de mon père sur le menton :

— Mais enfin, pourquoi est-ce que tout le monde insiste autant pour qu'elle vienne dîner ici ?

Ma mère se redresse et prend sa tête de matriarche autoritaire :

— Elle vit toute seule dans une ville étrangère et...

— Maman, elle vit ici depuis le début de ses études. Elle a vingt-six ans. Chicago n'est plus une ville étrangère pour elle depuis longtemps.

— C'est vrai, Bennett, tu as raison, répond-elle avec une pointe d'agacement inhabituelle dans la voix. Elle est venue ici pour aller à la fac, a obtenu son diplôme avec mention très bien, elle a travaillé avec ton père pendant plusieurs années avant d'être déplacée dans ton département, elle est de loin la meilleure employée que vous ayez eue et elle n'en continue pas moins à suivre ses cours en dehors de ses heures de bureau pour terminer son MBA. Je pense que Chloé est vraiment une fille bien, et j'ai quelqu'un à lui présenter.

Ma fourchette se fige en pleine course entre mon assiette et ma bouche. Ma mère veut la caser ? Je trie mentalement tous les hommes célibataires que nous connaissons et je les écarte immédiatement. Brad : trop petit. Damian : baise tout ce qui bouge. Kyle : gay. Scott : idiot. C'est vraiment bizarre. Je sens quelque chose se resserrer dans ma poitrine mais je n'arrive pas à l'identifier. Si je devais mettre un nom dessus, ce serait... colère ?

Pourquoi suis-je irrité parce que ma mère veut la caser ? *Sûrement parce que tu couches avec elle, sale merde. Enfin*, je ne couche pas vraiment avec elle. Je la baise. OK, je l'ai baisée... deux fois. « Je la baise », ça sous-entend que j'ai envie que ça se reproduise.

Et, aussi, je l'ai branlée dans un ascenseur et je stocke ses culottes déchirées dans un tiroir de mon bureau.

Encore plus dégueulasse.

Je réfléchis un instant :

— Très bien, je lui en parlerai. Mais n'y compte pas trop. On ne peut pas dire que nos relations soient des plus cordiales, donc elle risque de ne pas être particulièrement enchantée que je l'invite.

— Tu sais, Ben, s'immisce mon frère, je pense que tout le monde ici est d'accord pour dire que tu es le seul à avoir du mal à t'entendre avec elle.

Les sourcils froncés, je balaye du regard tous les convives assis autour la table. Et je les vois tous hocher la tête, en accord avec mon imbécile de frère.

Le reste de la soirée est meublé par une longue discussion au sujet de mes relations avec Mlle Mills : « Vraiment, tu devrais être plus gentil avec elle. » « Cette fille est formidable ! » « Elle s'entendrait parfaitement avec le fils de ma meilleure amie, Joël. » Joël. J'avais totalement oublié, celui-là. Il doit être pas mal physiquement. À part ça, il a joué aux Barbie avec sa petite sœur jusqu'à ses quatorze ans et a pleuré comme un gros bébé quand il s'est pris une balle de base-ball dans le menton en CM2.

Mills le mangera tout cru.

Je suis mort de rire, rien qu'à l'idée.

Nous parlons également des réunions prévues pour la semaine. Une réunion très importante aura lieu mardi après-midi, j'accompagnerai mon père et mon frère. Je sais que Mlle Mills a déjà tout prévu et qu'elle est prête. Même si je déteste l'admettre, elle a toujours deux temps d'avance et anticipe tout ce dont j'ai besoin.

Je pars en promettant que je ferai de mon mieux pour la convaincre de venir ici. Mais pour être honnête, je ne sais même pas quand je la verrai ces prochains jours. J'ai des réunions et des rendez-vous dans toute la ville et je doute que mes brefs passages au bureau au cours de la semaine soient les moments les mieux choisis pour lancer une invitation.

Le lendemain.

Je regarde par la fenêtre pendant que nous descendons à la vitesse de l'escargot South

Michigan Avenue. Je me demande si ma journée va enfin consentir à s'améliorer. Je déteste être coincé dans les bouchons. Les bureaux sont seulement à quelques blocs de là. Je devrais peut-être demander au chauffeur d'arrêter la voiture et partir à pied. Il est un peu plus de 16 heures, et nous n'avons avancé que de trois blocs en vingt minutes. Normal. Je ferme les yeux en appuyant ma tête sur le haut du dossier. Je pense à la réunion que je viens de quitter.

Pas une fausse note, tout s'est parfaitement déroulé. Les clients ont été ravis de nos propositions. Mais je suis toujours d'une humeur massacrante.

Henry a tenu à me rappeler toutes les quinze minutes au cours de ces trois dernières heures que j'agis comme un adolescent lunatique et au moment où les contrats ont été signés, je n'avais qu'une envie : lui flanquer une raclée. Il a passé son temps à me demander quel était mon putain de problème et franchement, je ne sais pas si je peux lui en vouloir. Je reconnais que je me suis montré plutôt désagréable ces derniers temps. Et pour moi, ça signifie quelque chose. Bien sûr, il a fallu que Henry déclare avant de rentrer chez lui que ça me ferait du bien de baiser.

S'il savait.

Ça fait seulement un jour. Juste une petite journée depuis que les événements de l'ascenseur m'ont laissé en état d'érection persistante, avec un douloureux désir de la caresser. J'agis comme si je n'avais pas baisé depuis six mois.

Mais non, une journée et demie à ne pas la toucher et je deviens fou.

La voiture s'arrête encore, je suis à deux doigts de me mettre à crier. Le chauffeur baisse la vitre qui nous sépare et me lance avec un sourire d'excuse :

— Je suis désolé, monsieur Ryan. Vous devez être en train de perdre patience. Nous ne sommes plus qu'à quatre blocs. Préférez-vous terminer à pied ?

En jetant un coup d'œil par la fenêtre teintée, je remarque que nous nous sommes arrêtés au niveau de la boutique Aubade.

— Je peux m'arrêter juste...

Je suis sorti de la voiture avant même qu'il ait fini sa phrase.

Sur le trottoir, j'attends mon tour pour traverser. Je me rends compte que je ne vois pas bien pourquoi j'entrerais. Qu'ai-je l'intention de faire ? Est-ce que j'achète quelque chose ou je continue à me torturer ?

J'entre dans la boutique et je tombe en arrêt devant une longue table couverte de lingerie affriolante, toute de dentelle, de satin et de plumes. Le parquet est couleur miel. Au plafond, de longues lampes cylindriques, diffusent une lumière douce qui plonge l'espace dans une ambiance intime, illuminant les tables et les amoncellements de lingerie de luxe. Ces rubans et ce satin me ramènent à mon désir pour elle. Ils me semblent bien trop familiers.

Mes doigts parcourent les matières délicates

posées sur la table à côté de l'entrée. J'ai déjà attiré l'attention des vendeuses. Une grande blonde s'avance vers moi.

— Bienvenue chez Aubade, dit-elle en me regardant de haut en bas comme un lion devant une pièce de viande.

Une fille qui travaille ici sait que mon costume coûte une fortune et que mes boutons de manchette sont de vrais diamants. Des dollars clignotent dans ses yeux :

— Désirez-vous quelque chose de spécial ? Un cadeau pour votre femme ou votre petite amie, peut-être ? demande-t-elle en minaudant.

— Non, merci, réponds-je, soudain très embarrassé de me trouver là. Je jette juste un coup d'œil.

— Très bien. Si vous avez besoin de moi, je suis à votre disposition… conclut-elle avec un clin d'œil avant de retourner vers le comptoir.

Je la regarde s'éloigner. Je n'ai même pas pensé à lui demander son numéro de téléphone. Je vais mal. Putain. Je ne suis pas un obsédé, mais une belle femme dans un magasin de lingerie (de lingerie !) vient juste de me draguer et je n'ai même pas réagi ! Il y a vraiment un truc qui ne tourne pas rond chez moi !

Je suis sur le point de partir quand mon regard est attiré par un porte-jarretelles de dentelle qui pend sur un cintre. Avant de travailler avec elle, je ne savais pas que ce genre de truc pouvait se porter ailleurs que dans les shootings de *Playboy*. Je me souviens d'une réunion, le premier mois. Elle avait croisé les jambes sous la table, sa jupe s'était relevée, révélant la lanière délicate qui attachait ses bas. C'était la première fois que je remarquais son penchant pour la lingerie, mais ce n'était pas la première heure de déjeuner que je passais à me masturber en pensant à elle.

— Vous avez vu quelque chose qui vous plaît ? dit une voix étonnamment familière.

Je me retourne.

Oh ! merde.

Mlle Mills.

Je ne l'avais jamais vue comme ça. Aussi élégante qu'à son habitude, mais avec un look totalement *casual*. Elle porte un jean noir très ajusté, un débardeur rouge. Ses cheveux sont relevés en queue-de-cheval – très sexy. Mais sans maquillage et sans ses lunettes, elle n'a pas l'air d'avoir plus de 20 ans.

— Qu'est-ce que vous foutez ici ? demande-t-elle.

Son sourire de circonstance s'efface de son visage.

— Est-ce que ça vous regarde ?

— Je suis simplement curieuse. Vous n'avez pas assez de mes culottes ? Vous voulez commencer une autre collection ?

Elle ne me quitte pas des yeux, et m'arrache le porte-jarretelles d'entre mes mains.

Je continue rapidement :

— Non, non, je...

— Alors, qu'est-ce que vous en faites ? Est-ce que vous les accrochez quelque part comme des trophées ?

Elle croise les bras devant sa poitrine, faisant ressortir ses seins. Mes yeux tombent dans son décolleté et ma bite se tend dans mon pantalon.

— Bon sang, pourquoi êtes-vous toujours si désagréable ? Une vraie chienne de garde, dis-je en secouant la tête.

Je sens l'adrénaline s'accumuler dans mes veines, mes muscles se tendre. Je suis plein de désir et de colère mêlés.

— Je pense que vous avez assez bien résumé ma vraie nature, répond-elle.

Elle se penche et sa poitrine touche presque la mienne. Je regarde autour de moi, dans la boutique, les gens ont les yeux fixés sur nous.

— Écoutez, fais-je en essayant de me reprendre. Voudriez-vous vous calmer et parler un peu moins fort ?

Je sais que je dois sortir d'ici au plus vite, avant que quoi que ce soit ne se passe. Pour une raison qui m'échappe, chaque dispute avec elle se termine par une culotte dans ma poche.

— Que faites-vous ici ? Pourquoi n'êtes-vous pas au bureau ?

— Ça fait presque un an que je travaille pour vous et vous ne savez toujours pas que je vois mon directeur de stage chaque semaine ? réplique-t-elle en roulant des yeux. Il faudrait peut-être penser à me mettre un bracelet électronique pour vous permettre de suivre mes faits et gestes en permanence comme un malade.

Mais, attendez... vous avez réussi à me trouver ici sans l'aide de quiconque !

— Vous êtes toujours tellement chiante avec moi, lâché-je après avoir longuement cherché quelque chose à dire.

Bravo, Ben. Quel sens de la repartie.

— Venez avec moi ! ordonne-t-elle en m'attirant vers le fond du magasin.

Elle me mène jusqu'à une cabine d'essayage. Elle doit être ici depuis un moment, si j'en crois les piles de sous-vêtements qui envahissent les chaises, les portemanteaux croulant sous le satin et la dentelle. Des haut-parleurs bien répartis diffusent de la musique, suffisamment fort pour que je ne m'inquiète pas de ses cris si jamais je l'étrangle.

Elle ferme la large porte ornée d'un miroir, dans le coin opposé à une chaise recouverte de soie. Elle plante ses yeux dans les miens :

— Vous m'avez suivie jusqu'ici ?

— Pourquoi est-ce que je ferais une chose pareille ? m'exclamé-je.

— Donc vous étiez en train de vous promener dans un magasin de lingerie féminine, juste comme ça. Vous jouez au pervers pendant vos heures de loisir ?

— Remettez-vous, mademoiselle Mills.

— Vous avez de la chance d'avoir une grosse bite pour compenser tout ce qui sort de votre bouche.

Je me penche, en murmurant :

— Je suis sûr que vous apprécierez ma bouche aussi.

Tout devient alors trop intense, trop fort, trop saisissant. Sa poitrine monte et descend et son regard se pose sur ma bouche, elle se mord la lèvre inférieure. Mills enroule doucement ma cravate autour de son poing et m'attire contre elle. J'ouvre la bouche, la sensation de sa langue suave me met dans tous mes états.

Je ne peux pas revenir en arrière. L'une de mes mains détache sa queue-de-cheval, l'autre caresse son menton. Les boucles délicates tombent sur ma main et j'empoigne la masse de ses cheveux, je les tire pour mieux atteindre sa bouche. J'en veux plus. Je veux tout d'elle. Elle gémit et je tire ses cheveux plus fort :

— Tu aimes ça.

— Putain, oui.

Ces mots ont pour effet de me projeter dans une autre dimension. Je me fous de savoir où nous sommes, qui nous sommes, ce que nous éprouvons l'un pour l'autre. Je n'ai jamais vécu une telle alchimie avec personne. Quand nous sommes ensemble, plus rien n'a d'importance.

Mes mains descendent sur ses hanches et j'attrape le bas de son T-shirt que je fais passer au-dessus de sa tête. J'arrête de l'embrasser une seconde. Elle retire ma veste et la fait tomber, pour ne pas être en reste.

Mes doigts caressent sa peau en descendant vers la ceinture de son jean. Rapidement retiré, elle le pousse du pied, avec ses sandales. J'embrasse son cou et ses épaules.

« Merde. » En relevant les yeux, je vois son

corps parfait se refléter dans le miroir en pied. J'ai fantasmé sur son corps déshabillé plus d'une fois et la réalité, en plein jour, ne perd pas au change. Pas du tout. Elle porte une culotte noire transparente qui couvre seulement la moitié de son cul et le soutien-gorge assorti, ses cheveux soyeux sont lâchés dans son dos. Les muscles de ses longues jambes toniques se contractent quand elle monte sur ses orteils pour atteindre mon cou. Cette image, plus la sensation de ses lèvres, me fait bander douloureusement. Mon pantalon est tendu à éclater.

Elle mord très fort mon oreille, ses mains fondent sur les boutons de ma chemise :

— Je pense que vous aimez quand c'est un peu brutal, vous aussi.

Je défais mon pantalon et ma ceinture, je les jette par terre avec mon boxer et je l'attire vers la chaise.

Un frisson me parcourt quand mes doigts vont de ses côtes au dos de son soutien-gorge. Ses seins se pressent contre moi, ils me crient d'accélérer. Je dégrafe rapidement le soutien-gorge et je fais glisser les bretelles sur ses épaules. Je m'écarte pour laisser le sous-vêtement glisser et, pour la première fois, je contemple ses seins complètement nus devant moi. Putain de parfaits. Dans mes fantasmes, je leur ai tout fait : je les ai touchés, embrassés, sucés, baisés, mais ce n'est rien en comparaison du plaisir de les voir enfin.

Elle se colle à moi. Il n'y a plus que sa fine

culotte qui nous sépare. Je plonge ma tête dans sa poitrine et mes mains s'enfoncent dans ses cheveux, la rapprochant de moi.

— Vous voulez me goûter ? chuchote-t-elle.

Elle attrape mes cheveux suffisamment fort pour s'arracher à mes lèvres.

Aucune remarque intelligente ne me vient, rien de cinglant pour qu'elle arrête de parler et qu'elle se consacre seulement à la baise. J'ai vraiment envie de goûter sa peau. Je le désire plus que tout :

— Oui, dis-je, tout simplement.

— Demandez gentiment, alors.

— Hors de question. Laisse-moi partir.

Elle gémit et se penche pour fourrer un de ses tétons parfaits entre mes lèvres. Elle tire encore plus sur mes cheveux. C'est putain d'exquis.

Mon esprit est encombré de pensées contradictoires. Je ne rêve que d'une chose : m'enterrer en elle, mais je sais pertinemment que je nous détesterai tous les deux, quand ce sera fini. Je la détesterai, elle, parce qu'elle me rend faible ; et je me détesterai, moi, parce que je laisse la luxure malmener ma raison. Je sais aussi que je ne peux pas m'arrêter. Je suis devenu un junkie, je vis pour la prochaine dose. Ma vie si parfaitement construite s'effondre autour de moi et tout ce que j'ai en tête, c'est de la sentir contre moi.

Mes mains descendent sur elle, mes doigts courent sur la démarcation de la culotte. Elle frissonne et je ferme les yeux, le tissu transparent dans ma main, prêt à m'arrêter.

— Allez-y, déchirez-la… Vous en avez envie, murmure-t-elle dans mon oreille avant de la mordre.

Une demi-seconde plus tard, sa culotte n'est plus qu'un désordre de dentelle dans un coin de la cabine. J'attrape ses hanches brusquement, je la soulève tout en tenant la base de ma bite dans l'autre main. Je la prends enfin.

La sensation est si intense que je la force à s'immobiliser pour m'empêcher d'exploser. Si je me laisse aller maintenant, elle me le reprochera plus tard. Et je ne lui donnerai pas cette satisfaction.

Une fois sous contrôle, je commence à faire bouger ses hanches. Nous n'avions jamais baisé dans cette position – face à face, elle dessus. Nos corps s'emboîtent parfaitement. Mes mains glissent de ses hanches à ses jambes, j'en agrippe une dans chaque main et je les passe autour de ma taille. Le changement de position m'enfonce plus loin en elle, et je plonge ma tête dans son cou pour m'empêcher de gémir à haute voix.

J'entends des voix autour de nous, les gens entrent et sortent des autres cabines d'essayage. L'idée que nous pouvons être surpris à tout moment rend la chose encore plus excitante.

Son dos se tend, sa tête tombe en arrière – grognement étouffé. La manière faussement innocente dont elle se mord la lèvre inférieure me rend fou. Une fois encore, je me retrouve à regarder par-dessus son épaule, je nous regarde dans le miroir. Je n'ai jamais rien vu d'aussi érotique.

Elle tire mes cheveux, guidant ma bouche jusqu'à la sienne. Nos langues s'emmêlent, au même rythme que nos hanches.

— Tu es tellement excitante, sur moi, chuchoté-je dans sa bouche. Retourne-toi, il faut que tu voies ça.

Je la redresse et je la tourne sur elle-même, face au miroir. Avec son dos contre ma poitrine, elle se laisse aller contre moi.

— Oh ! mon Dieu, fait-elle avec un profond soupir.

Sa tête retombe sur mon épaule, je ne sais pas si je dois ce mouvement à la sensation de ma queue en elle, ou à l'image dans le miroir. Peut-être les deux.

J'attrape ses cheveux et je la force à relever la tête :

— Non, je veux que tu regardes là, dis-je en lui murmurant à l'oreille, tout en croisant son regard dans le miroir. Je veux que tu te regardes. Et demain, quand tu auras mal, je veux que tu te souviennes qui t'a fait ça.

— Taisez-vous, réplique-t-elle.

Mais elle frissonne et je sais qu'elle aime chaque mot qui sort de ma bouche.

Ses mains parcourent son propre corps avant de s'enfoncer dans mes cheveux.

Je caresse chaque centimètre carré de sa peau et j'embrasse, je mords le dos de ses épaules. Je me vois dans le miroir en train de la pénétrer, et quoi que j'en pense, je sais que je n'oublierai jamais cette image. Ma main se déplace jusqu'à son clitoris.

— Oh ! merde, souffle-t-elle. S'il vous plaît.

— Comme ça ? demandé-je, en le caressant.

— Oui, s'il vous plaît, encore, oui, oui.

Nos corps se couvrent d'une fine couche de sueur brillante, ses cheveux se plaquent sur son front. Ses yeux ne me quittent pas. Nous sommes tout près de jouir tous les deux, et continuons de bouger l'un contre l'autre. Mais je refuse absolument de la laisser voir l'expression de mon visage à ce moment-là. Hors de question qu'elle se rende compte avec tant de crudité de l'effet qu'elle a sur moi.

Les voix autour de nous persistent, incapables de savoir ce que nous faisons dans la cabine étroite. Si je ne fais pas quelque chose, notre petit secret n'en sera plus un longtemps. Ses mouvements s'accélèrent, et ses doigts agrippent mes cheveux de plus en plus fort. Je presse ma main contre sa bouche, et j'étouffe son cri quand elle jouit enfin.

Je retiens mes propres gémissements en collant ma bouche à son épaule. Encore quelques va-et-vient, et j'explose tout au fond d'elle. Son corps s'accroche au mien quand je m'adosse au mur.

J'ai besoin de me lever. De me lever et de m'habiller. Mais je ne sais pas si mes jambes tremblantes me porteront. J'ai clairement perdu tout espoir de voir nos rapports sexuels perdre en intensité et d'être débarrassé de mon obsession.

La raison me revient doucement, avec la même déception – j'ai encore une fois succombé à ma faiblesse.

Je la relève et je la fais descendre de mes genoux avant de me pencher pour récupérer mon boxer.

Quand elle se retourne, elle me dévisage. Je m'attends à de la haine ou à de l'indifférence, mais son regard a quelque chose de vulnérable. Ses yeux se ferment – c'est fini. Nous nous rhabillons en silence, la cabine d'essayage nous semble soudain trop calme et trop petite, nous nous sentons à l'étroit.

Je lisse ma cravate et je ramasse la culotte déchirée. Droit dans ma poche. Je m'arrête, la poignée de la porte dans ma main. Je la scrute. Mes mains glissent le long d'un ensemble en dentelle qui pend le long du mur.

Mes yeux rencontrent les siens et je dis :

— Prends aussi le porte-jarretelles.

Et je sors de la cabine d'essayage sans me retourner.

CHAPITRE 5

Le ventilateur au-dessus de mon lit comporte exactement 83 trous, 29 vis, 5 pales et 4 ampoules. Je me mets sur le côté, mes muscles (en particulier mes adducteurs) sont douloureux – ils me rappellent cruellement pourquoi je n'arrive pas à dormir.

« Je veux que tu regardes. Et demain, quand tu auras mal, je veux que tu te souviennes qui t'a fait ça. »

Il ne rigolait pas.

Machinalement, ma main se déplace vers ma poitrine, et je caresse d'un air absent la pointe de mes seins sous mon débardeur. Les yeux fermés, j'imagine que mes doigts deviennent les siens. Ses longs doigts gracieux hantent mes seins, ses pouces pincent mes tétons, ses larges paumes m'enveloppent... *Merde.* Je soupire lourdement et donne un coup de pied dans un oreiller. Il tombe par terre. Je sais exactement où ce genre de pensées va m'amener. Ça fait trois nuits de suite que la même chose se produit. Ça doit s'arrêter – maintenant. Je roule sur le ventre avec un grognement de colère, et je ferme les yeux, en attendant que le sommeil arrive. Comme si c'était si facile.

Je me souviens dans tous ses détails du jour où Elliott m'a demandé de monter dans son bureau, il y a presque un an. J'avais commencé à travailler chez RMG en tant que son assistante junior à l'essai. J'étais encore à l'université. Est-ce parce que je suis orpheline de mère qu'Elliott m'a prise sous son aile ? Pas comme un deuxième père, mais comme un mentor chaleureux, très attentionné, qui m'invite à dîner en famille et garde un œil sur mon moral. « Ma porte te sera toujours ouverte » – il me dit des choses comme ça. Mais ce matin, en m'appelant dans son bureau, il est particulièrement formel. Et moi je suis carrément morte de trouille.

Il m'explique qu'après avoir passé six ans à Paris où il a travaillé comme directeur marketing chez L'Oréal, son fils revient à Chicago pour occuper le poste de directeur général des opérations chez Ryan Media. Elliott sait que je passerai dans un an le diplôme de mon Master de Business et qu'il me faut un stage pour acquérir l'indispensable expérience du terrain. Il insiste pour que j'accomplisse ledit stage chez RMG. Son fils cadet sera plus que ravi, m'assure-t-il, de m'avoir dans son équipe.

Elliott me donne le mémo qu'il compte dispatcher dans toute l'entreprise la semaine suivante pour annoncer l'arrivée de Bennett Ryan.

Waow – c'est tout ce qui me vient à l'esprit quand, de retour dans mon bureau, je parcours le mémo en question. Vice-président exécutif du département marketing chez L'Oréal Paris. Le plus jeune nominé de la liste de *The Crain « Forty under 40 »*, publiée dans le *Wall Street Journal*. Un double MBA de la NYU-Stern School of Business et HEC Paris, où il s'est spécialisé en finance d'entreprise et commerce international, le tout *summa cum laude*. À 30 ans. Excusez du peu.

Quel était l'adjectif qu'Elliott avait employé à son sujet, déjà ? Ah ! oui – « très motivé ». Doux euphémisme.

Henry avait sous-entendu que son frère n'était pas aussi cool que lui, mais, devant mon air inquiet, il m'avait mise à l'aise : « Il a tendance à être un peu sévère et à avoir un balai dans le cul à certains moments, mais ne t'inquiète pas, Chloé. Tu peux gérer ses crises. Vous allez faire une super équipe. Franchement, comment pourrait-il ne pas t'aimer ? » avait-il ajouté en me prenant gentiment par les épaules.

J'ai du mal à l'admettre, surtout maintenant, mais j'étais assez séduite par l'image que je m'étais faite de Bennett Ryan, juste avant son arrivée. J'étais totalement stressée à l'idée de travailler avec lui, mais en même temps très impressionnée par ce qu'il avait accompli dans sa relativement courte existence. Et sa photo sur Internet ne gâchait rien : ce mec était un beau spécimen. Nous avons communiqué par mail avant son arrivée et, même s'il semblait assez sympa, il n'a jamais été ouvertement amical.

Le jour J, Bennett devait arriver pour la réunion générale de l'après-midi, où il serait officiellement présenté. Je passe toute la journée sur les nerfs. Sara, en amie fidèle, monte pour me distraire. Elle s'assoit dans mon fauteuil, je m'installe face à elle et nous passons près d'une heure à nous remémorer des épisodes de *Clerks*, une série télé à mourir de rire.

Bientôt, je suis si hilare que j'en pleure. Je ne remarque pas que Sara se raidit : la porte du bureau vient de s'ouvrir, et je ne l'ai même pas entendue.

Je ne me rends pas compte non plus que quelqu'un se tient derrière moi. Sara essaie de me prévenir, un doigt devant la bouche, les yeux exorbités – le signal universel pour « ta gueule ». Tout à mon fou rire, je l'ignore. Comme une idiote, je continue à glousser en me tenant les côtes :

— Alors elle dit : « La vache, il a fallu que je prenne la commande d'un mec que j'avais sucé une fois après le bal de promo ! » Et il répond : « C'est comme moi, un jour j'ai eu à servir ton frère. »

Et je pars d'un tel éclat de rire que je bascule en arrière – et me heurte à quelque chose de dur et chaud.

En tournant la tête, je réalise, horrifiée, que mes fesses se trouvent posées sur la cuisse de mon nouveau boss.

— Monsieur Ryan ! m'exclamé-je, le reconnaissant d'après les photos. Je suis vraiment désolée !

Il n'a pas l'air de trouver ça drôle.

Dans une tentative pour faire retomber la tension, Sara se lève et lui tend la main :

— Je suis très heureuse de faire enfin votre connaissance. Sara Dillon, l'assistante de Henry.

Mon nouveau boss la regarde froidement, sans répondre à son geste. Il lève un de ses sourcils parfaits :

— Vous voulez dire « de M. Ryan » ?

La main tendue de Sara retombe lentement. Elle le regarde, visiblement mal à l'aise. La présence physique de Bennett est si intimidante qu'elle en perd ses mots. Reprenant ses esprits, elle tente de se justifier faiblement :

— C'est-à-dire que c'est assez informel ici. Nous utilisons les prénoms. Voici votre assistante, Chloé.

Il hoche la tête :

— Mademoiselle Mills. Vous m'appellerez monsieur Ryan. Je vous attends dans mon bureau dans cinq minutes pour que je vous expose les règles que vous devrez observer sur votre lieu de travail.

Sa voix est cassante. Bref signe de tête à Sara :

— Mademoiselle Dillon.

Il me fixe pendant quelques interminables secondes et tourne les talons vers son nouveau bureau. J'entends avec horreur la porte claquer pour la première fois – infâme habitude d'adolescent !

— Non, mais quel *connard* ! chuchote Sara entre ses dents.

— Connard de chez connard, l'approuvé-je.

Je décide d'aller lui chercher une tasse de café pour essayer de me rattraper. Je demande à Henry comment il l'aime – noir. Quand je frappe nerveusement à la porte de son bureau, un abrupt « Entrez ! » retentit. Je prie pour que mes mains arrêtent de trembler. Mes lèvres s'étirent dans un sourire amical – repartons de zéro – et j'entre alors qu'il parle au téléphone tout en prenant frénétiquement des notes sur un carnet. J'inspire profondément quand j'entends sa belle voix profonde parler un français sans défaut.

— *Ce sera parfait. Non. Non, ce n'est pas nécessaire. Seulement quatre. Oui, quatre. Merci, Ivan*[1].

Il raccroche, mais ne relève pas pour autant les yeux vers moi. Je suis debout face à son bureau. Il s'adresse à moi avec le même ton austère que tout à l'heure :

— Désormais, mademoiselle Mills, vous vous abstiendrez d'avoir des conversations privées dans ce

---

1. En français dans le texte. (*N.d.T.*)

bureau. Vous êtes payée pour travailler, pas pour cancaner. Suis-je clair ?

Je suis estomaquée. Il me regarde enfin en haussant l'un de ses sourcils. Je sors de ma transe et je réalise tout à coup que Bennett Ryan, certes bien plus beau en chair et en os que sur ses photos, ne ressemble à rien de ce que j'avais imaginé. Ni à ses parents ou à son frère.

— Très clair, monsieur, dis-je d'une voix assurée et ferme.

Et je fais le tour de son bureau pour poser son mug de café en face de lui. C'est alors que mon talon glisse sur le tapis et que je m'étale.

— Bordel de merde ! s'écrie-t-il.

Une tache de café brûlant se répand sur son costume de luxe.

— Oh ! monsieur Ryan, je suis *absolument* désolée !

Je cours vers le lavabo des toilettes pour prendre une serviette et je reviens le plus vite possible. Je tombe à genoux devant lui, j'essuie le café, sans parvenir à ôter la tache. Dans ma hâte, je pense que la situation ne peut pas être pire. Et je reviens sur terre. Je suis en train de frotter furieusement son entrejambe. Je détourne les yeux et je retire ma main. Je rougis jusqu'aux oreilles – son pantalon est tendu sur ce qui ressemble à une érection. Une érection !

— Vous pouvez vous retirer, mademoiselle Mills.

Je ne me fais pas prier et je déguerpis sans demander mon reste. C'est un cauchemar. Je suis morte de honte.

Heureusement, après ce début désastreux, je me suis montrée plutôt efficace. Il a même eu l'air impressionné parfois – sans pour autant se départir de son comportement glacial à mon égard. J'ai vite compris que c'était un enculé de première. Et je me suis toujours demandé ce que j'avais bien pu faire au bon Dieu pour avoir à subir sa mauvaise humeur au quotidien.

À part tacher ses costumes.

En arrivant au travail, je tombe sur Sara dans l'ascenseur. Nous convenons de déjeuner ensemble la semaine prochaine et je lui souhaite une bonne journée. Elle descend avant moi. Au dix-huitième étage, la porte du bureau de M. Ryan est fermée, comme d'habitude. Je ne peux pas savoir s'il est déjà là. J'allume mon ordinateur et je tente de me préparer mentalement à cette nouvelle journée. Ces derniers temps, l'angoisse me saisit à chaque fois que je m'assois à mon bureau.

Je sais que je le verrai ce matin : nous prenons connaissance ensemble du programme de la semaine qui vient, chaque vendredi. Mais je ne peux pas deviner dans quel état d'esprit sera monsieur.

Il est encore plus odieux que d'habitude en ce moment. Pourtant, ses derniers mots, hier… « Prends aussi le porte-jarretelles. » Je l'ai acheté. Je le porte maintenant. Pourquoi ? Aucune idée. Qu'est-ce qu'il pouvait bien vouloir dire par là ? Est-ce qu'il pense qu'il va le voir ? Hors de question. Putain, pourquoi est-ce que je le porte ? Je jure que s'il le déchire… Je m'arrête avant de finir ma phrase.

Il ne va pas le déchirer. Même pas en rêve.

Crois-le, Mills.

Je réponds à quelques mails, j'imprime le contrat Papadakis sur les questions de propriété intellectuelle et je fais quelques recherches sur des hôtels – j'en oublie la situation présente. Une heure plus tard, la porte de son bureau s'ouvre. Devant moi se trouve un

M. Ryan à l'allure parfaitement professionnelle. Son costume noir, à deux boutons, est impeccable. Sa cravate de soie rouge ajoute la touche de couleur parfaite. Il a l'air calme et totalement à l'aise. Aucune trace du mec qui m'a sauvagement baisée dans la cabine d'essayage d'Aubade, il y a approximativement dix-huit heures et trente-six minutes. Je compte, maintenant…

— On peut commencer ?

— Oui, monsieur.

Il acquiesce puis retourne dans son bureau.

OK. C'est donc comme ça que ça va se passer maintenant. Pas de problème. Je ne suis pas sûre de ce que j'attendais. Je suis assez soulagée que les choses ne changent pas. Nos étreintes sont de plus en plus intenses, la chute en sera d'autant plus dure quand ça s'arrêtera et que je devrai ramasser les morceaux de ma carrière foutue en l'air. Mais non. On va limiter la casse et j'obtiendrai tranquillement mon diplôme à la fin de l'année.

Je le suis dans son bureau et je m'assois face à lui. Je commence à parcourir à haute voix la liste des choses à faire et des rendez-vous importants. Il m'écoute sans broncher, en prenant quelques notes ou en tapant sur son ordinateur, quand il le faut.

— Une réunion avec Red Hawk Publishing est prévue à trois heures cet après-midi. Votre père et votre frère y vont aussi. Ça vous prendra probablement le reste de la journée, j'ai donc annulé vos rendez-vous.

Je poursuis jusqu'à arriver à la partie que je redoute le plus :

— Pour finir, la conférence sur les perspectives marketing de JT Miller se tient à San Diego le mois prochain, lui annoncé-je rapidement.

Je m'intéresse soudain à ce que je griffonne sur mon planning. Le silence qui suit cette information dure une éternité. Je relève la tête pour voir pourquoi il ne réagit pas. Ses yeux me scrutent, l'expression de son visage est neutre. Il joue avec un stylo.

— Vous m'accompagnerez ? demande-t-il.

— Oui.

Ce seul mot produit un silence angoissant dans la pièce. Mais qu'est-ce qu'il peut bien penser ?

Je bafouille :

— Je dois y être, c'est dans les termes de ma bourse. Je... euh... pense aussi que c'est bien que je sois là aussi pour... hmm... vous aider à gérer vos rendez-vous.

— Faites les arrangements nécessaires, conclut-il.

Il se remet à taper sur son ordinateur. Je suppose que cela signifie mon congé. Je me lève et me dirige vers la porte.

— Mademoiselle Mills ?

Je me retourne et, même s'il ne croise pas mon regard, sa nervosité est palpable. Voilà qui est inhabituel.

— Ma mère m'a demandé de vous inviter à dîner la semaine prochaine.

— Oh... Eh bien, dites-lui que je consulterai mon agenda pour voir mes disponibilités.

Et je tourne les talons pour partir. Mais surtout pour lui cacher le rouge qui m'est monté aux joues.

— On m'a dit que je devais... vous encourager *fortement* à venir, poursuit-il dans mon dos.

Il me fixe maintenant, et il a vraiment l'air mal à l'aise.

— Et pour quelle raison ? dis-je en revenant vers lui.

— Eh bien, dit-il avant de s'éclaircir la gorge. Elle voudrait manifestement vous faire rencontrer quelqu'un.

Ça, c'est nouveau. Je connais les Ryan depuis des années et même si Susan est susceptible de mentionner mon nom en passant, elle n'a jamais activement essayé de me présenter à qui que ce soit.

— Votre mère essaye de me caser ? demandé-je en croisant les bras sur ma poitrine.

— On dirait bien.

Son visage n'exprime pas la même nonchalance que ses propos.

— *Pourquoi* ? insisté-je en haussant les sourcils.

Il fronce les siens, visiblement ennuyé :

— Comment voulez-vous que je le sache ? On n'est pas tout le temps en train de parler de vous. Elle craint peut-être que malgré votre brillante personnalité, vous ne finissiez vieille fille, dans des robes informes et entourée de chats.

Je me penche vers son bureau et le foudroie du regard :

— Elle devrait plutôt s'inquiéter de l'avenir de son fils. Un gros dégueulasse qui passe son temps à déchirer des culottes et à suivre les jeunes filles dans des magasins de lingerie.

Il saute de sa chaise et s'approche de moi, furieux :

— Vous savez, vous êtes la plus…

La sonnerie de son téléphone le coupe en pleine phrase. Nous nous fixons, l'air mauvais, chacun d'un côté du bureau, en respirant lourdement. Pendant un moment, je pense qu'il va me renverser sur la table.

J'en ai envie. Il attrape le téléphone sans me quitter du regard.

— Oui, aboie-t-il dans le récepteur. George ! Bonjour. Oui, j'ai une minute.

Il se rassoit dans son siège. Je m'attarde pour voir s'il a besoin de moi pendant qu'il parle à M. Papadakis. Il lève son index pour me faire signe de rester avant de s'emparer d'un stylo qu'il fait rouler sur le bureau.

— Je dois rester ?

Il acquiesce une fois encore, toujours au téléphone :

— Je ne pense pas que vous deviez être aussi précis à ce stade, George.

Sa voix de ténor déclenche un frisson qui remonte tout le long de ma colonne vertébrale.

— Les grandes lignes suffiront. Nous avons juste besoin de déterminer la portée de cette proposition avant de la développer.

Je fais mine de partir. Quel grossier personnage : me laisser ici, debout ! Est-ce que j'ai une tête à porter une coupe de raisins d'une main et à l'éventer de l'autre avec une plume d'autruche pendant que monsieur parle à un client ?

Il m'observe de haut en bas, ses yeux se focalisent sur ma jupe. Quand il me dévisage de nouveau, ses lèvres se sont légèrement ouvertes, comme s'il allait me demander quelque chose dès qu'il aurait terminé sa conversation. Il se penche en avant et, avec son stylo coincé entre le pouce et l'index, soulève l'ourlet de ma jupe. Il la remonte sur ma cuisse.

Ses pupilles se dilatent – le porte-jarretelles…

— Je comprends, fait-il dans le téléphone, en laissant retomber ma jupe. Nous sommes d'accord pour dire que c'est une progression satisfaisante.

Il me déshabille de son regard de plus en plus noir. Mon cœur commence à battre la chamade. Quand il me regarde comme ça, j'ai envie de lui grimper dessus et de l'attacher à sa chaise avec sa cravate.

— Non, non. Rien d'aussi large à cette étape. Comme je l'ai dit, ce n'est qu'une esquisse préliminaire.

Je reviens sur la chaise en face de lui. Il lève un sourcil intéressé, porte le capuchon du stylo à sa bouche et se met à le mordiller.

Je sens la chaleur monter entre mes jambes. J'attrape ma jupe et je la remonte pour exposer ma peau nue à l'air frais du bureau, et aux yeux voraces de l'autre côté de la table.

— Oui, je vois, répète-t-il.

Sa voix est plus grave, presque rauque.

Le bout de mes doigts dessine la ligne de mes bas, puis caressent ma peau et mes sous-vêtements de satin. Rien – ni personne – ne m'a jamais fait me sentir aussi sexy que lui. C'est comme s'il confisquait toutes les pensées relatives à mon job, ma vie, mes objectifs, et disait : « Tout ça, c'est bien beau, mais regarde ce que je t'offre là. Ce sera tordu et très dangereux, mais tu en crèves de désir. Tu crèves de désir pour moi. »

Et s'il disait ça à haute voix, il aurait raison.

— Oui, continue-t-il. Je pense que c'est la meilleure façon de procéder.

C'est vrai ? Je lui souris, en mordant mes lèvres. Il a une moue diabolique en retour. Ma main droite remonte vers ma poitrine, je prends mon sein entre mes doigts et je le tords. De l'autre main, j'écarte ma culotte et fais glisser deux doigts contre ma peau trempée.

M. Ryan tousse et renverse son verre d'eau.

— Très bien, George. Nous nous en occupons dès réception. Ce sera fait dans les temps.

Je commence à faire bouger ma main, en pensant à ses longs doigts entre lesquels le stylo roule, à ses grandes mains me saisissant les hanches, la taille et les cuisses, quand il m'a pénétrée hier.

J'accélère, mes yeux se ferment et ma tête se renverse en arrière contre la chaise. Je m'efforce de ne pas faire de bruit, je me mords la lèvre. Un petit gémissement m'échappe. J'imagine ses mains et ses avant-bras tendus, les muscles crispés, et ses doigts qui entrent en moi. Ses jambes en face de mon visage, fermes et sculptées, la nuit de la salle de conférence. Et le reste…

Ses yeux sur moi, noirs et suppliants.

Je le regarde – ils sont exactement comme je les imagine. Il affecte de ne pas remarquer ma main qui va et vient. Le désir se lit sur son visage quand je jouis, je jouis, je jouis. L'orgasme est à la fois renversant et frustrant. Je voudrais ses doigts plutôt que les miens.

Il raccroche. Mon souffle court résonne dans la pièce silencieuse. Il se redresse, assis en face de moi. De la sueur perle à son front, ses mains sont agrippées aux bras de son siège.

— Mais qu'est-ce que vous me faites ? demande-t-il calmement.

Je grimace en écartant ma frange :

— Je suis à peu près sûre que je me suis fait ça à moi-même.

— Bien sûr, répond-il en levant les sourcils.

Je me lève, lissant ma jupe sur mes cuisses :

— Si vous n'avez plus besoin de moi, monsieur Ryan, je vais retourner travailler.

Je reçois un texto de M. Ryan au moment où je reviens des toilettes. Je dois le rejoindre dans le parking pour aller en ville. Heureusement que les autres managers et leurs assistantes vont aussi à la réunion de Red Hawk. Je sais qu'être assise dans une limousine seule avec cet homme pendant vingt minutes – surtout après ce que je viens de faire – ne me laisse que deux options. Et une seule lui conserve les couilles intactes.

La limousine m'attend dehors. Le chauffeur me fait un large sourire en ouvrant la portière :

— Bonjour, Chloé. Comment vas-tu en ce bel après-midi printanier ?

— Très bien, merci, Stuart. Et tes études ? souris-je en retour.

Stuart est mon chauffeur préféré et, même s'il a tendance à me draguer, il me fait toujours rire.

— Oh ! ça se passe bien. J'ai juste quelques soucis avec la physique, mais le reste, ça va. Dommage que tu ne sois pas scientifique, tu aurais pu me donner des cours… répond-il d'un air entendu.

— Si vous en avez fini tous les deux, vous feriez mieux de vous dépêcher. Nous avons un rendez-vous à honorer. Vous pourriez peut-être flirter avec Mlle Mills sur votre temps libre.

La voix de M. Ryan vient de l'intérieur de la voiture, où il m'attend. Il se rassoit après nous avoir jeté un regard mauvais. Je souris et je lève les yeux en direction de Stuart avant de monter.

À part M. Ryan, la voiture est vide.

— Où sont les autres ? demandé-je, vaguement gênée, alors que la voiture démarre.

— Ils ont un dîner d'affaires après. Nous avons donc décidé de prendre des voitures séparées.

Il se concentre sur ses dossiers. Je ne peux pas m'empêcher de remarquer que ses magnifiques chaussures italiennes bougent nerveusement.

Je le dévisage, suspicieuse. Il n'a l'air de rien. Il est affreusement attirant. Ses cheveux sont dans leur habituel désordre parfait. Il porte son stylo doré à sa bouche, absent, comme il l'a fait dans son bureau un peu plus tôt. Je me tortille sur mon siège en essayant d'évacuer la sensation d'inconfort qui monte en moi.

Quand il me regarde, son petit sourire suffisant montre qu'il m'a surprise en train de le reluquer.

— Ce que vous voyez vous plaît ?

— De quoi parlez-vous ? réponds-je avec un sourire qui n'appartient qu'à moi.

Je sais comment l'atteindre. Je recroise délibérément les jambes, en m'assurant que ma jupe remonte un peu plus haut que la limite du convenable. Il ne sait pas encore qui va gagner à ce petit jeu-là. Son air renfrogné revient en un instant. Mission accomplie.

Nous nous toisons pendant dix-huit minutes et trente secondes. J'essaie de me convaincre : l'idée d'avoir sa tête entre mes jambes ne me fait pas fantasmer. D'ailleurs, je n'y pense même pas.

Quand nous arrivons à destination, au bout de vingt minutes, il va sans dire que je suis de mauvaise humeur.

Les trois heures qui suivent s'égrainent interminablement. Les autres managers arrivent et tout le monde se présente. Une femme particulièrement belle, Lila, fait des œillades à mon boss. Elle doit avoir tout juste

30 ans – une lourde chevelure rousse, des yeux noirs lumineux et un corps parfait. Elle a eu le sourire « je-mouille-ma-culotte » tout l'après-midi, tant elle était sensible à son charme. Son charme...

Connard.

Nous rentrons au bureau en fin de journée. Le trajet en voiture est encore plus tendu qu'à l'aller. J'ai l'impression que M. Ryan a quelque chose à me dire. S'il ne le fait pas très vite, je vais exploser. Quand je veux qu'il la ferme, il déblatère à contre-emploi. Mais quand j'aimerais qu'il parle, le voilà muet.

Un sentiment de déjà-vu et de peur m'emplit quand nous traversons le building presque désert, en direction de l'ascenseur. À la minute où les deux portes dorées se referment, je souhaite être n'importe où, mais pas là. *Est-ce qu'il y a soudain moins d'oxygène ici ?* Je le regarde dans le reflet de la porte au verre poli. Difficile de le deviner. Il a desserré sa cravate, sa veste de costume est sur son bras. Pendant la réunion, il a remonté les manches de sa chemise et j'ai dû détourner mes yeux de ses muscles saillants. Il serre les dents et fixe le sol. On est loin de son calme habituel.

Dix-huitième étage. Je respire enfin. Ces quarante-deux secondes ont été les plus longues de toute ma vie. Je le suis sans le regarder, il entre dans son bureau. À ma grande surprise, il ne ferme pas la porte derrière lui. Il ferme *toujours* sa porte.

Je parcours mes messages et je gère des détails de dernière minute avant de partir pour le week-end. Jamais eu aussi hâte de sortir de là. Ce n'est pas tout à fait vrai... la dernière fois que nous avons été seuls à cet étage, je me suis quasiment enfuie en courant... Putain, s'il y a une chose à laquelle je ne dois pas penser, c'est bien celle-là. Surtout dans un bureau vide. Juste lui et moi.

Il sort de son bureau au moment où je rassemble mes affaires et, en passant, jette une enveloppe ivoire sur ma table. *Qu'est-ce que c'est que ça ?* J'ouvre l'enveloppe et je lis mon nom inscrit sur plusieurs feuilles d'un élégant papier assorti. C'est un formulaire pour un compte client privé chez Aubade, avec M. Bennett Ryan comme détenteur.

Il m'a ouvert un compte client ?

— Qu'est-ce que c'est que ça ? m'écrié-je en sautant de ma chaise. Vous m'avez ouvert un compte… ?

Il s'arrête, il hésite. Puis il me fait face :

— Après votre petit show d'aujourd'hui, j'ai passé quelques coups de fil pour que vous puissiez acheter tout ce dont vous aurez… besoin. Bien sûr, c'est un compte illimité.

Il a débité ça platement, de nouveau rayonnant de confiance en lui. C'est pour ça qu'il réussit si bien tout ce qu'il entreprend. La façon dont il arrive toujours à reprendre le contrôle de la situation est impressionnante. Mais pense-t-il sérieusement pouvoir *me* contrôler ?

— Donc, vous m'avez ouvert un compte chez Aubade pour que je m'achète de la *lingerie*, lui dis-je en secouant la tête pour retrouver mon calme.

— Surtout pour remplacer les choses que j'ai…

Il s'interrompt pour reformuler sa réponse.

— … les choses qui ont été endommagées. Si vous n'en voulez pas, *vous n'avez qu'à ne pas l'utiliser, bordel*, grince-t-il avant de tourner les talons.

— Pauvre mec.

Je me déplace pour le forcer à me regarder en face.

Les formulaires ne sont plus qu'une boule de papier froissé dans mon poing fermé :

— Vous trouvez ça drôle ? Vous pensez que c'est un jeu que vous menez comme vous l'entendez ?

Je ne sais pas contre qui je suis le plus en colère : contre lui qui s'imagine pouvoir faire ce qu'il veut de moi, ou contre moi-même qui ai laissé ce délire s'installer.

Il se moque :

— Oh ! oui, je trouve ça hilarant.

— Prenez ça et mettez-le-vous où je pense !

Je lui envoie la boule de beau papier au visage et je sprinte jusqu'à l'ascenseur. *Salaud de queutard macho.*

En toute logique, il n'a pas pensé à mal – enfin, j'espère. Mais ce compte chez Aubade… ? Voilà pourquoi on ne baise pas avec son boss, on ne lui roule pas des pelles et on ne lui fait pas de petits shows dans son bureau.

J'ai apparemment loupé une partie importante de mon cursus.

— Mademoiselle Mills ! crie-t-il.

Je l'ignore et j'entre dans l'ascenseur. Je m'encourage au moment d'appuyer sur le bouton parking : *Allez, un peu de maturité, Chloé.* Son visage apparaît au moment où les portes se ferment et je souris en le laissant sur le carreau.

« Merde, merde, merde ! »

Je fulmine dans l'ascenseur vide en tapant du pied. Cet enculé a déchiré sa dernière culotte. Fini.

Cloche de l'ascenseur. Me voilà dans le parking. Je marmonne entre mes dents en me dirigeant à grands pas vers ma voiture. Le garage est peu éclairé, mais presque toutes les autres voitures de ce niveau sont déjà parties. Je suis furieuse. Qu'il se pointe maintenant, ce salaud prétentieux, et il comprendra. Je viens à peine de formuler cette dernière pensée quand j'entends la porte de la cage d'escalier s'ouvrir bruyamment. Monsieur Ryan en sort comme un fou.

— Putain ! Attendez-moi ! hurle-t-il.

Il est à bout de souffle. C'est ce qui arrive quand on descend dix-huit étages en courant…

J'ouvre la portière de ma voiture et je lance mon sac à main sur le siège passager :

— Qu'est-ce que vous voulez à la fin, monsieur Ryan ?

— Bordel, vous pouvez arrêter deux secondes d'être en mode salope et m'écouter ?

Je le regarde droit dans les yeux :

— Vous me prenez pour une *pute* ?

Différentes émotions contractent ses traits : colère, choc, confusion, haine. Putain, il est craquant comme ça. Il ouvre le col de sa chemise, ses cheveux sont totalement décoiffés, la sueur coule le long de sa mâchoire. Mais je suis déterminée. J'ai opté pour la colère et je m'y tiens.

Restant à une distance respectueuse, il secoue la tête :

— C'est pas vrai, siffle-t-il en regardant autour de lui. Vous pensez vraiment que je vous vois comme une *pute* ? Non ! C'était juste comme ça…

Il se tait pour réorganiser ses pensées. Et serre la mâchoire. Il abandonne ?

— Vous êtes peut-être mon boss, mais vous n'avez pas à décider de ça.

Le silence, autour de nous. Quelques bruits de voitures dehors. J'en suis à peine consciente.

— Ah ! bon ? fait-il avec un regard noir. Je ne vous ai pas encore entendue vous plaindre.

Le voilà qui avance d'un pas vers moi.

Connard mielleux, maintenant.

— Contre la fenêtre.

Un autre pas.

— Dans l'ascenseur et dans la cage d'escalier. Dans la cabine d'essayage quand vous m'avez regardé vous baiser.

Encore un autre.

— Quand vous avez écarté les jambes dans mon bureau aujourd'hui, je n'ai pas entendu une seule protestation. Vous n'avez pas ouvert votre putain de bouche.

Ma poitrine se soulève, je sens le métal froid de la carrosserie sous ma robe. Même si je porte mes chaussures à talons, il fait toujours une tête de plus que moi. Il se penche et je sens son haleine chaude dans mes cheveux. Tout ce que j'ai à faire pour que nos bouches se trouvent, c'est relever la tête.

— Eh bien, c'est fini pour moi.

Ma poitrine, qui se soulève toujours avec difficulté, effleure la sienne. Soulagement coupable.

— Bien sûr que c'est fini, murmure-t-il en hochant la tête.

Il se rapproche dangereusement et presse son érection contre mon ventre. Il s'appuie des deux bras sur la voiture. Je suis piégée.

— Totalement fini pour toi.

— Sauf… peut-être…

Je ne suis pas sûre d'avoir envie de le dire à haute voix.

— Peut-être juste une dernière fois ?

Ses lèvres frôlent les miennes. C'est trop bon, trop *vrai*.

Je chuchote :

— Je ne veux pas vouloir ça. Ce n'est pas bon pour moi.

Nos nez glissent l'un contre l'autre. Je vais devenir folle. J'ai à peine le temps de me faire cette réflexion qu'il attrape ma lèvre inférieure entre les siennes et m'attire brusquement contre lui. En gémissant, il m'embrasse plus en profondeur et me colle contre la voiture. Comme la dernière fois, il retire les pinces de mes cheveux.

Nos baisers sont terriblement excitants, nous sommes soudés l'un à l'autre, nos mains emmêlent nos cheveux, et nos langues s'enroulent. Je feule quand il plie les genoux lentement, frottant sa queue contre moi.

— Merde…, je gémis dans un souffle rauque.

J'enroule ma jambe autour de lui. Le talon de ma chaussure se plante dans sa cuisse.

— Je sais…, souffle-t-il tout près de ma bouche.

Ses yeux glissent sur ma jambe et il prend mon cul dans ses mains, ses doigts s'y enfoncent et il chuchote :

— Je t'ai déjà dit à quel point ces chaussures sont excitantes ? Qu'est-ce que tu mijotes avec ces petits nœuds diaboliques ?

— Il y a un autre nœud ailleurs, mais il vous faudra de la chance pour le trouver.

Il s'écarte de moi, le désir est palpable :

— Dans la voiture, gronde-t-il.

Il tire la portière d'un coup sec.

Je le dévisage. Vite, une pensée rationnelle ! Mon cerveau brumeux ne trouve pas. Que faire ? Qu'est-ce que je veux faire ? Je peux lui laisser avoir mon corps comme ça, encore une fois ? Je suis submergée, je tremble. Adieu, raison. Bonjour, main qui sillonne mon cou et tire mes cheveux.

Il ramène mon visage vers moi et plonge ses yeux dans les miens :

— Maintenant.

Ma décision est prise. J'enroule sa cravate autour de mon poing et je l'attire sur les sièges arrière. La portière claque derrière lui, il ouvre tout de suite ma robe. Je gémis, le tissu tombe et ses mains explorent ma peau nue. Il m'allonge sur le cuir froid et s'agenouille entre mes jambes. Il pose la paume de sa main sur mes seins, puis la descend le long de mon ventre, jusqu'aux broderies du porte-jarretelles. Ses doigts caressent les rubans qui attachent mes bas et remontent jusqu'à ma culotte. Mes abdominaux se contractent, j'essaie de contrôler ma respiration. Il touche les petits nœuds blancs et lance :

— La chance n'a rien à voir avec ça.

Je l'attrape par la chemise et j'enfonce ma langue dans sa bouche. Je gémis, sa main contre moi. Nos lèvres se cherchent, nous nous embrassons passionnément. Le sentiment de l'urgence nous submerge depuis que ma peau est nue. Je sors sa chemise de son pantalon et je caresse sa peau douce, ses côtes, ses hanches et la ligne mince de poils qui me crie de dépasser son nombril, et de le dépasser encore. Toujours plus bas.

Je veux le faire attendre comme il m'a fait attendre. Mes doigts passent sur sa ceinture et la bosse sous son pantalon.

Il grogne :

— Tu n'as pas idée de ce que tu es en train de me faire.

— Dis-le-moi…

J'utilise ses mots contre lui, j'inverse les rôles. Ça m'excite follement :

— Dis-le-moi et je te donnerai ce que tu veux.

Il gémit et mord ses lèvres, son front contre le mien. Il frémit :

— Je veux que tu me baises.

Ses mains tremblent quand elles agrippent ma nouvelle culotte. C'est totalement fou, mais je *veux* qu'il la déchire. Cette passion brute qui nous unit ne ressemble à rien. Je ne veux pas qu'il se calme. Sans un mot, il la déchire sur moi, et la douleur du tissu qui lacère ma peau ajoute à mon plaisir.

Je le repousse du pied. Je m'assois et je le plaque contre le siège. Je monte sur ses genoux. J'attrape sa chemise, je l'ouvre en faisant sauter tous les boutons.

Seul compte ce que nous faisons. La sensation de l'air frais sur ma peau, le bruit rauque de nos respirations, la chaleur de ses baisers et l'idée de ce qui m'attend. Avec des gestes frénétiques, je défais sa ceinture et j'ouvre son pantalon. Il m'aide à le descendre. Sa queue effleure ma chatte. Je ferme les yeux, en le glissant en moi.

« Oh ! mon Dieu. » Le sentir en moi me fait sauter au plafond. Je remonte les hanches et je le chevauche, chaque mouvement est plus intense que le précédent. Ses doigts douloureusement enfoncés dans la chair de mes hanches m'excitent follement. Ses yeux sont fermés, il étouffe ses gémissements, la bouche collée contre ma poitrine. Ses lèvres passent sur mon soutien-gorge en dentelle, il sort l'un de mes seins, et en prend la pointe durcie entre ses dents. J'attrape ses cheveux, très fort – je lui arrache un soupir. Sa bouche s'ouvre contre ma peau.

— Mords-moi.

Il me mord jusqu'au sang, je crie et je m'accroche à ses cheveux.

Nos corps sont parfaitement accordés, je réagis au moindre de ses regards, à la sensation de ses doigts, à ses gémissements. Je déteste et j'adore ce qu'il me fait. Tout à la fois. Je n'ai jamais été du genre à perdre le contrôle, mais quand il me touche comme ça… tout fout le camp.

— Tu aimes sentir mes dents ? demande-t-il, la respiration entrecoupée. Est-ce que tu penses aux autres endroits où je te mordrai ?

— C'est fou, tu ne sais jamais quand il faut fermer ta gueule, répliqué-je en le repoussant de la main.

Il me soulève et m'allonge sans ménagement sur les sièges. Il écarte mes jambes. Il me pénètre. Ma voiture est trop petite pour ça, mais rien ne nous arrête. Ses jambes sont bizarrement repliées sous lui et mes bras amortissent les chocs contre la portière. Mais peu importe.

Il se remet sur les genoux et prend une position plus confortable. Il attrape l'une de mes jambes pour la placer sur son épaule, il me force un peu plus profondément.

— Mon Dieu, oui…

— Ouais ?

Il relève ma deuxième jambe. Se redresse et s'accroche au cadre de la portière pour me prendre encore plus fort, et plus intensément.

— C'est comme ça que tu aimes baiser ?

Le changement de l'angle me fait haleter, une sensation délicieuse envahit mon corps.

— Non.

Je prends appui sur la vitre derrière moi et relève mes jambes pour épouser ses mouvements.

— J'aime quand c'est encore plus fort.

— Putain... murmure-t-il en tournant doucement la tête.

De sa bouche ouverte il embrasse ma jambe.

Nos corps sont couverts de sueur, les fenêtres pleines de buée. Nos gémissements emplissent l'habitacle. La lumière pâle du garage met en valeur chaque muscle, chaque courbe du dieu penché sur moi. Je le contemple, émerveillée : son corps tendu par l'effort, ses cheveux ébouriffés et collés à son large front, les tendons de son cou, bien visibles...

Sa tête tombe entre ses bras ouverts, il ferme les yeux et souffle :

— Oh merde... Je ne peux juste... Je ne peux pas arrêter.

Je me cambre pour me coller contre lui, pour qu'il aille plus loin, toujours plus loin. Je n'ai jamais eu envie de dévorer un corps avec autant de rage que le sien. Je veux l'engloutir. Je ne suis jamais assez proche, jamais assez profondément baisée. Cette pensée fait monter la tension le long de ma peau, mon ventre se contracte – la douleur est délicieuse –, mes jambes glissent de ses épaules. Il pèse sur moi de tout son poids, je supplie sans pouvoir m'arrêter :

— Encore, encore, encore...

Je suis tout près. *Tout près.*

Mes hanches frappent contre les siennes, il me prend encore plus fort. Aussi brutalement que moi :

— Je suis tout près. *Encore*...

— Tout ce que tu veux, gémit-il pour toute réponse, en se penchant pour mordre ma lèvre. Prends tout ce que tu veux.

Je jouis en criant, mes ongles s'enfoncent dans son dos. J'ai le goût de sa sueur dans la bouche.

Il jure, d'une voix profonde et rauque, et après un dernier puissant à-coup, s'effondre sur moi.

Épuisé, tremblant, il jouit, le visage dans mon cou. Je ne peux résister à l'envie de passer mes mains dans ses cheveux trempés. Nous sommes allongés, pantelants, son cœur bat contre ma poitrine. Un million de pensées filent dans mon esprit en quelques minutes.

Nos respirations se calment lentement. J'ai l'impression qu'il s'est endormi. Il détourne la tête.

Mon corps transpirant se glace très vite pendant qu'il se rhabille. Je le regarde un moment avant de m'asseoir et de remettre ma robe. Le moment est très ambigu. Au-delà du plaisir physique, baiser avec lui est plutôt distrayant. Cela faisait bien longtemps qu'il ne m'était pas arrivé quelque chose d'aussi intéressant.

Mais c'est un tel enfoiré.

— Vous n'utiliserez pas le compte, c'est une affaire entendue. Je sais bien que cela ne peut pas se reproduire, dit-il.

Il me prend de court. Je l'examine, pensive. Il hausse les épaules dans sa chemise déchirée, les yeux dans le vague.

Il me rend mon regard quelques minutes plus tard :

— Dites quelque chose, que je sache que vous m'avez entendu.

— Dites à Susan que je viendrai à son dîner, monsieur Ryan. Et foutez le camp de ma voiture.

CHAPITRE 6

L'effort suffit presque à me distraire de mes pensées totalement décousues. *Presque*.

J'augmente l'inclinaison du tapis roulant pour courir encore plus vite. Pieds en compote, muscles en feu. Ça marche enfin. Je n'y pense plus. Voilà comment je mène ma vie. Je peux tout accomplir dès lors que je m'y mets avec suffisamment de conviction – l'école, ma carrière, ma famille, les femmes.

Putain. *Les femmes*.

Je secoue la tête, dépité, et j'augmente le volume de mon iPod, pour avoir un peu la paix. Un nouveau moyen de faire dévier mon esprit.

Échec sur toute la ligne. J'ai beau essayer de l'oublier, elle est toujours là. Je ferme les yeux et tout revient : je la chevauche, je la sens enroulée autour de moi, transpirante, endolorie, désireuse d'arrêter sans en être capable. Être en elle, c'est la torture par excellence. Je calme mon désir pendant un moment et puis, quand c'est fini, je me retrouve comme un junkie, consumé par le besoin d'en avoir plus. C'est terrifiant – je serais capable de faire tout ce qu'elle me dit, et donc, n'importe quoi. Et je pense à ça, là, maintenant. Je ne suis pas avec elle. Je ne veux que ce qu'elle veut. Ridicule.

Je retire les écouteurs de mes oreilles et je me tourne vers une source de mécontentement en puissance.

— Quoi ? lâché-je à l'attention de mon frère.

— Si tu continues comme ça, on va te ramasser à la petite cuillère, Ben, fait-il. Qu'est-ce qu'elle t'a fait pour que tu sois de si mauvaise humeur, cette fois ?

— Qui ça ?

Il roule des yeux :

— Chloé...

Mon estomac se retourne à la seule mention de son prénom. Je me concentre de nouveau sur le tapis roulant.

— Quel rapport avec elle ?

— Je ne suis pas con.

— Mais tout va bien. Même si ce n'était pas le cas, pourquoi diable y aurait-il un lien avec elle ?

Il rit en secouant la tête :

— Je n'ai jamais rencontré personne qui te fasse un tel effet. Et tu sais pourquoi ?

Il éteint sa machine pour m'observer de plus près. Je ne suis pas à l'aise. Mon frère est perspicace. Un peu trop perspicace. Hors de question qu'il découvre le pot aux roses.

Je détourne les yeux et continue à courir en arborant l'air le plus naturel possible :

— Fais-moi profiter de tes lumières.

— Vous vous ressemblez beaucoup, dit-il d'un air supérieur.

— *Pardon* ?

Quelques personnes se retournent pour essayer de savoir pourquoi je crie au milieu d'une salle de sport. Je frappe plutôt que je n'appuie sur le bouton stop et je me retourne vers mon frère :

— C'est du grand n'importe quoi. Nous n'avons *rien à voir*.

Je transpire, je suis à bout de souffle – je viens de courir quinze kilomètres. Mais maintenant, la montée de ma pression artérielle n'est pas due à l'effort physique.

Henry boit une grande gorgée d'eau. Il continue à ricaner :

— Tu me prends pour qui ? Je n'ai jamais rencontré deux personnes qui se ressemblent tant. Tout d'abord...

Il fait une pause, éclaircit sa gorge, lève sa main droite dans un geste théâtral et compte sur ses doigts :

— Vous êtes tous les deux intelligents, déterminés, travailleurs et loyaux. *Et...*

Il continue en me pointant du doigt :

— Elle n'a peur de rien. En fait, c'est la première femme qui ose se confronter à toi et qui ne te suit pas partout comme un chiot en perdition. Tu en avais bien besoin, que ça te plaise ou non.

Est-ce que tout le monde a perdu la tête ? Bien sûr, elle ressemble sûrement au portrait d'Henry. Je ne peux nier qu'elle est extrêmement intelligente. Elle est dure à la tâche, je suis parfois étonné de voir à quel point elle gère toutes les difficultés. Certes, elle est déterminée, même si, à mon avis, les adjectifs « butée » ou « têtue » conviendraient mieux pour décrire son caractère. Et je ne peux pas remettre en question sa loyauté. Elle aurait pu m'épingler cent fois depuis que nous avons commencé ce jeu dangereux.

Je me relève en le toisant et j'essaie de formuler une réponse intelligible :

— Ouais... C'est aussi une sacrée salope.

Super. Vachement approprié, Bennett.

Je descends du tapis roulant, j'essuie rapidement ma machine et je traverse la salle pour m'échapper.

Mon frère est mort de rire derrière moi :

— Tu vois ? Je savais que tu étais énervé à cause d'elle...

— Ta gueule, Henry.

Je m'installe pour faire des abdominaux. Il s'approche et se poste au-dessus de moi avec un rictus satisfait de chat qui vient de dévorer un canari.

— Bon, j'ai fini de travailler pour la journée, dit-il en se frottant les mains.

Il a l'air extraordinairement content de lui.

— Je vais rentrer à la maison.

— Très bien. Vas-y.

Il rit, commence à partir, mais se ravise :

— Oh ! avant que j'oublie, Mina voulait savoir si tu avais réussi à convaincre Chloé de venir dîner chez nous ?

J'acquiesce. Je m'assois pour refaire les lacets de mes chaussures :

— Elle a dit qu'elle viendrait.

— Est-ce que je suis le seul à trouver ça hilarant que maman essaye de la caser avec Joël Cignoli ?

Le pincement dans ma poitrine, encore. Henry et moi avons grandi avec Joël. C'est un type bien. Mais l'idée de ces deux-là ensemble me donne envie de frapper dans quelque chose – ou quelqu'un. Il continue :

— Joël est super, y a pas à dire. Mais Chloé est un peu hors de sa portée, non ?

Il me regarde longuement :

— Mais bon, tant mieux pour lui s'il pense avoir une chance !

Je me rallonge et reprends mes exercices avec trop d'énergie pour ne pas avoir l'air suspect.

— À plus, Benny.

— C'est ça, à plus.

Dimanche soir, étendu dans mon lit, je repasse mon plan dans ma tête. Je pense bien trop à elle – et différemment. Je dois être fort et ne pas la toucher de la semaine. Cure de désintox. Sept jours. Je peux le faire. Sept jours sans la toucher et ça me sortira de la tête. Je pourrai enfin reprendre le cours de mon existence. Avec seulement quelques précautions…

1. Je dois éviter de m'engueuler avec elle. Pour une raison qui m'échappe, nos prises de

bec sont toujours une forme bizarre de préliminaires.

2. Plus *jamais* de fantasmes. En clair, ça signifie : ne plus me souvenir de nos parties de jambes en l'air ni en imaginer d'autres, ne plus penser à elle à poil ou en train de me toucher. N'importe quel contact serait fatal.

Tout a à peu près fonctionné selon mon plan. J'ai été d'une humeur exécrable toute la semaine, qui m'a semblé interminable. Mais à part quelques fantasmes très crus, j'ai gardé le contrôle. J'ai fait de mon mieux pour éviter le bureau et, les rares fois où nous nous y sommes trouvés tous les deux en même temps, je me suis tenu à distance. Nous nous sommes parlé avec le même ton d'aversion polie qu'auparavant.

Elle a essayé de me faire craquer. Je le sais. Chaque jour, Mlle Mills m'est apparue encore plus sexy que la veille. Chaque jour, elle s'est arrangée pour porter un vêtement ou faire quelque chose qui me faisait inévitablement repenser à ce que je voulais oublier à toute force. J'ai passé un contrat avec moi-même : plus de « sessions » à l'heure du déjeuner. Je dois arrêter avec ça et cesser de l'imaginer pendant que je me branle – ou, encore pire, de l'imaginer *elle* en train de se branler. Ça n'aide pas.

Lundi, les cheveux lâchés. L'idée d'y plonger mes mains pendant qu'elle me suce m'obsède pendant toute la réunion où elle est assise en face de moi.

Mardi, une jupe près du corps qui descend

au genou et des bas à couture. Elle ressemble à une sorte de secrétaire pin-up ultra chaude.

Mercredi, tailleur. C'est pire, étrangement, parce que je ne peux pas m'empêcher de m'imaginer en train de faire glisser son pantalon le long de ses belles jambes.

Jeudi, un chemisier col en V parfaitement ordinaire. Mais elle se penche deux fois pour attraper mon stylo et je regarde dessous. Je n'ai pas fait exprès la première fois.

Vendredi, je pense que je vais exploser. Je ne me suis pas branlé une seule fois et je vis avec des couilles plus bleues que bleues.

J'entre dans le bureau le matin et je prie pour qu'elle soit malade. Mais je sais bien que je ne suis pas du genre chanceux. Mes nerfs sont à fleur de peau, entre l'excitation et la colère. J'ai presque une attaque en ouvrant la porte. Elle est en train d'arroser une plante, légèrement penchée sur elle dans sa robe-pull gris souris et ses cuissardes. Chaque courbe de son corps est offerte à ma vue. On me veut du mal, là-haut. J'en suis plus que persuadé.

— Bonjour, monsieur Ryan ! s'écrie-t-elle innocemment en se redressant à ma vue.

Il se passe quelque chose. Elle ne dit jamais rien d'innocent. Pas à moi. Je la dévisage, suspicieux.

— Bonjour, mademoiselle Mills. Vous avez l'air d'une humeur exceptionnellement cordiale aujourd'hui. Quelqu'un est mort ?

Elle me fixe du regard et me gratifie d'une moue… diabolique :

— Oh ! non... J'ai juste hâte d'être au dîner de demain et de rencontrer votre ami Joël. Henry m'a beaucoup parlé de lui. Il pense que nous avons vraiment beaucoup de choses en commun. *Enculé.*

— C'est vrai. Le dîner. J'avais complètement oublié. Oui, Joël et vous... Il est du genre toujours fourré dans les jupes de sa mère, et comme vous êtes une dominatrice née, il y a des chances pour que le courant passe très bien entre vous. J'ai envie de café, si vous en faites pour vous...

Je me retourne et je me dirige vers mon bureau.

Je ne devrais peut-être pas la laisser faire mon café. Elle pourrait bien un de ces jours ajouter quelque chose dedans. De l'arsenic, par exemple.

Avant que j'aie le temps de m'asseoir, elle frappe à ma porte.

— Entrez.

Elle pose la tasse de café sur la table, suffisamment brutalement pour qu'il se renverse un peu sur ce qu'elle sait être un putain de bureau sur mesure à 15 000 dollars. Elle me scrute :

— Est-ce qu'on revoit le planning ensemble ce matin ?

Elle est debout à côté de mon bureau, nimbée de soleil. Une ombre drape sa poitrine, ses formes en sont accentuées. Putain, je rêve de mettre son téton durci dans ma bouche. Est-ce qu'il fait froid ici ? Comment peut-elle frissonner alors que je sue comme un bœuf ?

Je dois partir tout de suite.

— Non. J'ai un rendez-vous en ville, cet après-midi. Je vais m'en aller d'ici une dizaine de minutes et je ne reviendrai pas de la journée. Envoyez-moi un mail avec les détails, ça ira très bien, je réponds rapidement en appuyant la tête contre ma chaise de bureau – où je ne risque rien.

— Je ne savais pas que vous aviez un rendez-vous à l'extérieur aujourd'hui, fait-elle, sceptique.

— Vous ne pouviez pas le savoir. C'est personnel.

Elle ne répond pas et j'ose un coup d'œil sur son visage. Elle a une étrange expression. Qu'est-ce que c'est que ce regard ? Elle a l'air en colère, mais il y a autre chose... Elle est... jalouse ?

— Oh ! fait-elle en se mordant la lèvre inférieure. Avec quelqu'un que je connais ?

Elle ne m'a jamais posé de questions non plus.

— Vous comprenez, si votre père ou votre frère ont besoin de vous joindre...

— Eh bien... vous savez de nos jours, si quelqu'un veut me joindre, il suffit qu'il m'appelle sur mon portable. Autre chose, mademoiselle Mills ?

Elle hésite un moment avant de relever le menton et de hausser les épaules :

— Comme vous ne serez pas là, je pourrai peut-être partir plus tôt, et en profiter pour faire un peu de shopping pour la soirée de demain.

— Pas de problème. À demain.

Nos regards se rencontrent de part et d'autre du bureau. Il y a de l'électricité dans l'air. Mon rythme cardiaque s'accélère.

— Bon *rendez-vous*, grince-t-elle en sortant.

Je suis soulagé quand je l'entends partir un quart d'heure plus tard. La voie est libre. Je rassemble mes affaires et je me dirige vers la sortie, quand un homme s'arrête devant moi, une imposante composition florale entre les bras.

— Je peux vous renseigner ?

Il jette un coup d'œil à son bloc-notes avant de regarder autour de lui :

— Une livraison pour Mlle Chloé Mills.

Quoi ? Quel est l'enculé qui lui envoie des fleurs ? Elle a un petit ami alors que nous... ?

Je ne finis même pas en pensée.

— Mlle Mills est partie déjeuner. Elle sera de retour dans une heure environ.

Il faut que je regarde la carte.

— Je peux signer pour elle et lui remettre les fleurs plus tard si vous voulez.

Le livreur pose le bouquet sur son bureau. Je signe rapidement, lui donne un pourboire, marmonne un « au revoir ». Dès qu'il a tourné les talons, je m'abîme dans la contemplation du bouquet pendant trois longues minutes. Non, je n'agirai pas comme un pauvre mec. Non, je ne lirai pas la carte.

Des roses. Elle déteste les roses. Je ricane – le type qui les lui a envoyées ne la connaît pas. Même moi, je sais qu'elle n'aime pas les roses. Je l'ai entendue un jour dire à Sara que l'un de

118

ses prétendants lui avait envoyé un bouquet de roses, et qu'elle l'avait immédiatement jeté, à cause de l'odeur entêtante.

La curiosité l'emporte, j'arrache la carte agrafée à la Cellophane qui enveloppe la composition florale.

Dans l'attente d'avoir le plaisir de dîner avec vous.
Joël Cignoli

Une sensation étrange se diffuse de nouveau dans ma poitrine. Je froisse la carte dans mon poing serré.

J'ôte les fleurs de son bureau, je sors, je verrouille la porte et j'arrive devant l'ascenseur.

Sans remords, je balance le vase et les fleurs dans une large poubelle chromée. Les portes s'ouvrent.

Je ne sais pas quel est mon putain de problème. Mais je sais qu'il est hors de question qu'elle sorte avec Joël Cignoli.

CHAPITRE 7

J'ai passé pratiquement tout mon samedi à courir au bord du lac, histoire de prendre un bol d'air et de me changer les idées. Mais ça n'a servi à rien, car, dès que je prends le volant pour me rendre chez mes parents, et pendant tout le trajet (qui dure une heure), ma frustration me revient en bloc : Mlle Mills, ma haine pour elle, mon désir pour elle, les fleurs que Joël lui a envoyées. Je cale ma nuque contre l'appuie-tête, me concentrant sur le ronronnement apaisant du moteur pour essayer de me calmer. Rien à faire.

Admettre l'évidence : je suis d'une possessivité maladive. Pas romantique pour un sou, plutôt du genre « je la gifle, je la traîne par les cheveux et je la baise ». Non, c'est plutôt comme si elle était mon joujou à moi et que je ne voulais pas que les autres garçons du bac à sable s'amusent avec elle. C'est malsain. Si elle m'entendait dire ça, elle me couperait les couilles et me les ferait manger.

La question, c'est comment procéder. Il est clair que Joël est intéressé. Comment pourrait-il ne pas l'être ? Toutes les infos qu'il a sur Chloé lui viennent de ma famille, qui l'adore. Ils lui ont certainement montré une photo, en plus. Rien qu'avec cette mise en bouche, moi aussi, j'aurais été intéressé. Mais s'il a une vraie conversation avec elle, ça m'étonnerait qu'il continue à la trouver aussi attirante.

À moins qu'il ait juste envie de la baiser...

Le crissement de mon volant en cuir sous mes doigts me dit qu'il ne vaut mieux pas y penser.

Il n'aurait pas accepté de la rencontrer chez mes parents s'il ne voulait que du sexe avec elle. N'est-ce pas ? Je considère cet argument. Peut-être veut-il apprendre à mieux la connaître ? Putain, même moi j'étais un peu intrigué avant de la rencontrer. Mais ça n'a pas duré longtemps. J'ai vite cerné le personnage, qui est le plus insupportable que la terre ait jamais porté. Manque de bol, elle est aussi mon meilleur plan cul.

Putain, ce type n'a pas intérêt à aller aussi loin que ça. Je ne sais pas où je pourrais cacher un cadavre par ici.

Je me souviens de la première fois où je l'ai vue. Mes parents étaient venus passer Noël avec moi quand je vivais en Europe, et ils m'avaient offert un cadre digital. J'ai regardé le diaporama avec ma mère, jusqu'à une photo qui montrait mes parents en compagnie d'une belle jeune fille brune. Là, j'ai appuyé sur « pause » :

— Qui est-ce ?

Ma mère m'a dit qu'elle s'appelait Chloé Mills, qu'elle était l'assistante de mon père et que c'était vraiment une fille bien. Elle n'avait probablement que 20 ans sur la photo, mais sa beauté, au naturel, était renversante.

Ces dernières années, son visage est souvent apparu dans les photos que ma mère m'a envoyées, prises aux fêtes de l'entreprise, à Noël ou lors de dîners à la maison. Et son nom revient régulièrement quand ma famille me parle de la boîte.

Quand je décide de rentrer aux États-Unis et de prendre le poste de DG chez RMG, mon père m'explique que Chloé prépare son diplôme de la Northwestern University, que sa bourse requiert une expérience en entreprise et que l'idéal pour elle serait de me suivre professionnellement pendant un an. Ma famille l'aime et lui fait confiance. Mon père et mon frère n'émettent aucune réserve à son égard, ce qui en dit long sur l'estime qu'ils lui portent. J'accepte immédiatement. Je suis pourtant un peu inquiet : et si mon attirance pour son physique interférait avec mon autorité de boss ? Mais je me rassure rapidement – le monde est plein de belles femmes, et il est quand même assez facile de séparer le travail de la drague.

Quel con j'ai été !

Et maintenant, toutes les erreurs que j'ai faites ces derniers mois me sautent aux yeux. Tout, depuis le premier jour, menait à ça.

Pire encore : ces derniers temps, je ne pouvais

plus baiser avec qui que ce soit sans penser à elle. Le souvenir de la dernière fois où j'ai essayé me fait grimacer.

C'était quelques jours avant l'« accident de la fenêtre » – je l'appelle comme ça maintenant. Je devais me rendre à la soirée organisée par une œuvre caritative. En entrant dans le bureau, je suis stupéfait de voir Mlle Mills dans une robe bleue incroyablement sexy que je ne lui connaissais pas. À la minute où mes yeux se posent sur elle, j'ai envie de la coucher sur le bureau et de la baiser jusqu'à épuisement.

Pendant toute la soirée, je suis ailleurs. Impossible de me concentrer sur ce qui se passe autour de moi. Je sens venir le moment où je craquerai, mais je ne sais pas qu'il est si proche. Au dîner, je suis assis à côté d'une blonde sculpturale.

Je lui propose ensuite de la raccompagner, moins parce que j'ai envie d'elle que pour me prouver que Mlle Mills n'accapare pas toutes mes pensées. Je me retrouve dans son appartement un peu par hasard, sans vraiment l'avoir voulu. Nous nous embrassons et nous nous déshabillons rapidement. Et là, l'évidence me saute à la figure… Ce n'est pas que la fille ne soit pas sexy ou qu'elle manque d'intérêt, mais lorsque je l'allonge sur son lit, ce sont des cheveux bruns que je vois répandus sur l'oreiller. J'embrasse ses seins, mais ce sont ceux de Chloé que je veux sentir sous ma bouche – une poitrine authentique, douce, pas du silicone. Je mets une capote, je la pénètre. Je sais qu'elle est un corps sans visage que j'utilise pour mes besoins égoïstes.

J'essaie d'éviter de penser à Chloé, sans succès. Je l'imagine sous moi, à la place de l'autre. Et je jouis, très fort, en laissant la blonde sur le carreau. Je m'en veux, mais je ne peux pas faire autrement. Le souvenir me dégoûte encore plus que l'acte réel. J'ai laissé Chloé envahir mon esprit et s'y installer.

Si j'arrive à me tenir ce soir, ce sera plus facile. Je gare ma voiture et je commence à chantonner mentalement : *Tu vas y arriver, tu vas y arriver*.

— Maman ? appelé-je en traversant la maison.

— Je suis là, Bennett ! l'entends-je crier de la terrasse, à l'arrière de la maison.

J'ouvre les larges portes-fenêtres et le sourire de ma mère m'accueille. Elle finit de mettre la table dehors.

Je me penche vers elle et elle m'embrasse sur la joue :

— On dîne là, ce soir ?

— La soirée est magnifique et j'ai pensé qu'on serait plus à l'aise sur la terrasse que dans la salle à manger. Tu penses que ça va déranger quelqu'un ?

— Bien sûr que non. C'est très joli ici. Ne t'inquiète pas.

C'est vraiment beau. La terrasse est à moitié couverte d'une pergola blanche massive, dont les poutrelles sont envahies d'une glycine odorante. Au centre, sur une large table rectangulaire drapée d'une nappe ivoire, ma mère a dressé huit couverts avec sa vaisselle de porcelaine préférée. Des bougies et des fleurs bleues débordant de petits vases d'argent sont joliment disposées, et l'ensemble est éclairé par un lustre en fer forgé.

— Ce n'est pas un peu risqué de sortir ta plus belle vaisselle, avec Sofia dans les parages ? demandé-je en piquant un grain de raisin.

— Oh ! elle est chez les parents de Mina ce soir. C'est mieux comme ça. Quand Sofia est ici, elle attire toute l'attention sur elle.

Merde. Sans les mimiques de Sofia, je n'aurai rien pour détourner mon attention de Joël.

— C'est la soirée de Chloé. J'espère vraiment que Joël lui plaira.

Elle continue à trottiner autour de la table, allumant des bougies, arrangeant la disposition d'une fourchette... Elle n'a pas la moindre idée de mon angoisse.

Je suis piégé. J'envisage de m'enfuir, quand j'entends Henry arriver – à l'heure, pour une fois. « Où êtes-vous ? » crie-t-il. Sa voix résonne dans la maison vide. J'ouvre la porte devant ma mère et nous entrons. Mon frère est dans la cuisine.

— Aloooors, Ben, commence-t-il, en appuyant son long corps contre le bar. Tu as hâte d'être à ce soir ?

— Bien sûr, je réponds d'un air sceptique quand ma mère a quitté la pièce.

Je continue en m'efforçant d'avoir l'air détendu :

— Je crois que maman a fait des tartes au citron, c'est mon dessert préféré.

— T'es une merde. Moi, j'attends de voir Cignoli faire la cour à Chloé devant tout le monde. On va se marrer !

Il se coupe une tranche d'une énorme miche de pain. Mina entre et lui donne une pichenette sur la main :

— Tu ne vas quand même pas commencer à mettre ta mère mal à l'aise ? Tu veux bousiller sa réception ? Reste tranquille, Henry. Pas de taquinerie ni de blague avec Chloé. Elle doit être suffisamment nerveuse comme ça. On sait ce qu'elle endure déjà avec celui-là, conclut-elle en pointant le doigt vers moi.

— De quoi tu parles ? Je ne lui ai rien fait.

Je commence à en avoir marre du fan club Chloé Mills qui siège dans cette maison.

Mon père arrive sur le pas de la porte et me fait signe de le suivre dans son bureau :

— Bennett, fais un effort, ce soir. Je sais bien que Chloé et toi avez quelques difficultés relationnelles, mais ici, c'est chez nous, ce n'est pas le bureau. Nous sommes dans un cadre privé. Tâche de te montrer courtois.

Je serre les dents et j'acquiesce en pensant aux diverses façons dont je me suis montré « courtois » avec elle ces derniers temps.

C'est pendant que je suis aux toilettes que Joël arrive, une bouteille de vin à la main. Je l'entends faire ses salamalecs sur un ton enthousiaste : « Vous êtes magnifique ce soir ! » pour ma mère, « Comment va le bébé ? » pour Mina, solides poignées de main et accolades viriles pour mon père et Henry.

Je prends mon temps pour les rejoindre dans le hall, me préparant mentalement à la suite des événements.

Gamins, Joël et moi étions de bons copains. Nous avons suivi la même scolarité, ensemble de l'école jusqu'à la fac. Mais je ne l'avais pas revu depuis mon retour de Paris. Il n'a pas beaucoup changé. Il est un peu plus petit que moi, mince, avec des cheveux noirs qu'il coiffe en arrière et des yeux clairs. J'imagine que c'est le genre d'homme qui doit plaire aux femmes.

— Bennett !

Solide poignée de main, accolade virile.

— Putain, Ben ! Ça fait combien de temps ?

— Ça fait un bail. Juste après le lycée, réponds-je en serrant fermement sa main. Comment vas-tu ?

— Très bien ! Tout s'est passé nickel pour moi. Et toi ? J'ai vu ta photo dans les journaux, donc je suppose que ça ne va pas trop mal !

Il tapote amicalement mon épaule.

Quel pauvre type.

J'acquiesce en me forçant à lui sourire. J'ai vraiment besoin de quelques instants de solitude supplémentaires pour me préparer à la suite. Le priant de m'excuser un instant, je monte à l'étage me réfugier dans mon ancienne chambre.

Entre mes quatre murs, je me sens immédiatement plus calme. La chambre a très peu changé depuis mes 18 ans. Mes parents n'y ont pas touché depuis que j'ai quitté la maison pour entrer à l'université. Je m'assois sur le petit lit et j'imagine ce que je ressentirais si Mlle Mills sortait avec Joël. C'est un type bien et, même si j'ai du mal à l'admettre, il y a vraiment une chance pour qu'ils s'entendent. La simple idée qu'un autre homme puisse la toucher me tord les entrailles. Je repense à ce que je lui ai dit dans sa voiture, l'autre soir. Que cela ne pouvait pas se reproduire. Mais maintenant, avec mon courage de pacotille, je ne sais pas combien de temps je vais réussir à me tenir à cette décision.

Nouvelle vague de salutations. La voix de Joël me parvient du rez-de-chaussée. Je décide qu'il est temps de grandir un peu et d'affronter la situation.

Je redescends au rez-de-chaussée et la première chose que je vois, c'est elle, de dos... J'en ai le souffle coupé.

Sa robe est blanche.

Pourquoi une robe blanche ?

Elle porte quelque chose de très féminin, une robe d'été qui s'arrête au-dessus du genou et dévoile ses longues jambes. Le haut du vêtement est attaché par des rubans noués à chaque épaule. L'idée de défaire les nœuds m'obsède. Sa robe tombe autour de sa taille. Et sur le sol. Je m'y vois déjà.

Nos yeux se croisent et elle me sourit d'un sourire heureux, authentique. J'y crois pendant une seconde :

— Bonsoir, monsieur Ryan.

Mes lèvres s'étirent. Ça m'amuse de la voir jouer son rôle devant ma famille.

— Mademoiselle Mills, la salué-je avec un signe de tête.

Nous ne nous quittons pas des yeux, même quand ma mère nous invite à aller prendre l'apéritif sur la terrasse.

Comme elle passe devant moi, je lui murmure, assez bas pour que personne d'autre ne puisse entendre :

— C'était bien, votre séance shopping hier ?

Toujours ce sourire angélique sur le visage :

— Vous n'imaginez pas à quel point.

Son corps effleure le mien, je me raidis.

— Au fait, ils ont sorti une nouvelle ligne de porte-jarretelles, souffle-t-elle à mon attention avant de suivre tout le monde dehors.

Je me fige une seconde, bouche ouverte – le souvenir de notre petite affaire dans la cabine d'essayage d'Aubade me revient brusquement.

Peu après, Joël s'approche d'elle :

— J'espère que vous n'avez pas jugé déplacé que je vous envoie ces fleurs à votre bureau. J'avoue que c'était peut-être un peu présomptueux, mais j'avais tellement hâte de vous rencontrer.

Mes entrailles se tordent – les mots de Joël viennent juste de me faire sortir de ma rêverie érotique.

Elle se retourne pour me regarder :

— Des fleurs ? Est-ce qu'on m'a livré des fleurs ?

— Je n'en sais rien. Je suis parti tôt, vous vous souvenez ? fais-je en haussant les épaules.

Je sors me servir un cocktail Belvedere. La soirée se poursuit et je ne peux m'empêcher de la chercher des yeux. Quand nous nous mettons à table, les choses ont l'air de bien se passer entre Joël et elle. Elle flirte.

— Alors Chloé, M. et Mme Ryan m'ont dit que tu viens du Dakota du Nord ?

La voix de Joël interrompt un autre fantasme – celui de mon poing dans sa gueule. Je lève les yeux : il lui sourit chaleureusement.

— C'est vrai. Mon père est dentiste à Bismarck. Je n'ai jamais aimé les grandes villes. Même Fargo me semble énorme.

Je souris à ces propos et elle me foudroie du regard :

— Cela vous amuse, monsieur Ryan ?

Je grimace en buvant une gorgée de mon verre :

— Désolé, mademoiselle Mills. Je trouve juste un peu bizarre que, alors que vous n'aimez pas les grandes villes, vous choisissiez quand même la troisième plus grande ville des États-Unis pour aller à l'université… et pour la suite.

Son regard me dit que dans une autre circonstance, je serais déjà nu, elle sur moi.

Ou alors, que je baignerais dans une flaque de sang sur le trottoir.

— À vrai dire, monsieur Ryan, commence-t-elle, souriant de nouveau, mon père s'est remarié, et comme ma mère est née à Chicago, je suis venue vivre ici avec elle avant qu'elle meure.

Elle me fixe pendant un moment et je dois admettre que je ressens une pointe de culpabilité. Que j'oublie dès qu'elle se retourne vers Joël en mordant sa lèvre avec cet air innocent plus sexy que tout.

Arrête de flirter avec lui.

Je serre les poings. Ils continuent à se parler. Mais quelques minutes plus tard, je me fige sur ma chaise. *Est-ce que c'est bien ce que je pense ?* Je souris à mon cocktail. Oui, c'est bien son pied qui se glisse sous le bas de mon pantalon et le fait remonter le long de ma jambe. Quelle perverse ! Me faire du pied pendant qu'elle fait la conversation à un type qui ne la satisfera jamais – ce que nous savons elle et moi. Je regarde ses lèvres se refermer sur sa fourchette et ma queue durcit au moment où sa langue lèche les dernières traces de la marinade du poisson.

— Waow ! Dans le *top five* de ta classe à la Northwestern ? Joli ! s'exclame Joël.

Il continue à mon adresse :

— Tu dois apprécier d'avoir une personne si compétente qui travaille pour toi !

Chloé tousse discrètement, en essuyant sa bouche avec sa serviette. Je souris en lui jetant un coup d'œil et je réponds à Joël :

— Oui, c'est absolument merveilleux que Mlle Mills travaille pour moi. Elle arrive toujours à ses fins.

— Oh ! Bennett ! Ça, c'est gentil, minaude ma mère.

Mlle Mills rougit. Mon sourire s'évanouit quand je sens son pied appuyer sur mon entrejambe. Très lentement, elle presse mon érection. *Bordel de merde*. À mon tour de tousser, en avalant mon cocktail de travers.

— Tout va bien, monsieur Ryan ? demande-t-elle avec un intérêt feint.

Je hoche la tête, des couteaux plein les yeux. Elle hausse les épaules et se tourne vers Joël :

— Et toi ? Tu es de Chicago ?

Elle continue à me caresser gentiment du bout du pied. Je prends sur moi pour contrôler ma respiration et garder une expression neutre. Joël commence à lui parler de son enfance, de l'école où il allait avec nous, et finalement, de sa brillante carrière dans la comptabilité. Elle passe de l'écoute flottante à l'intérêt passionné.

Oh ! putain, non.

Je glisse ma main gauche sous la nappe et je caresse sa cheville, en la regardant tressaillir. Mes doigts évoluent en cercles, mon pouce sur sa voute plantaire. J'exulte quand elle demande à Joël de répéter ce qu'il vient de dire.

Il mentionne un déjeuner, la semaine prochaine. Ma main prend le haut de son pied et le presse plus fermement contre ma queue.

Elle grimace.

— Tu peux la libérer pendant la pause-déjeuner, Bennett ? demande Joël avec un sourire joyeux, son bras sur le dossier de la chaise de Chloé.

— À propos de déjeuner, Bennett, interrompt Mina en posant sa main sur mon bras. Tu te souviens de mon amie Megan ? Tu l'as rencontrée le mois dernier à la maison. Vingt-cinq ans, ma taille, cheveux blonds, yeux bleus… Bref, elle m'a demandé ton numéro. Intéressé ?

Je toise Chloé. Son pied se raidit dans ma main, elle avale lentement en attendant ma réponse.

— Bien sûr ! Tu sais que je préfère les blondes. Et j'aime bien changer de paysage de temps en temps.

Je me retiens de crier quand son talon s'enfonce dans mes couilles. Elle reste comme ça un moment avant de tamponner sa bouche avec sa serviette :

— Excusez-moi un instant, je dois aller aux toilettes.

Une fois qu'elle est dans la maison, toute ma famille me tombe dessus.

— Bennett, grince mon père. Je croyais qu'on avait parlé de ça.

J'attrape mon verre et je le porte à mes lèvres.

— Je ne vois pas ce que tu veux dire.

— Bennett, ajoute ma mère. Je pense que tu devrais aller t'excuser.

— De quoi ? répliqué-je en reposant un peu trop vivement mon verre sur la table.

— *Ben !* crie presque mon père.

Il me fusille du regard. Je pose ma serviette

sur mon assiette et je m'éloigne de la table. Les salles de bains des deux premiers étages sont désertes. J'arrive finalement à celle du troisième, dont la porte est fermée.

Je suis debout devant la porte, la main sur la poignée. J'entame un débat avec moi-même : si j'entre, que va-t-il se passer ? C'est la seule chose qui m'intéresse, et putain, je ne risque pas de m'excuser. Je pense à frapper à la porte. Elle ne me laissera jamais entrer. J'écoute – pas un bruit ne vient de l'intérieur. Rien. Je tourne finalement la poignée, surpris de la trouver déverrouillée.

Je ne suis jamais entré dans cette salle de bains depuis que ma mère l'a fait refaire. C'est une belle pièce moderne recouverte de marbre, avec un large miroir sur tout un pan de mur. Au-dessus de la coiffeuse, une petite fenêtre donne sur la terrasse et le jardin. Elle est assise à la coiffeuse et regarde le ciel.

— Vous êtes ici pour ramper ? demande-t-elle en se remettant du rouge à lèvres avec application.

— J'ai été envoyé pour vérifier que vos sentiments de petite fleur fragile ne sont pas heurtés.

Je verrouille la porte derrière moi. Le clic du verrou résonne dans la pièce silencieuse.

Elle rit en me dévisageant dans le miroir comme si elle était totalement à l'aise. Mais je vois sa poitrine de soulever – elle est aussi irritée que moi.

— Tout va très bien.

Elle referme son tube de rouge à lèvres, le

135

lance dans son sac. Elle se relève et passe devant moi pour atteindre la porte :

— Je suis habituée à vos comportements de sale con. Mais Joël est sympa. J'y retourne.

Je mets ma main sur la porte et je m'approche de son visage :

— Je ne crois pas, non.

Mes lèvres frôlent son oreille, elle frémit.

— Vous comprenez, il veut quelque chose qui m'appartient et il ne l'aura pas.

Elle me foudroie du regard :

— Quel âge avez-vous ? *Deux ans ?* Foutez-moi la paix. Je ne vous appartiens pas.

— Tu le penses peut-être, murmuré-je en l'embrassant le long de son cou. Mais votre corps est d'un autre avis.

Mes mains courent sous sa jupe et je presse ma main contre la dentelle trempée entre ses jambes, comme pour vérifier l'effet de mes paroles.

Ses yeux se ferment, elle gémit quand mes doigts caressent en cercles son clitoris :

— Laisse-moi faire... Laisse-moi... répété-je, en collant ma queue tendue contre elle.

— Oh ! mon Dieu, dit-elle en penchant sa tête sur le côté. On ne peut pas faire ça ici.

Mes lèvres explorent son épaule. J'enserre ses deux poignets dans une main et, de l'autre, je fais glisser sa bretelle le long de son bras. J'embrasse sa peau dénudée. Je répète l'opération de l'autre côté et la robe descend pour révéler un soutien-gorge bustier de dentelle blanche.

Putain. Y a-t-il une seule chose chez cette fille qui ne m'excite pas à mort ? Ma bouche se pose sur ses seins, ma main libre défait l'agrafe du soutien-gorge. Je veux revoir sa poitrine totalement nue. Elle s'ouvre facilement et la dentelle tombe – je suis en face de la vision qui envahit mes fantasmes les plus obscènes. Je prends un téton dans ma bouche, elle gémit et ses genoux tremblent.

— Chhhhhh.

— Encore, ordonne-t-elle. Plus fort.

Je la soulève et elle enroule ses jambes autour de ma taille, nos corps sont étroitement enlacés. Je relâche ses mains et elle les plonge tout de suite dans mes cheveux pour m'attirer à elle. Putain, j'adore quand elle fait ça. Je la pousse contre la porte – nos vêtements m'encombrent. Je veux sentir la chaleur de sa peau contre la mienne, et m'enfouir en elle, la garder immobilisée contre le mur jusqu'à ce que tout le monde aille se coucher.

Elle semble lire dans mes pensées, ses doigts descendent et sortent avec frénésie mon polo de mon pantalon. Elle le fait passer par-dessus ma tête.

On entend des rires par la fenêtre ouverte. Et je la sens se tendre contre moi. Un long moment passe avant que nous nous regardions. Il est clair qu'elle lutte pour savoir quoi dire.

— On ne devrait pas faire ça, lâche-t-elle finalement en secouant la tête.

Elle me repousse sans enthousiasme, mais je tiens mes positions.

— Tu as vraiment envie de lui ?

Je sens une vague possessive monter en moi. Elle soutient mon regard sans rien répondre.

Je la repose par terre et la pousse jusqu'à la coiffeuse, me plaçant derrière elle. De là où nous sommes, nous avons une vue parfaite sur la terrasse juste en dessous.

Je colle son dos nu contre ma poitrine, ma bouche dans son oreille :

— Tu le vois ? demandé-je, mes mains sur ses seins. Regarde-le.

Mes mains glissent sur son ventre, le long de sa robe descendue jusqu'à la taille, puis sur ses cuisses.

— Est-ce qu'il te fait ressentir ce que tu ressens maintenant ?

Mes doigts dérivent sur son pubis et se glissent sous sa culotte. Un soupir m'échappe quand je sens combien elle est trempée. Mes doigts s'introduisent en elle :

— Est-ce qu'il te fait mouiller ?

Elle feule et presse ses hanches contre moi :

— Non...

— Dis-moi ce que tu veux, soufflé-je dans son cou.

— Je... Je ne sais pas.

— Regarde-le, répété-je, mes doigts allant et venant en elle. Tu sais ce que tu veux.

— Je veux te sentir en moi.

Elle n'a pas besoin de me le demander deux

fois. Je retire rapidement mon pantalon et je le fais tomber au sol. Je pétris son cul avant de remonter la robe et d'attraper sa culotte dans ma main.

— Déchire-la…

Jusqu'alors, je ne m'étais jamais permis d'être aussi brutal et primitif avec une femme. Mais ça semble tellement évident avec elle. Je tire d'un coup sec et l'étoffe fragile se déchire, presque trop facilement. Je laisse tomber les lambeaux au sol, mes mains contre sa peau. J'immobilise ses mains dans les miennes sur la table devant nous.

Elle est impressionnante, dans le miroir : penchée en avant, la robe sur les hanches, son cul parfait devant mes yeux. Nous gémissons tous les deux quand je me relève pour la pénétrer profondément. Je me penche, j'embrasse son dos, avec un nouveau « chhhhh ».

Des rires plus forts viennent de l'extérieur. Joël est en bas. Joël, ce gentil garçon qui veut me la prendre. Aucune pitié. L'image suffit à me donner envie de la baiser plus brutalement.

Ses bruits étouffés me font sourire, je la récompense en augmentant le tempo. Une partie de moi est mécontente que Chloé ne se manifeste pas plus que ça.

Elle halète, ses doigts cherchent quelque chose pour s'accrocher, et ma queue durcit en elle, toujours plus – elle veut crier mais ne peut pas. C'est effroyablement excitant.

Je parle doucement dans son oreille, je lui demande si elle veut se faire baiser ; je lui demande si elle aime que je sois salace, si elle aime me voir vicieux comme ça. Je la prends si fort qu'elle aura probablement des bleus.

Elle murmure oui, et je vais plus vite, plus fort. Elle me supplie d'y aller encore plus fort.

Les flacons et les tubes de crème sur la coiffeuse tremblent et se renversent, mais je m'en fous. J'attrape ses cheveux et je tire sa tête en arrière. Son dos est contre ma poitrine :

— Tu crois qu'il peut te faire ressentir ça ?

Je continue à la pénétrer, en la forçant à regarder par la fenêtre.

Je sais que je suis en train de faire une connerie. Tout s'effondre autour de moi, et je m'en fous. Je veux qu'elle pense à moi ce soir en se couchant. Je veux qu'elle me sente en elle quand elle ferme ses yeux et qu'elle se branle, qu'elle se rappelle comment je l'ai baisée. Ma main libre attrape ses seins et en tord les pointes.

— Non… gémit-elle. Jamais comme ça.

Ma main descend le long de son flanc jusqu'à l'arrière de son genou, qu'elle force à se plier et à se poser sur la table. Elle est encore plus ouverte ainsi, ma queue la fore en profondeur.

— Tu sens comme tu me conviens parfaitement ? grogné-je dans son cou. Putain, ce que c'est bon. Quand tu redescendras sur la terrasse, je veux que tu t'en souviennes. Et que tu te souviennes de l'effet que tu me fais.

La sensation commence à devenir renversante, je m'approche de l'orgasme. Je suis désespéré. J'ai envie d'elle comme d'une drogue, et ce sentiment écarte toute autre pensée. Je prends sa main dans la mienne et je serre ses doigts en les faisant descendre sur son clitoris. Nos mains tremblent. Je gémis en les glissant en elle.

— Tu sens ça ? murmuré-je dans son oreille, étendant nos doigts pour qu'ils entourent ma queue.

Elle tourne la tête et gémit dans mon cou. Je sens venir le climax. Retirant ma main de ses cheveux, je recouvre sa bouche et j'embrasse sa joue brûlante. Son cri – peut-être mon prénom – est étouffé par ma main, son corps se tend et se resserre autour de moi.

Ses yeux se ferment et ses lèvres se relâchent – soupir satisfait. Je la prends plus vite, en regardant dans le miroir ses seins ballotter.

Mon orgasme monte. Sa main tombe de mes cheveux pour couvrir ma propre bouche et je ferme les yeux, laissant la vague me submerger. Je la prends plus fort et plus loin avant de jouir.

J'ouvre les yeux, j'embrasse la paume de sa main avant de la retirer de ma bouche. Mon front se pose sur son épaule. Les voix que nous avions oubliées continuent de monter jusqu'à nous. Elle se laisse aller contre moi et nous restons ainsi quelques instants.

Elle s'éloigne lentement et je fronce les sourcils au moment où elle se détache de moi. Je la regarde remettre son soutien-gorge, rattacher les rubans de sa robe, la lisser. Je me baisse pour ramasser mon pantalon et j'attrape la dentelle déchirée de sa culotte, la glissant dans ma poche. Elle lutte toujours avec ses rubans, je vais vers elle, j'écarte ses mains et je rattache ses bretelles sans la regarder en face.

Soudain, le malaise. J'ouvre le verrou, en pensant à ce que je pourrais dire, n'importe quoi, pour le briser. Comment puis-je lui demander de baiser avec moi et seulement avec moi et de ne rien attendre d'autre ? Dire une chose pareille me vaudrait un coup de pied expéditif dans les couilles. Mais je ne sais pas comment expliquer ce que je ressens quand je la vois avec Joël. Mon esprit est vide. Mécontent, j'ouvre la porte. Et je me fige devant un regard glacial.

Là, devant la porte, les bras croisés et les sourcils froncés... Mina.

CHAPITRE 8

Il ouvre la porte et nous nous retrouvons nez à nez avec Mina. Je suis pétrifiée.

— Qu'étiez-vous en train de faire exactement dans cette salle de bains ?

Ses yeux passent de lui à moi. Je pense à tout ce qu'elle a pu entendre et je me sens devenir écarlate.

J'ose un regard interrogatif vers M. Ryan, il a le même mouvement. Je me retourne vers Mina en secouant la tête :

— Rien, nous avions besoin de parler. C'est tout.

J'essaie de m'en sortir comme ça, mais je sais que les tremblements de ma voix me trahissent.

— Oh ! j'ai bien entendu quelque chose derrière cette porte, mais ça ne ressemblait vraiment pas à une conversation, réplique-t-elle avec une grimace.

— Ne sois pas ridicule, Mina. Nous étions en train de discuter d'un problème de boulot, dit-il en essayant de la contourner.

— Dans la salle de bains ?

— Oui. Tu m'as bien envoyé la chercher, n'est-ce pas ? C'est ici que je l'ai trouvée.

Elle se met devant lui, nous bloquant le passage :

— Tu me prends pour une conne ? Tout le monde sait que vous ne discutez pas, vous vous gueulez dessus. Alors ? Vous sortez ensemble, tous les deux ?

— *Non !* crions-nous tous les deux en même temps.

Nos regards se croisent un instant avant de se détourner.

— Donc… vous ne faites que baiser, déclare-t-elle.

Aucun de nous deux ne trouve quelque chose à dire. La tension dans la pièce est si palpable que j'envisage brièvement l'idée de sauter du troisième étage. Est-ce que ça ferait si mal que ça ?

— Depuis combien de temps ? reprend-elle.

— Mina… commence-t-il, en secouant la tête.

Pour une fois, ça ne me plaît pas du tout de le voir mal à l'aise. Je ne l'avais jamais vu dans un tel désarroi. C'est comme s'il n'avait pas pensé une seule seconde que notre petite tempête personnelle pourrait avoir des conséquences.

— Depuis combien de temps ? Bennett ? Chloé ? insiste-t-elle, en nous regardant tous les deux.

— Je… nous…

Mais *quoi* ? Comment puis-je expliquer *ça* ?

— Nous…

— Nous avons fait une erreur. C'est une erreur.

Sa voix coupe le fil de mes pensées et je lève les yeux, choquée. Pourquoi est-ce que ça me fait si mal d'entendre ça ? C'*est* une erreur, j'en conviens, mais qu'il le dise comme ça…

J'aimerais m'arracher les yeux. Elle reprend :

— Erreur ou pas, ça doit s'arrêter tout de suite. Vous imaginez, si c'était Susan qui vous avait surpris ? Et Bennett, tu es son patron ! Est-ce que tu l'as oublié ?

Elle soupire profondément :

— Vous êtes des adultes tous les deux et je ne sais pas ce qui se passe entre vous, mais quoi que vous fassiez, il ne faut pas qu'Elliott le sache.

La nausée me prend à l'idée qu'Elliott apprenne ça un jour – il serait tellement déçu. Je ne pourrais pas le supporter.

— Ce ne sera plus un problème longtemps, dis-je en évitant le regard de Bennett. Je compte tirer les conséquences de mes erreurs. Si vous voulez bien m'excuser.

Je passe devant elle et je descends les escaliers, le ventre noué par la colère et par la peine. La force que m'insufflent ma conscience professionnelle et ma motivation m'a toujours soutenue dans les périodes difficiles de ma vie : les ruptures amoureuses, la mort de ma mère, les brouilles avec mes amis… Je doute maintenant de ma valeur en tant qu'employée chez RMG. Est-ce qu'il me voit différemment parce qu'il me baise ? Maintenant qu'il réalise – enfin – qu'il n'a aucun intérêt à ce que les autres l'apprennent, doutera-t-il de mon jugement sur d'autres sujets ?

Je suis plus maligne que ça. Il est temps que je reprenne les choses en main.

Je me redonne une contenance avant de sortir sur la terrasse et de retourner m'asseoir à côté de Joël.

— Tout va bien ?

Je tourne ma tête pour le détailler. Il est vraiment mignon : les cheveux noirs bien peignés, un visage avenant, des yeux bleus magnifiques. Il est tout ce que je recherche. Mon regard dévie sur M. Ryan quand il se rassoit avec Mina, mais se reporte très vite sur Joël.

— Oui… Je suis juste un peu fatiguée. Je pense que je ne vais pas tarder à rentrer.

— Je te raccompagne jusqu'à ta voiture, dit-il en se levant pour tirer ma chaise.

Je fais mes adieux. Quand nous rentrons dans la maison, j'éprouve une sensation peu familière, celle de la main de Joël sur mon épaule.

— C'était vraiment sympa de te rencontrer, Chloé. J'aimerais bien t'appeler un de ces quatre. On pourrait peut-être déjeuner.

— Donne-moi ton téléphone.

Je ne me sens pas très fière d'enregistrer mon numéro sur son portable vingt minutes après avoir baisé avec un autre homme trois étages au-dessus. Mais il est temps de passer à autre chose, et un déjeuner avec un type gentil comme lui me semble être un bon début.

Son sourire s'agrandit quand je lui rends son téléphone. À son tour, il me donne sa carte. Il prend ma main et la porte à ses lèvres :

— Je t'appelle lundi, alors. J'espère que les fleurs ne seront pas fanées.

— C'est l'intention qui compte, je réponds en souriant. Merci.

Il a l'air tellement sincère, tellement heureux à la simple idée de me revoir que je suis sur le point de m'évanouir ou d'avoir un vertige. J'ai très envie de vomir.

— Il faut que j'y aille.

Joël acquiesce et ouvre la portière de ma voiture pour moi.

— Bien sûr. Sois prudente sur la route et prends soin de toi. Bonne nuit, Chloé.

— Bonne nuit, Joël.

Il ferme la portière et je démarre le moteur, les

yeux fixés sur la route. Je m'éloigne de la maison familiale de mon patron.

Le lendemain matin, pendant notre cours de yoga, j'envisage de tout balancer à Julia. Je pensais pouvoir gérer ça toute seule, mais après une nuit entière à fixer le plafond et à m'affoler, je réalise que je dois me confier à quelqu'un.

Il y a bien Sara, et Sara mieux que personne comprendrait que je devienne folle d'un patron si sexy. Mais elle travaille pour Henry, et je n'ai aucune envie de la mettre dans une position délicate en lui demandant de garder un secret aussi lourd. Je sais que je pourrais en parler avec Mina, mais c'est une Ryan, elle n'est pas neutre dans l'histoire, ça ne m'aide pas à me sentir à l'aise.

Il y a des fois où je souhaite vraiment que ma mère soit toujours en vie. Penser à elle me fait mal, j'ai les larmes aux yeux. Venir m'installer à Chicago pour passer les dernières années de sa vie auprès d'elle a été la meilleure décision que j'aie jamais prise. Et même s'il m'avait été difficile de vivre loin de mon père et de mes amis, j'avais la certitude que chaque chose arrive pour une bonne raison. J'aimerais juste qu'en l'occurrence, cette bonne raison se fasse connaître, si possible assez rapidement.

Puis-je raconter ça à Julia ? Je dois admettre que je suis terrifiée à l'idée de ce qu'elle pensera de moi. Plus que tout, je suis terrifiée à l'idée de le dire à voix haute.

— Qu'est-ce que tu as à me regarder comme ça ? me demande-t-elle à brûle-pourpoint. Ou tu as quelque chose à me dire, ou alors je pue et tu n'oses pas me le faire remarquer.

J'essaie de me retenir, de la distraire – de la convaincre que son idée est absurde. Mais je ne peux pas. Le poids de ces dernières semaines m'écrase soudain et, avant que je puisse me contrôler, mon menton se met à trembler et je commence à pleurer comme un bébé.

— C'est bien ce que je pensais. Allez...

Elle me tend la main et m'aide à me relever. Elle rassemble nos affaires et m'ouvre la porte.

Vingt minutes, deux cocktails mimosa et une rupture émotionnelle plus tard, je me trouve en face du visage choqué de Julia, assise à la table de notre restaurant préféré. Je lui révèle tout : les culottes déchirées, moi qui aime ça, les lieux incongrus, les sessions je-vous-déteste, Mina qui nous surprend, ma culpabilité de trahir Elliott, Susan, Joël, les réflexions d'homme des cavernes de M. Ryan et mon angoisse d'être embourbée dans la relation la plus malsaine de l'histoire de l'humanité et de ne plus rien contrôler.

Quand je relève les yeux pour rencontrer les siens, je grimace : elle a une expression de témoin d'accident de voiture.

— OK. Résumons.

J'acquiesce pour qu'elle continue.

— Tu couches avec ton boss.

— Techniquement, non... fais-je sans savoir où me mettre.

Elle m'interrompt d'un geste de la main.

— Oui, oui, ça j'ai compris. Et c'est ce même boss que tu qualifies avec tant de tendresse de *« beautiful bastard »*. Tu te souviens de ce que ça veut dire ?

Je soupire lourdement et je hoche la tête.

— Mais tu le détestes.

— Exact. (Je tente une esquive, les yeux dans le vague.) Je le déteste. Je le sur-déteste, même.

— Tu ne veux pas être avec lui, mais tu n'arrives pas à l'éviter.

— Putain, c'est encore pire quand c'est dit par quelqu'un d'autre, dis-je en me prenant le visage dans les mains. Je me sens tellement ridicule.

— Et la baise ? Très bonne ?

— Bonne, ce n'est pas le mot. Phénoménale, intense, époustouflante, multi-orgasmiquement folle. Et c'est encore trop peu.

— Multi-orgasmiquement, ça existe comme adverbe ?

Je soupire encore :

— Tais-toi…

— Eh bien, conclut-elle avec emphase après avoir éclairci sa gorge. Au moins, on sait que le problème de ton boss, ce n'est pas qu'il a une petite bite. Ça fait avancer le Schmilblick.

J'enfouis ma tête entre mes bras posés sur la table.

— Non, c'est sûr que ce n'est pas ça, son problème.

Je relève la tête, elle glousse :

— Julia, ce n'est pas drôle !

— Mais si, c'est drôle. Même toi, tu dois voir à quel point cette histoire est insensée. De toutes les personnes que je connais, tu es la dernière que j'aurais imaginée dans une telle situation. Tu as toujours été tellement sérieuse, avec chaque étape de ta vie planifiée. Tu n'as eu que quelques vrais petits amis, et tu as attendu un temps incroyablement long pour coucher avec eux. Ce mec, c'est clairement autre chose.

149

— Je sais qu'il n'y a rien de mal à avoir une relation purement sexuelle avec quelqu'un. Et je sais que je me contrôle en général très bien. Le fait est qu'avec lui, je n'ai aucune prise sur *moi*. Je ne l'aime pas, et pourtant… je reviens toujours.

Julia boit une gorgée de son cocktail. Je vois son cerveau s'activer, elle réfléchit à tout ce que je lui ai dit.

— Qu'est-ce qui compte le plus pour toi ?

— Mon boulot. Mon avenir. Mes compétences professionnelles. Savoir que ma contribution est importante, fais-je en la regardant dans les yeux.

— Est-ce que tu peux avoir tout cela en continuant à baiser avec lui ?

Je hausse les épaules, incapable de démêler mes pensées.

— Je ne sais pas. J'ai l'impression que ce sont deux choses séparées. Mais nos seuls contacts, c'est au bureau. Il n'y a pas une fois où ça n'a pas été du boulot et du sexe à la fois.

— Alors tu dois trouver un moyen d'arrêter de faire ça. De garder tes distances.

— Ce n'est pas si simple, rétorqué-je en secouant la tête. Je suis son assistante, ce n'est pas facile d'éviter de me retrouver seule avec lui. Je ne compte plus le nombre de fois où je me suis juré de ne plus jamais avoir de relation sexuelle avec lui et où nous avons baisé quelques heures plus tard. Et pour couronner le tout, nous devons aller ensemble à une conférence dans deux semaines. Même hôtel, même voisinage. *Des lits !*

— Chloé, qu'est-ce qui t'arrive ? demande Julia, atterrée. Tu as envie que ça continue ?

— Non ! Bien sûr que non !

Elle me lance un regard sceptique.

— Ce que je veux dire, c'est juste que je suis diffé-rente quand je suis avec lui. Par exemple, j'ai envie de choses auxquelles je n'avais jamais pensé auparavant. Et d'ailleurs, peut-être que je devrais m'autoriser à les désirer, ces choses. J'aimerais juste que ce soit avec quelqu'un d'autre, un garçon sympa, comme Joël. Avec son boss, c'est vraiment pas sympa.

— Ton boss te donne envie de ça ? Genre, des fessées et autres ? s'amuse Julia.

Je regarde ailleurs et je l'entends soupirer :

— Oh ! mon Dieu, il t'a déjà donné une fessée ?

Mes yeux lancent des éclairs :

— Un peu plus fort, Julia. Je crains que le mec du fond ne t'ait pas entendue.

Dès que je suis sûre que personne ne me regarde, je continue à voix basse, tout en chassant d'un geste les mèches de cheveux qui me tombent devant les yeux :

— Je sais que ça doit s'arrêter, mais je…

Ma voix se brise brusquement dans ma gorge. Je sens la chair de poule envahir toute la surface de mon corps et tourne lentement la tête vers la porte d'entrée pour m'assurer de ce que j'ai cru y voir. C'est bien lui, les cheveux en bataille, vêtu d'un T-shirt noir et d'un jean, chaussé de baskets. Sa coiffure ébouriffée est encore plus sexy que d'habitude. Je regarde Julia, avec l'impression que mon sang a quitté mon visage.

— Chloé, qu'est-ce qui t'arrive ? On dirait que tu viens de voir un fantôme, dit Julia en se penchant pour me toucher le bras.

J'avale ma salive plusieurs fois et je retrouve ma voix :

— Tu vois le mec à côté de la porte ? Grand et beau ?

Elle se tourne pour regarder et je lui envoie un coup de pied sous la table :

— Sois discrète ! C'est mon boss !

Les yeux de Julia s'agrandissent et sa mâchoire s'ouvre à se décrocher :

— Merde alors.

Elle le regarde de haut en bas et secouant la tête.

— Tu ne rigolais pas, Chloé. Ça, c'est un sacrément beau salaud. Je ne le virerais pas de mon lit. Ni de ma voiture. Ni de ma cabine d'essayage. Ni de l'ascenseur…

— Julia ! Tu ne m'aides pas beaucoup, là !

— C'est qui, cette blonde ? demande-t-elle en les montrant du doigt.

Je redirige mon regard vers la porte et je vois M. Ryan s'avancer dans le restaurant à côté d'une grande blonde aux jambes interminables. Il la tient par l'épaule. Affreuse piqûre de jalousie.

— Quel *connard*. Après ce qu'il a fait hier soir. Il se fout de ma gueule.

Le téléphone de Julia sonne, l'empêchant de me répondre. Elle le sort de son sac.

— Salut bébé !

C'est son fiancé. Elle en a pour un moment.

Je jette un coup d'œil à M. Ryan, qui parle et rit avec la blonde. Je n'arrive pas à détacher mes yeux de lui. Il est encore plus attirant habillé *casual*. Il sourit, ses yeux brillent quand il rit. *Gros con !* Comme s'il avait lu mes pensées, il lève la tête et son regard croise le mien. Je serre les dents et me détourne, posant ma serviette sur la table. Il faut que je bouge, tout de suite.

— Je reviens.

Julia acquiesce et me fait un signe de la main, absorbée par sa conversation. Je me lève et je me dirige vers les toilettes en passant derrière sa table pour éviter de le regarder. Au moment où j'attrape la poignée de la porte, une main se pose sur mon avant-bras.

— Attendez.

Sa voix a un effet électrique sur moi.

OK, Chloé, tu peux le faire. Retourne-toi, regarde-le et dis-lui de fermer sa gueule. C'est un connard qui a parlé de toi comme d'une erreur hier soir et qui se ramène avec une bimbo blonde aujourd'hui.

Je redresse les épaules et je me retourne. *Merde.* Il est encore plus beau, vu de près. Au bureau, il est toujours très apprêté, très élégant. Il ne s'est pas rasé ce matin et j'ai une envie folle de sentir sa barbe contre mes joues.

Ou contre mes cuisses…

— Qu'est-ce que vous voulez ? lui crié-je en me dégageant.

Sans mes talons, je me sens minuscule. Je regarde son visage, il a des cernes. Il a l'air fatigué. Bien. Si ses nuits sont aussi mauvaises que les miennes, je suis contente.

Il passe les mains dans ses cheveux et observe autour de lui, mal à l'aise.

— Je voulais vous parler. Vous expliquer pour hier soir.

— Qu'y a-t-il à expliquer ? dis-je en désignant la blonde du menton.

Le point douloureux dans ma poitrine s'accentue.

— *Changer de paysage.* J'ai compris. Je suis contente de vous voir comme ça – ça m'aide à me rappeler que cette chose entre nous, c'était vraiment une idée de merde. Je ne veux pas baiser indirectement toutes vos autres femmes.

— Putain, de quoi parlez-vous à la fin ? D'Emily ?

— C'est son nom ? Eh bien, j'espère qu'Emily et vous apprécierez votre repas, monsieur Ryan.

Je me retourne, décidée à le planter là, mais il me retient par le bras encore une fois :

— Lâchez-moi.

— Qu'est-ce que ça peut vous foutre ?

Notre dispute commence à attirer l'attention des serveurs qui traversent les cuisines. Après un coup d'œil rapide autour de nous, il me pousse dans les toilettes « dames » et verrouille la porte derrière nous.

Génial, encore des toilettes.

Je le repousse quand il s'approche :

— Qu'est-ce que ça peut me foutre ? Qu'est-ce que vous voulez dire par là ? Vous m'avez *baisée* hier soir, vous avez dit que je ne pouvais pas avoir envie de sortir avec Joël, et aujourd'hui, vous êtes avec quelqu'un d'autre ! C'est vrai que vous êtes un salaud de queutard. *Votre* comportement est complètement raccord avec ce que vous êtes – c'est *à moi* que j'en veux de l'avoir oublié !

Je suis tellement en colère que mes ongles font presque saigner les paumes de mes mains.

— Vous pensez que c'est un *rendez-vous galant* ? soupire-t-il, incrédule. C'est incroyable, vraiment. Emily est une amie. Elle dirige une organisation caritative que Ryan Media soutient. C'est tout. Je devais la voir lundi pour signer quelques papiers, mais elle a eu un changement d'avion de dernière minute et quitte le pays cet après-midi. Je n'ai jamais été avec personne depuis l'« acc…

Il s'arrête pour reformuler sa pensée.

— Depuis la première fois où… vous savez…

Il fait un geste vague entre moi et lui.

Quoi ?

Nous nous tenons en face l'un de l'autre, les yeux dans les yeux. Je le laisse parler. Il n'a couché avec personne d'autre ? Est-ce que c'est même possible ? Je sais que c'est un homme à femmes. J'ai eu l'occasion de voir sa collection de maîtresses, à chaque événement de l'entreprise, sans parler des rumeurs qui circulent au bureau. Et même s'il dit la vérité, ça ne change pas le fait qu'il est toujours mon patron, et que tout ça c'est très, très mal.

— De toutes les femmes qui se jettent sur vous, vous n'en avez même pas sauté une ? Waow, je suis flattée.

Je me tourne vers la porte.

— Ce n'est pas si difficile à comprendre.

Je sens ses yeux dans mon dos et lâche :

— En fait, ça n'a aucune importance. C'est une erreur, n'est-ce pas ?

— C'est de cela que je voulais parler.

Il s'approche et son odeur – miel et sauge – me submerge. Je me sens coincée, l'oxygène me manque. Je dois sortir d'ici, tout de suite. Qu'est-ce que Julia a dit, il y a cinq minutes ? « Ne reste pas seule avec lui. » C'est un bon conseil. Et puis la culotte que je porte me plaît vraiment, je n'ai aucune envie de la voir en lambeaux dans sa poche.

OK, c'est un mensonge.

— Est-ce que vous allez revoir Joël ? demande-t-il dans mon dos.

Ma main est sur la poignée. Tout ce que je dois faire, c'est la tourner, et je serai dehors, en sécurité. Mais je ne peux pas bouger, je fixe cette putain de porte.

— Qu'est-ce que ça peut vous faire ?

— Je pensais qu'on avait réglé cette question hier soir, dit-il, son souffle chaud dans mes cheveux.

— Ouais, beaucoup de choses ont été dites hier soir…

Ses doigts caressent mon bras et écartent la bretelle fine de mon débardeur sur mon épaule.

— Je ne voulais pas dire que c'était une erreur. J'ai juste paniqué, souffle-t-il.

— Ça ne veut pas dire que ce n'est pas vrai.

Mon corps se rapproche de lui par instinct, ma tête s'incline légèrement.

— Nous le savons tous les deux.

— Je n'aurais pas dû le dire.

Il joue avec ma queue-de-cheval sur mon épaule et ses lèvres douces se déplacent dans mon dos.

Retourne-toi.

Deux mots. Comment est-il possible que deux mots aussi simples remettent tout en cause ? C'est une chose qu'il me plaque contre un mur ou m'attrape de force, mais là, il me laisse le choix. Je mords ma lèvre très fort – tourner la poignée… Ma main a un mouvement convulsif avant de retomber le long de ma hanche en signe de défaite.

Je me retourne pour le regarder dans les yeux.

Il pose la main sur ma joue, son pouce sur ma bouche. Nous nous contemplons, et au moment où je pense qu'il n'est plus possible d'attendre une seconde supplémentaire, il m'attire à lui et presse sa bouche contre la mienne.

Nous nous embrassons, nos corps cessent de lutter. Je n'arrive pas à être aussi proche de lui que je le voudrais. Mon sac atterrit sur le sol carrelé à mes pieds, et mes mains caressent ses cheveux, le rapprochant de moi. Il me fait reculer jusqu'au mur et ses mains parcourent mon corps, me soulèvent légèrement. Il passe une main sous mon pantalon de yoga et prend mon cul dans sa main.

— Qu'est-ce que tu portes ?

Ses mains vont et viennent sur le satin rose. Il me soulève pour de bon et passe mes jambes autour de sa taille.

Je suis plaquée contre le mur. Il gémit quand je lui mordille l'oreille.

Il déplace mon débardeur et mord la pointe de mon sein droit. Ma tête frappe contre le mur quand je sens sa barbe naissante contre ma poitrine. Un son aigu brise cet instant de plaisir et je l'entends jurer. Mon téléphone. Il me pose par terre, s'écarte. Son visage a repris son expression ordinaire.

Je remets rapidement mes vêtements en place et fouille dans mon sac à la recherche de mon téléphone. Je grimace en voyant la photo qui s'affiche sur l'écran.

— Julia, fais-je, en respirant difficilement.

— Chloé, es-tu dans les toilettes en train de baiser avec le beau gosse ?

— J'arrive dans une seconde, OK ?

Je raccroche et balance mon téléphone dans mon sac. Je lève les yeux vers lui, me sentant revenir à la raison.

— Il faut que j'y aille.

— Écoute, je…

La sonnerie de mon téléphone l'interrompt encore. Je réponds immédiatement :

— Putain, Julia ! Je ne suis pas en train de baiser avec le beau gosse !

— Chloé ? fait la voix confuse de Joël.

— Oh… Salut !

Et merde. Il n'y a qu'à moi que ça arrive.

— Je suis content d'entendre que tu ne… sois pas en train… avec le beau gosse… s'amuse Joël à l'autre bout du fil.

— Qui est-ce ? grommelle Bennett.

Je presse la main sur ses lèvres et je lui fais mon regard le plus mauvais.

— Écoute, dis-je à Joël, je ne peux pas vraiment te parler maintenant.

— OK. Je suis désolé de te déranger un dimanche, mais je n'ai pas arrêté de penser à toi. Je ne veux pas te mettre dans une position difficile, mais en rentrant chez moi hier soir, j'ai regardé mes mails et il y avait une confirmation de la livraison de tes fleurs.

— Vraiment ? demandé-je en feignant d'être intéressée.

Je regarde Bennett.

— Eh bien, il semble qu'elle a été signée par Bennett Ryan.

CHAPITRE 9

Plusieurs expressions passent sur son visage en quelques secondes : étonnement, embarras et… curiosité ? J'entends vaguement un timbre masculin dans son téléphone et je sens l'homme des cavernes qui sommeille en moi prêt à rugir. Qui cela peut-il bien être ?

Soudain, elle plisse les yeux ; une petite voix intérieure me dit que la situation est train de tourner à mon désavantage.

— Merci beaucoup de me l'avoir dit. Oui. Oui, je n'y manquerai pas. OK. Oui. Je t'appelle quand j'ai décidé. Merci d'avoir appelé, Joël.

Joël ? *Putain de Cignoli.*

Elle raccroche et remet lentement son téléphone dans son sac. Elle regarde au sol et secoue la tête. Puis elle part d'un grand éclat de rire, avant qu'un sourire ironique ne se peigne sur son visage.

— Avez-vous quelque chose à me dire, monsieur Ryan ? demande-t-elle, onctueuse.

Cette douceur soudaine me rend encore plus anxieux. Je cherche, mais je ne trouve rien. *De quoi parle-t-elle ?*

— J'ai eu une conversation très curieuse. Il semble que Joël ait trouvé dans ses mails ce matin une confirmation pour la livraison de mes fleurs. Vous ne devinerez jamais ce qu'il m'a dit...

Elle avance d'un pas vers moi, je recule instinctivement. Je n'aime pas ce qui se passe.

— ... Il se trouve que quelqu'un l'a signée.

Oh ! merde.

— Et ce quelqu'un s'appelle Bennett Ryan.

Putaaaain ! Pourquoi ai-je signé de mon nom ?

J'essaie de trouver une réponse, mais rien ne vient. Et mon silence lui dit visiblement tout ce qu'elle veut savoir.

— Vous êtes un vrai con ! Vous avez signé pour les fleurs et vous m'avez menti ?

Elle me balance un coup de poing assez fort dans la poitrine et j'ai le réflexe de protéger mes couilles.

— Pourquoi avez-vous fait ça ?

J'ai le dos au mur et je cherche désespérément une sortie de secours.

— Je... quoi ? balbutié-je, le cœur tambourinant dans ma poitrine.

— Sérieusement ! Je rêve !

J'ai besoin d'une réponse et très vite. Je passe mes mains dans mes cheveux pour la centième fois en cinq minutes. Je décide que la meilleure option est encore de dire la vérité.

— Je n'en sais rien, pourquoi j'ai fait ça ! J'ai juste... *merde !*

Elle attrape son téléphone et se met à taper un texto.

— Qu'est-ce que vous faites ? demandé-je.

— Ça ne vous regarde pas, mais bon : je dis à Julia de ne pas m'attendre. Je ne compte pas sortir d'ici avant que vous m'ayez donné une explication.

Elle me fixe et je sens la colère monter en elle par vagues. Je pense un moment à dire à Emily ce qui se passe, mais comme elle m'a vu suivre Chloé, elle a dû comprendre.

— Alors ?

Je rencontre ses yeux et soupire profondément. Je sais que je vais avoir l'air complètement barré :

— OK, oui, j'ai signé le bon de livraison.

Elle continue de me jauger. Sa poitrine se soulève et ses poings sont si serrés que les jointures de ses doigts blanchissent.

— *Et ensuite ?*

— Ensuite... j'ai jeté les fleurs.

Je sais que je mérite sa colère. J'ai été injuste. Je ne lui offre rien, mais je me mets toujours en travers de son chemin pour l'empêcher de rencontrer quelqu'un qui pourrait peut-être la rendre heureuse.

— Vous n'êtes pas croyable, putain, grommelle-t-elle entre ses dents serrées.

Je sais qu'elle se contrôle pour éviter de se jeter sur moi. Elle rêve de me rouer de coups.

— Expliquez-moi pourquoi vous avez fait ça.

Je ne connais pas la réponse à cette question. Je me gratte la tête. Je déteste être dans ce genre de situations.

— Parce que... Parce que je ne veux pas que vous fréquentiez Joël.

— Mais vous sortez d'où ? Vous êtes un sale con machiste. On a baisé, ça ne veut pas dire que vous avez le droit de prendre des décisions pour moi. Nous ne sommes pas un couple. Nous ne sortons pas ensemble. Merde, on ne s'aime même pas ! hurle-t-elle.

— Vous croyez que je ne sais pas tout ça ? Ça n'a aucun sens, OK ? Mais quand j'ai vu ces fleurs... Ça va, c'étaient des *roses* !

Elle me dévisage comme si elle était à deux doigts de me faire interner :

— Vous êtes malade ? Qu'est-ce que ça peut faire, que ç'aient été des roses ?

— Vous détestez les roses !

À ces mots, son visage se détend et ses yeux s'adoucissent. J'en profite.

— Je les ai vues et j'ai réagi tout de suite. Je n'ai pas pris le temps de réfléchir. Juste l'idée qu'il vous touche...

Mes poings sur les hanches, ma voix baisse – j'essaie de retrouver ma contenance. Je m'en veux. J'ai été faible et j'ai laissé mes émotions me submerger, *encore une fois*. Je lui en veux aussi, à cause de ce putain d'ascendant qu'elle a sur moi.

— OK, bon, fait-elle en respirant calmement. Je ne dis pas que j'approuve ce que vous avez fait. Mais je comprends... dans une certaine mesure.

Étonné, je cherche à croiser son regard.

— Je mentirais si je disais que je n'ai pas ressenti le même besoin de... possession.

Elle prononce ces derniers mots avec répugnance.

Je n'arrive pas à croire ce que j'entends. Est-ce qu'elle vient juste d'admettre qu'elle ressent la même chose, elle aussi ?

— Mais ça n'excuse en rien le fait que vous m'ayez menti sans vergogne. J'ai toujours pensé que vous étiez un sale con mégalo et arrogant, mais je croyais pouvoir compter sur votre honnêteté.

Je recule. Elle a raison.

— Je suis désolé.

Mes excuses flottent en l'air. Je ne sais pas qui de nous deux est le plus surpris.

— Prouvez-le.

Elle me regarde calmement, l'expression de son visage dénuée de toute émotion. Qu'est-ce qu'elle veut dire par là ? Et soudain, je comprends. *Prouvez-le*. Parler est inutile, car les mots ne font que nous mener à des malentendus. Mais ce qui vient de se passer, tout ça, c'est ce que nous sommes. Et si elle veut bien me donner une chance de me rattraper, je la saisis.

À ce moment-là, je la déteste. Je déteste qu'elle ait raison et que j'aie tort et je déteste qu'elle me force à faire un choix. Je déteste surtout le désir fou que j'ai pour elle.

Je réduis la distance entre nous. Ma main dans son cou. Je l'attire à moi, elle regarde ma bouche s'approcher de la sienne. Un défi muet. Ni l'un ni l'autre n'arrêtera ni n'admettra que la situation est au-delà de tout contrôle.

Ou alors, c'est déjà fait.

Nos lèvres se touchent et je suis pris d'un frisson familier.

Mes mains s'enfoncent dans ses cheveux, je tire sa tête en arrière. C'est peut-être pour elle, mais je n'abdique pas pour autant. Je colle mon corps au sien et je gémis à la sensation de chacune des courbes de son corps contre moi. J'ai besoin de me passer l'envie, d'être enfin satisfait pour pouvoir évoluer. Mais à chaque fois que je la touche, c'est encore mieux que dans mon souvenir.

Je me mets à genoux, j'attrape ses hanches et je la fais avancer vers moi. Mes lèvres passent sur sa taille, effleure son pantalon. Je remonte son T-shirt et j'embrasse sa peau – ses muscles se tendent sous ma bouche. Je la regarde en enfonçant mes doigts dans la ceinture. Ses yeux sont fermés et elle mord sa lèvre inférieure. Je sens que je bande à l'idée de ce que je vais faire.

Je baisse son pantalon sur ses cuisses, sa peau se couvre de chair de poule quand je touche ses jambes. Ses mains tirent sans pitié mes cheveux, je grogne et l'observe à la dérobée. Je redessine des doigts le bord du satin de sa lingerie. Je m'arrête au ruban sur sa hanche.

— Elle est presque trop jolie pour être déchirée, fais-je en prenant chacun des rubans dans mes mains.

« Presque. » Je tire, elle tombe facilement

en lambeaux. Je mets le chiffon rose dans ma poche.

Le sentiment de l'urgence me prend maintenant et je libère l'une de ses jambes que je glisse sur mon épaule. J'embrasse l'intérieur de sa cuisse. Sa peau est incroyablement douce.

— Oh ! merde, souffle-t-elle, plongeant dans mes cheveux. Oh ! merde. Encore.

Je caresse son clitoris avec mon nez avant de le lécher, et elle attrape mes cheveux très fort, en faisant bouger ses hanches contre ma bouche. Elle gémit et prononce des mots inintelligibles. La voir jouir si vite me fait comprendre qu'elle est aussi sans défense que moi. Elle est en colère contre moi. Si en colère qu'elle a sans doute envie de passer sa jambe autour de mon cou pour m'étrangler. Elle me laisse néanmoins lui offrir quelque chose d'intime, plus qu'une simple partie de jambes en l'air. Je suis à genoux, mais elle est vulnérable et nue.

Elle est aussi chaude et mouillée. Son goût est aussi sucré que je pouvais m'y attendre en la regardant.

— Je pourrais te consommer… murmuré-je en me reculant assez pour voir son expression. Ce serait tellement mieux si je pouvais t'allonger quelque part. Une table dans une salle de conférence, par exemple, continué-je en embrassant sa hanche.

Elle tire mes cheveux et ramène ma tête entre ses jambes avec un sourire :

— Ça me va très bien comme ça. N'arrête pas.

J'admets presque à haute voix que je ne peux pas et que j'ai en horreur l'idée même d'essayer. Je me perds dans sa peau. Je veux mémoriser chaque juron ou supplication qui sort de sa bouche et savoir que je dois tout ça à mes caresses. Je gémis, elle crie en se serrant contre moi. Je la pénètre avec deux doigts, j'attrape sa hanche avec l'autre main pour l'enjoindre de trouver son rythme avec moi. Elle roule des hanches, doucement au début, puis plus vite. Je la sens se contracter : ses jambes, son ventre, ses mains dans mes cheveux.

— Tout près, halète-t-elle.

Ses mouvements faiblissent – en dents de scie et plus indisciplinés. Je me sens un peu indiscipliné moi aussi. Je veux la sucer, la mordre ; plonger mes doigts en elle et la déchirer complètement. J'ai peur d'y aller trop fort, mais sa respiration se fait palpitante et devient une prière. Je tourne mon poignet et je pousse plus profondément. Elle crie, les jambes tremblantes. Elle jouit.

Je caresse sa hanche et je fais lentement redescendre sa jambe. Je surveille son pied – si elle décidait de me frapper, malgré tout. Je passe un doigt sur mes lèvres. Je la regarde reprendre ses esprits.

Elle me repousse et se rhabille rapidement. Elle fixe le sol où je suis agenouillé. La réalité revient, le bruit de ceux qui déjeunent de l'autre côté de la porte, et nos lourdes respirations.

— Tu n'es pas pardonné, dit-elle avant de ramasser son sac.

Elle déverrouille la porte et sort de la pièce sans ajouter un mot.

Je me relève. La porte se ferme derrière elle. Qu'est-ce qui vient de se passer, au juste ? J'aurais dû être furieux. Un coin de ma bouche se relève. C'est absurde. Je suis à deux doigts d'éclater de rire.

Elle a donc recommencé, la chienne. Elle m'a battu à mon propre jeu.

J'ai passé une nuit de merde. J'ai à peine mangé et dormi, j'ai bandé presque constamment depuis que j'ai quitté le restaurant hier. Je sais ce que je vais devoir endurer en allant au bureau. Elle va tout faire pour me torturer et me punir de lui avoir menti. Et le souci, c'est que… j'attends ça avec impatience.

En arrivant, je suis surpris de trouver son bureau vide. *Étrange*, pensé-je. Elle est rarement en retard. J'entre dans mon bureau et je commence à ordonner les choses pour la journée. Quinze minutes plus tard, je suis au téléphone quand la porte s'ouvre brusquement. Elle ne me décevra certainement pas. J'entends des tiroirs et des dossiers qui sont jetés par terre. Ça va être une journée intéressante.

À 10 h 15, j'entends sa voix dans l'interphone : « Monsieur Ryan. » Son ton glacial emplit la pièce et, malgré son agacement évident, je souris en pressant le bouton pour répondre.

— Oui, mademoiselle Mills ?

Est-ce que ma grimace s'entend ?

— Vous devez être dans la salle de conférence

dans quinze minutes. Ensuite, vous partez à midi pour déjeuner avec le président des Industries Kelly. Repas prévu à 12 h 30. Stuart vous attendra dans le garage.

— Et vous ne m'accompagnez pas ?

Je me demande si elle évite d'être seule avec moi. Je ne sais pas ce que j'en pense, si tel est le cas.

— Non, monsieur. Seulement les managers.

J'entends des papiers se froisser. Elle continue à parler :

— De plus, je dois m'occuper de San Diego, aujourd'hui.

— Je sors tout de suite.

Je retire mon doigt du bouton et je me relève pour ajuster ma cravate et ma veste.

Quand je sors de la pièce, mes yeux se posent sur elle immédiatement. Oui, elle compte bien me faire souffrir. Elle est penchée sur son bureau dans une robe de soie bleue qui met en valeur ses longues jambes minces, parfaites. Ses cheveux sont ramenés en chignon et quand elle tourne la tête vers moi, je vois qu'elle porte ses lunettes. Comment vais-je réussir à être cohérent si elle s'assoit à côté de moi ?

— Vous êtes prêt, monsieur Ryan ?

Sans attendre ma réponse, elle rassemble ses affaires et commence à descendre dans le hall. Elle balance davantage les hanches aujourd'hui. Cette garce insolente essaye de me tenter.

Debout dans l'ascenseur plein à craquer, nos corps se pressent l'un contre l'autre – sans intention aucune. Je dois étouffer un grognement. Ça peut être mon imagination, mais je crois bien avoir vu le début d'un rictus moqueur quand elle a « accidentellement » frôlé ma queue à moitié bandée. Deux fois.

Pendant deux heures, je vis un enfer. Chaque fois que je la regarde, elle fait quelque chose pour me mettre à genoux : me lance des regards sournois, se lèche la lèvre inférieure, croise et décroise les jambes, enroule une mèche de cheveux autour de son doigt d'un air faussement absent... Elle fait même tomber son stylo et effleure « involontairement » ma cuisse en se penchant pour le ramasser sous la table.

Au déjeuner, je suis à la fois soulagé par ce répit et impatient de retrouver mon bourreau. Je parle et réponds quand il le faut, mais je ne suis pas vraiment là. Évidemment, mon père ne manque pas de remarquer mon humeur revêche. Pendant le trajet du retour, il commence :

— Chloé et toi serez ensemble à San Diego pendant trois jours, et il n'y aura personne pour interférer entre vous. J'espère que tu la traiteras avec le plus grand respect. Et avant que tu protestes, ajoute-t-il en levant les mains pour me dissuader d'intervenir, sache que j'en ai déjà parlé avec Chloé.

Mes yeux s'agrandissent. Il a parlé avec Mlle Mills de *ma* conduite professionnelle ?

— Je sais que tu n'es pas le seul responsable de cette situation, dit-il comme nous nous dirigeons vers l'ascenseur vide. Elle m'a assuré qu'elle était capable de se montrer au moins aussi désagréable que toi. À ton avis, pourquoi t'ai-je suggéré d'être son mentor pendant sa dernière année de stage ? Je n'avais aucun doute sur sa capacité à tenir la distance avec toi.

À côté de lui, Henry reste silencieux, avec un sourire suffisant. *Enfoiré.*

Je fronce les sourcils – elle m'a défendu. Elle aurait pu me faire passer pour un tyran. Et elle a préféré se charger d'une partie des torts.

— Papa, j'admets que ma relation avec elle est peu conventionnelle, commencé-je en priant pour qu'il ne comprenne pas à quel point je suis encore en deçà de la vérité en disant cela. Mais je t'assure, cela ne nuit absolument pas à notre collaboration. Tu n'as pas à t'inquiéter.

— Bien, répond mon père quand nous arrivons à mon bureau.

Mlle Mills ne nous voit pas entrer. Tournant le dos à la porte, elle est au téléphone et je l'entends chuchoter : « Il faut que je te laisse, papa. J'ai des choses à faire. Je te dirai dès que je peux. Tu as besoin de te reposer. »

Après une pause, elle rit doucement, puis ne dit plus rien pendant un moment. Ni Henry ni mon père ni moi n'osons l'interrompre. « Je t'aime aussi, papa. »

La façon dont sa voix tremble quand elle prononce ces mots me tord le ventre. Elle se retourne et ses yeux s'écarquillent quand elle nous voit tous les trois ici. Un peu gênée, elle met rapidement de l'ordre dans les papiers qui traînent sur son bureau.

— Comment s'est passée la rencontre ?

— Très bien, comme toujours, répond mon père. Sara et vous avez fait un travail superbe en vous occupant de ça. Je ne sais pas ce que deviendraient mes fils sans vous deux.

Elle hausse les sourcils et je la sens lutter pour s'abstenir d'ironiser. Mais bientôt, son visage s'assombrit. Elle a l'air préoccupée. Je grimace, en m'attendant à l'une de ses pointes habituelles. Je lui lance le regard le plus mauvais que j'aie en stock et rentre dans mon bureau d'un pas ferme. C'est seulement à ce moment-là que je me rends compte que je ne l'ai pas vue sourire une seule fois depuis que nous sommes rentrés et que je l'ai entendue parler au téléphone.

CHAPITRE 10

Je ne suis pas d'humeur à m'amuser aujourd'hui. J'ai encore quelques trucs à montrer à M. Ryan avant qu'il ne parte ce soir et je dois faire signer certains documents au département juridique. Je marche sur des sables mouvants. La conversation téléphonique avec mon père revient sans cesse dans mes pensées. J'entre dans le bureau de M. Ryan en regardant les papiers que j'ai en main. J'ai beaucoup de choses à organiser aujourd'hui : prendre des billets d'avion, m'arranger pour que quelqu'un récupère mon courrier, peut-être même engager un intérimaire pour la durée de mon absence, qui risque de durer... je ne sais pas combien de temps.

M. Ryan est en train de dire quelque chose – à voix haute – et je crois qu'il me parle. Qu'est-ce qu'il raconte ? Il finit par venir se camper face à moi et j'entends la fin de sa diatribe :

— ... vous ne m'écoutez même pas. Bon Dieu, mademoiselle Mills, est-ce qu'il faut que je vous l'écrive ?

— Est-ce qu'on peut laisser tomber ce petit jeu aujourd'hui ? demandé-je avec lassitude.

— Le… quoi encore ?

— La routine de mon enfoiré de boss.

Il écarquille les yeux, étonné et fronce les sourcils :

— *Pardon* ?

— Je sais que vous vous donnez beaucoup de mal pour vous montrer constamment odieux avec moi et je reconnais que c'est parfois assez sexy, mais je suis en train de passer une journée de merde et j'apprécierais beaucoup que vous évitiez de parler. De *me* parler.

Je suis au bord des larmes, ma poitrine se contracte douloureusement. J'ajoute :

— S'il vous plaît.

Il a l'air extrêmement surpris. Il cligne rapidement des yeux, me regarde et finit par bredouiller :

— Qu'est-ce qui se passe ?

Je déglutis, me reprends. Je regrette cet accès de colère. Tout se passe toujours mieux avec lui quand je garde mes pensées pour moi.

— J'ai sur-réagi quand vous m'avez crié dessus. Veuillez m'excuser.

Il se lève et marche vers moi, mais subitement, s'arrête et s'assoit sur le côté de son bureau, se mettant à jouer bizarrement avec un presse-papier en cristal.

— Non, ce que je vous demande, c'est pourquoi vous passez une si mauvaise journée. Que se passe-t-il ?

Sa voix est douce, plus douce même que pendant le sexe. Mais là, il ne parle pas doucement pour être discret ni pour être agréable. Il a l'air vraiment soucieux.

Je n'ai pas envie d'en parler avec lui – j'ai peur qu'il se moque de moi. Mais quelque chose me dit qu'il n'en fera rien.

174

— Mon père doit faire quelques examens. Il a du mal à manger.

— À manger ? Il a un ulcère ? répond M. Ryan, sincèrement inquiet.

Je lui explique ce que je sais – ça a commencé brutalement et un scanner a montré une petite masse dans l'œsophage.

— Vous voulez aller le voir ?

— Je ne sais pas. Je peux ?

Il grimace, embarrassé, et détourne les yeux :

— Je suis vraiment un si gros salaud que ça ?

— Parfois.

Je regrette immédiatement d'avoir dit cela, parce que rien n'a jamais pu me faire penser qu'il m'interdirait de me rendre auprès de mon père malade.

Il hoche la tête, avale sa salive. Il regarde par la fenêtre :

— Vous pouvez prendre tout le temps dont vous aurez besoin, bien sûr.

— Merci.

Mes yeux ne quittent plus le sol, j'attends qu'il continue avec le planning du jour. Mais le silence envahit la pièce. Je vois qu'il s'est retourné et qu'il me regarde.

— Ça va ?

Il dit ça si calmement que je ne suis pas sûre d'avoir bien compris.

Je pourrais mentir pour éviter cette conversation gênante. Mais je m'entends répondre :

— Pas vraiment.

Il se passe la main dans les cheveux :

— Fermez la porte du bureau.

J'acquiesce, étrangement déçue d'être renvoyée si vite.

— J'apporterai les notes du département juridique pour…

— Je voulais dire, fermez la porte, mais restez.

Oh.

Oh.

Je me retourne, traverse l'épais tapis dans le silence le plus total. La porte du bureau se ferme dans un clic.

— Verrouillez-la.

Je tourne le verrou et je le vois s'approcher. Si près que son souffle réchauffe le dos de mon cou.

— Laisse-moi te toucher. Laisse-moi faire quelque chose.

Il a compris. Il sait ce qu'il peut me donner – distraction, soulagement, plaisir face à une attaque de panique. Je ne réponds pas, c'est inutile. Après tout, j'ai déjà verrouillé la porte…

Je sens ses lèvres, douces et pressantes, sur mon épaule, le long de mon cou.

— Tu sens très bon… dit-il en détachant ma robe derrière mon cou. J'ai toujours ton odeur sur moi, même des heures après.

Il ne précise pas si c'est une bonne ou une mauvaise chose et je m'en fiche. J'aime qu'il me sente même quand je suis partie.

Ses mains glissent sur mes hanches, il me retourne vers lui et dans le même mouvement se penche pour m'embrasser, presque câlin. C'est différent. Sa bouche se fait douce, presque en demande. Il n'y a rien d'indécis dans sa manière de m'embrasser – rien n'est jamais indécis chez lui, en fait –, mais le baiser semble fervent, pas rancunier non plus. Rien à voir avec une bataille perdue, au contraire.

Il fait tomber ma robe à mes pieds. Il s'éloigne juste assez pour que je sente l'air frais du bureau sur mon corps.

— Tu es belle.

Je n'ai pas le temps d'évaluer l'effet de ces nouveaux mots sur moi. Il me fait un sourire entendu, se penche pour m'embrasser en attrapant ma culotte. Il la déchire.

Ça, il sait faire.

J'essaie d'atteindre son pantalon, mais il recule en secouant la tête. Il bouge la main entre mes jambes, et trouve ma peau lisse et mouillée. Son souffle s'accélère contre ma joue. Ses doigts me pénètrent avec précaution, mais ils sont toujours aussi inquisiteurs. Ses mots, obscènes, viennent de loin. Il me dit que je suis belle, et sale. Que je suis excitante et que je lui fais de l'effet.

Il me dit combien il aime m'entendre jouir.

Et quand je jouis, en gémissant, agrippée à son épaule à travers sa veste, je ne pense qu'à le toucher lui aussi. Je veux l'entendre se laisser aller de la même façon. Ça me terrifie.

Il retire ses doigts, effleurant mon clitoris très sensible. Il m'arrache un tremblement involontaire.

— Désolé, désolé, murmure-t-il pour toute réponse, embrassant mon visage, mon menton, ma...

— Mais non, dis-je en écartant ma bouche de la sienne.

Cette intimité soudaine qu'il m'offre, en plus de tout le reste aujourd'hui, me laisse perplexe. Très perplexe.

Son front reste contre le mien pendant quelques

instants avant qu'il hoche la tête et qu'il s'éloigne. Ça me démolit, de réaliser que j'ai le pouvoir. Surtout après avoir cru pendant des semaines qu'il tenait les rênes. À ce moment précis, je peux avoir tout ce que je veux de lui. Il suffit d'être assez courageuse pour le demander.

— Je quitte Chicago ce week-end. Je ne sais pas pour combien de temps.

— Alors retournez au travail tant que vous êtes encore là, mademoiselle Mills.

CHAPITRE 11

Quand le jour se lève jeudi, je sais qu'il faut que je lui parle. Je ne serai pas au bureau vendredi. Aujourd'hui, c'est notre dernière journée ensemble avant son départ. Elle a passé la matinée avec son superviseur de MBA. Je suis de plus en plus anxieux à propos de… tout. Notre dernière confrontation dans mon bureau hier nous a révélé à tous les deux que le rapport de force s'est inversé. J'ai envie d'être avec elle presque tout le temps, et pas seulement pour la baiser. Je veux être près d'elle. Ce désir m'a obsédé toute la semaine.

Qu'est-ce qu'elle a dit ? *Je ne veux pas désirer ça. Ce n'est pas bon pour moi.* J'ai compris ce que Chloé voulait dire quand Mina nous a surpris. Je déteste la désirer autant – c'est la première fois que je suis incapable de sortir quelque chose de ma tête et de me concentrer sur le travail. Mais personne – et encore moins ma famille – ne pourrait me reprocher d'être attiré par Chloé. En revanche, on lui collerait sur le dos la réputation de la fille qui a couché pour arriver. Pour quelqu'un d'aussi brillant et ambitieux qu'elle, ce serait une blessure inguérissable.

Elle a raison de mettre de la distance entre nous. Cette attirance qui nous pousse irrésistiblement l'un vers l'autre quand nous sommes ensemble est totalement malsaine. Rien de bon ne peut en découler. Je décide une fois encore d'utiliser mon temps libre – d'elle – pour retrouver ma concentration. Quand je rentre au bureau après le déjeuner, je suis surpris de la trouver occupée à travailler sur son ordinateur.

— Je ne savais pas que vous seriez là cet après-midi, dis-je, en essayant de masquer mon émotion.

— J'ai quelques arrangements de dernière minute à faire pour San Diego et je dois toujours discuter avec vous de mon absence, répond-elle sans lever les yeux vers moi.

— Vous voulez qu'on aille dans mon bureau, alors ?

— Non, s'empresse-t-elle d'ajouter. Je pense que nous pouvons faire ça ici.

Elle me jette un coup d'œil sournois en désignant la chaise en face d'elle.

— Asseyez-vous, monsieur Ryan.

Ah ! Les avantages d'une rencontre sur son propre terrain ! J'obtempère.

— Je sais que demain vous ne serez pas là de la journée, donc je n'ai aucune raison d'y être non plus. Je sais également que vous n'aimez pas avoir d'assistant, mais j'ai réussi à trouver un intérimaire pour les quinze jours à venir. J'ai déjà donné à Sara une liste détaillée de votre planning et des choses dont vous aurez besoin. Je pense qu'il n'y aura aucun problème, mais juste au cas où, elle a promis de garder un œil sur vous.

Elle hausse un sourcil, une expression de défi peinte sur son visage. Je lève les yeux au ciel.

Elle continue :

— Vous avez mes numéros, même celui de mon père à Bismarck si vous avez besoin de quoi que ce soit.

Elle parcourt une liste et je remarque à quel point elle est détachée et efficace. Ça me saute aux yeux maintenant. Étrange. Nos regards se croisent, elle reprend :

— Je serai en Californie quelques heures avant vous, je vous attendrai à l'aéroport.

Nous nous toisons pendant quelques minutes. Je suis sûr que nous pensons à la même chose. San Diego sera un test, un vrai.

L'atmosphère de la pièce se transforme lentement, le silence en dit long – bien plus que les mots. Je serre les dents – sa respiration est irrégulière. Je rassemble toutes mes forces pour ne pas contourner le bureau et l'embrasser.

— Bon voyage, mademoiselle Mills, conclus-je, heureux d'entendre que ma voix ne trahit pas mon émoi.

Je me lève, j'hésite un moment avant d'ajouter :

— Nous nous revoyons à San Diego, donc.

— Oui.

Je hoche la tête et je rentre dans mon bureau, en fermant la porte derrière moi. Je ne la croise pas du reste de la journée. Notre au revoir laconique me semble totalement inapproprié, pour une fois.

Je pense tout le week-end à l'horreur que ce sera de travailler sans elle pendant deux semaines. Certes, rien ne viendra me distraire de toute la journée. Mais ça me semblera bizarre. Elle est une constante dans ma vie depuis presque un an et, si l'on excepte nos différends, sa présence me réconforte.

Sara entre dans mon bureau lundi à 9 heures pile, en souriant largement quand elle s'approche de moi. Elle est suivie d'une charmante brune d'une vingtaine d'années, Kelsey, ma nouvelle assistante temporaire. Celle-ci lève les yeux vers moi avec un sourire timide. Dans un geste qui se veut rassurant, Sara lui met la main sur l'épaule.

Voilà l'occasion rêvée de prouver au monde entier que je ne dois ma réputation de tortionnaire qu'au caractère impossible de Mlle Mills.

Je l'accueille avec un grand sourire :

— Ravi de vous rencontrer, Kelsey, dis-je en lui tendant la main.

Elle me fixe bizarrement, d'un regard voilé.

— Ravie de vous rencontrer également, monsieur, répond-elle en jetant un coup d'œil à Sara.

Cette dernière observe notre poignée de main d'un air perplexe, avant de me tourner le dos pour s'adresser à Kelsey.

— OK. Bon, nous avons déjà passé en revue ce que Chloé a laissé. Voici votre bureau.

Elle guide la remplaçante jusqu'au siège de Mlle Mills.

Un sentiment étrange m'envahit quand je la vois s'y installer. Mon sourire faiblit. Je me tourne vers Sara :

— Si elle a besoin de quelque chose, qu'elle s'adresse à vous. Je serai dans mon bureau.

Kelsey démissionne avant le déjeuner. Apparemment, je me suis montré un peu trop « bourru » quand elle a trouvé le moyen de déclencher un mini-incendie avec le four à micro-ondes de la salle de repos. La dernière image que j'ai d'elle est sa sortie précipitée de mon bureau, elle est en larmes et marmonne quelque chose à propos d'un environnement de travail hostile.

Le second intérimaire, un jeune homme nommé Isaac, arrive à 14 heures. Isaac semble intelligent, je me réjouis de ne pas travailler avec une midinette. La tournure des événements me fait sourire. Malheureusement, j'ai parlé trop vite.

À chaque fois que je passe devant l'ordinateur d'Isaac, il regarde des photos de chats ou des clips. Il ferme toujours la fenêtre rapidement, mais je ne suis pas un imbécile. Je lui demande avec une grande diplomatie de ne pas se déranger demain.

La troisième n'est pas meilleure. Elle s'appelle Jill, parle trop et s'habille trop serré. Elle mordille le bouchon de ses stylos avec l'air d'un animal en

183

train d'essayer de se libérer d'un piège. Rien à voir avec la manière dont Mlle Mills prend le bout de son stylo entre les dents quand elle réfléchit. Ça, c'est subtil et sexy. L'autre est indécente. Elle part mardi après-midi.

La semaine continue de la même manière. J'épuise cinq assistants. J'entends le rire tonitruant de mon frère dans le hall à plus d'une reprise. *Enculé*. Il ne travaille même pas à cet étage ! Les gens s'amusent un peu trop de mes déboires à mon goût. Ils doivent penser que je ne fais que récolter ce que j'ai semé.

Je suis sûr que Sara informe régulièrement Mlle Mills de mes cauchemars intérimaires. Celle-ci m'envoie quelques messages pendant cette première semaine pour me demander comment ça se passe ici. Je commence à attendre ses textos. Je consulte mon téléphone à tout bout de champ pour m'assurer que je n'en ai pas raté un. C'est difficile à admettre, mais j'aurais donné ma voiture pour qu'elle revienne, avec son caractère de harpie.

Son corps me manque, bien sûr, mais il y a aussi notre jeu permanent du chat et de la souris. Elle sait que je suis un salaud et elle fait avec. Je ne sais pas pourquoi, mais elle fait avec. Mon respect pour son professionnalisme grandit au cours de cette semaine d'absence.

La deuxième semaine se déroule sans qu'elle donne signe de vie. Que fait-elle ? Avec qui ? Communique-t-elle avec Joël ? Je suis presque sûr qu'ils ne se sont pas revus depuis que nous avons décrété un cessez-le-feu précaire à la suite de l'incident des fleurs. Pourtant, je me demande s'il ne l'a pas appelée pour ne pas perdre contact et s'il n'essaiera pas de la relancer quand elle rentrera chez elle.

Chez elle. Est-elle chez elle, dans la maison de son père ? Ou considère-t-elle Chicago comme chez elle ? Si son père est très malade, elle pourrait décider de retourner dans le Dakota du Nord…

Putain.

Je fais mes bagages. J'entends mon téléphone gazouiller sur le lit, juste à côté de ma valise. Son nom sur l'écran fait monter une vague d'excitation en moi.

« Je vous récupère demain à 11 h 30. Terminal B vers les écrans d'arrivée. Envoyez-moi un texto quand vous atterrissez. »

Je savoure cette idée – nous serons ensemble demain…

« OK. Merci. »

« De rien. Tout va bien ? »

Je suis un peu surpris qu'elle ne me pose pas de questions sur ma semaine. Nous explorons un nouveau territoire. Au boulot, nous nous envoyons fréquemment des textos et des mails, mais ils se limitent à des questions fermées. Oui ou non. Rien de personnel. Sa semaine a-t-elle été aussi frustrante que la mienne ?

« Génial. Et vous ? Comment va votre père ? »

Je ricane en appuyant sur « envoyer ». La situation est de plus en plus étrange. Moins d'une minute plus tard, je reçois un autre message.

« Bien. Il me manquait, mais je suis contente de rentrer à la maison. »

À la maison. Elle a changé d'expression. Je déglutis, ma poitrine se serre.

« À demain. »

Je programme l'alarme de réveil et je place mon téléphone sur la table de nuit. Je m'assois à côté de ma valise. Dans moins de douze heures, je serai auprès d'elle. Je ne suis pas entièrement sûr de ce que ça me fait.

Chapitre 12

Comme je l'espérais, le voyage en avion jusqu'à San Diego me donne l'occasion de réfléchir. Je me sens aimée et reposée après le séjour chez mon père. Son rendez-vous avec le gastro-entérologue nous a rassurés : la tumeur est bégnine. Nous avons passé beaucoup de temps ensemble à parler et à évoquer le souvenir de maman. Il a même prévu de venir me voir à Chicago.

En le quittant, je me sentais aussi prête que possible, compte tenu de la situation, à affronter la suite. Je suis très nerveuse à l'idée de retrouver M. Ryan, mais j'ai élaboré un discours d'encouragement super au point. J'ai fait du shopping sur Internet – ma valise est bourrée de nouvelles culottes. J'ai réfléchi longuement et intensément aux options qui s'ouvraient à moi. J'ai un plan.

Avant toute chose, ne pas se voiler la face : il ne s'agit pas simplement d'une tentation induite par notre proximité physique. Être à 1 500 kilomètres de lui n'a en rien calmé mes besoins. J'ai rêvé de lui toutes les nuits, je me suis réveillée malheureuse tous les matins, avec un grand sentiment de solitude. J'ai passé un temps fou à me demander ce qu'il faisait et s'il se trouvait dans le même état d'esprit que moi. J'ai glané toutes les informations que j'ai pu en discutant avec Sara. Quand elle m'a appelée pour m'informer de l'état de mon remplacement, elle m'a vraiment fait rire en me racontant le défilé des intérimaires. Ça ne m'étonne pas qu'un enfoiré tel que Bennett ait du mal à garder qui que ce soit auprès de lui.

Je suis habituée à ses sautes d'humeur et à son attitude revêche. Professionnellement, notre duo fonctionne à merveille, mais sur le plan personnel, c'est un cauchemar. Tout le monde le sait, même sans connaître exactement l'étendue des dégâts.

Je repense souvent au dernier jour que nous avons passé ensemble. Quelque chose dans notre relation évolue. Je ne sais pas quoi en penser. Nous avons beau nous dire que ça n'arrivera plus jamais, ça arrive. Je suis terrifiée que cet homme, le pire qu'il pouvait m'arriver de rencontrer dans tout l'univers, ait plus de contrôle que moi sur mon propre corps. J'essaie de me convaincre du contraire. En pure perte.

Je ne veux pas être de ces femmes qui sacrifient leurs ambitions à un homme.

En approchant de la zone d'arrivée, je répète mon dernier discours d'encouragement. *Je peux le faire*. Du moins, je l'espère. J'ai le trac. Je ne vais quand même pas aller vomir… ?

Son vol a pris du retard à Chicago. L'avion atterrit finalement à 18 h 30. C'était bien d'avoir le temps de réfléchir dans l'avion, mais ces sept heures supplémentaires m'ont mis les nerfs à vif.

Je monte sur la pointe des pieds pour avoir un meilleur point de vue sur la foule, mais je ne le vois pas. Je jette un coup d'œil à mon téléphone, je relis son texto pour la millième fois.

« Je viens d'atterrir. À tout de suite. »

Rien de sentimental là-dedans, mais j'ai l'estomac retourné. Nos messages d'hier soir m'ont fait le même effet. Nous ne nous sommes rien dit de spécial : je lui ai simplement demandé comment sa fin de semaine s'était passée. Cela n'aurait rien d'extraordinaire dans une relation normale, mais c'est totalement inédit pour nous. Peut-être arriverons-nous un jour à dépasser l'animosité permanente et devenir… quoi… *amis* ?

Mon estomac est en compote, je marche de long en large. J'espère que mon esprit va cesser de me torturer et que mon rythme cardiaque va se calmer. Machinalement, je m'arrête et me retourne vers la foule de passagers qui avance, en détaillant les visages inconnus. Ma respiration est coupée – je vois une chevelure familière apparaître.

Reprends-toi, Chloé ! Mon Dieu !

J'essaie une fois de plus de contrôler mon corps avant de le regarder. *Merde, je suis complètement dans ses filets.* Il est là, encore plus beau que d'habitude. Comment peut-on embellir en neuf jours, surtout après plusieurs heures de vol ?

Il dépasse tout le monde d'une tête – il a le genre de taille qui se remarque dans une foule. J'en remercie le ciel. Ses cheveux bruns sont le même cauchemar que d'habitude – il a dû passer ses mains dedans une bonne centaine de fois pendant le voyage. Il porte un pantalon et un blazer gris foncé, une chemise blanche col ouvert. Il a l'air fatigué avec sa barbe de trois jours. Ce n'est pas ce qui me perturbe. Il a regardé dans le vague jusqu'à ce qu'il me repère et son visage s'est éclairé. Un sourire authentiquement heureux. Je sens ma propre bouche s'ouvrir dans un large sourire étourdi.

Il s'arrête devant moi, les traits un peu plus tendus. Nous attendons tous les deux que l'autre parle.

— Bonjour, dis-je pour détendre l'atmosphère, quoique sur un ton quelque peu embarrassé.

J'ai envie de l'attirer vers les toilettes, mais je doute que ce soit la meilleure façon d'accueillir son boss. Même si je ne m'en suis pas tellement souvenu auparavant.

— Hmm, bonjour, répond-il.

Ses sourcils se froncent légèrement.

Putain, arrête avec ça, Chloé ! Nous marchons vers la zone de retrait des bagages. Rien que de sentir sa peau proche de la mienne, j'ai la chair de poule.

— Vous avez fait bon voyage ?

Je connais déjà la réponse : il déteste voler sur une ligne ordinaire, même en première classe.

C'est tellement ridicule. Je prie pour qu'il soit désagréable. Comme ça, je pourrai m'énerver contre lui.

Il réfléchit un moment avant de rétorquer :

— Ce n'était pas si terrible même si les avions sont tellement bondés… Je n'aime pas ça.

Nous attendons, entourés de gens pressés. Je ne fais pas attention à eux – la tension croissante entre nous et chaque centimètre qui sépare nos deux corps m'obnubilent.

— Et votre père ? s'enquiert-il.

Je hoche la tête :

— La tumeur est bégnine. Merci de vous en inquiéter.

— C'est tout naturel.

Les minutes s'égrainent dans un silence inconfortable. Je suis soulagée de voir sa valise glisser le long du tapis roulant. Dans un même geste pour l'attraper, nos mains se frôlent sur la poignée. Je recule et je lève les yeux vers lui. Il me regarde aussi.

Mon estomac se tord : je reconnais la lueur carnassière dans ses yeux. Nous murmurons des excuses et je détourne le regard, non sans avoir remarqué son sourire suffisant. Il est temps de récupérer notre voiture de location. Nous nous dirigeons vers le parking.

À la vue de la voiture de luxe que j'ai louée, une Benz SLS AMG, il est tout guilleret. Il adore conduire – vite –, et je choisis toujours un modèle à son goût quand il a besoin d'une voiture.

— *Très bon choix*, mademoiselle Mills, dit-il, en passant les mains sur le capot. Rappelez-moi de penser à vous augmenter.

Désir familier de le gifler – ça m'aide à me calmer. Tout est tout de suite plus clair quand il se comporte ouvertement comme un beau salaud.

J'ouvre le coffre tout en lui lançant un regard de reproche. Je m'écarte pour lui laisser la place. Il enlève sa veste et me la tend. Je la balance dans le coffre.

— Doucement, proteste-t-il.

— Je ne suis pas votre valet de chambre. Rangez votre putain de manteau vous-même.

Il rit en se penchant pour soulever sa valise.

— Que de colère ! Je voulais juste vous la confier un instant, le temps que je mette mes affaires dans le coffre.

— Oh…

Les joues rouges, honteuse de m'être emportée pour rien, je récupère sa veste et la pose sur mon bras.

— Désolée.

— Pourquoi partez-vous toujours du principe que je me conduis comme un sale type ?

— N'est-ce pas ce que vous faites habituellement ?

Il rit encore avant de mettre la valise dans le coffre.

— J'ai dû beaucoup vous manquer.

Je ravale ma réponse, distraite par la vision des muscles de son dos dessinés sous sa chemise quand il place son bagage à côté du mien. Sa chemise, taillée pour convenir à ses larges épaules et à sa taille mince, est ornée d'un imprimé gris subtil. Son pantalon foncé est parfaitement repassé. Je suis sûre qu'il n'a jamais fait sa lessive lui-même. Qui le blâmerait ? Ces tenues faites sur mesure et nettoyées à sec le rendent tellement baisable.

Stop. Stop !

Il claque le hayon. Fin de ma rêverie – je lui donne les clefs. Il contourne la voiture et m'ouvre la portière, en attendant que je m'asseye pour la refermer. *Ouais, tu es un vrai gentleman*, pensé-je.

Nous roulons sans dire un mot. Seuls le bruit du moteur et la voix du GPS qui nous guide jusqu'à l'hôtel troublent le silence de l'habitacle. Je relis le planning pour m'occuper, en essayant d'ignorer l'homme assis à côté de moi.

J'aimerais scruter son visage. M'approcher et toucher la barbe sur ses joues, lui dire de se garer et de me caresser.

Toutes ces pensées filent dans mon esprit. Je suis incapable de me concentrer sur les papiers étalés sur mes genoux. Notre séparation n'a pas diminué l'atti-rance, loin de là. J'ai envie de lui demander comment se sont passées ces deux dernières semaines, et s'il va bien.

Je referme le dossier avec un soupir et je tourne la tête pour regarder par la fenêtre.

Nous avons dû passer devant l'océan, les bateaux et les gens dans la rue, mais je n'ai rien vu. Je suis obsédée par celui qui se trouve dans la voiture. Je ressens chaque mouvement, chaque respiration. Ses doigts frappent contre le volant. Le cuir couine quand il se déplace sur le siège. Son odeur emplit l'espace clos. Je n'arrive pas à me rappeler pourquoi je dois résister. Il m'encercle totalement.

J'ai besoin d'être forte et d'être moi-même pour me prouver que je contrôle mon existence, mais tout en moi brûle de le sentir. J'ai quelques personnes à voir à l'hôtel avant la conférence, mais sa présence fait s'envoler mes meilleures résolutions.

— Tout va bien, mademoiselle Mills ?

Le son de sa voix me tire de ma rêverie. Je me retourne pour rencontrer ses yeux noisette. Mon esto-mac se contracte sous l'intensité de son regard. J'avais oublié que ses cils étaient si longs.

— On est arrivés, fait-il avec un geste vers l'hôtel.

Je n'avais même pas remarqué.

— Vous vous sentez bien ?

— Ouais. C'est juste que la journée a été longue.

— Hmmm, murmure-t-il sans me quitter des yeux.

Il contemple ma bouche. *Mon Dieu*, je crève d'envie qu'il m'embrasse. La sensation de sa bouche contre la mienne me manque. Ses lèvres qui me dévorent...

Ça semble être la seule chose qui compte pour lui, à certains moments. Parfois, ce doit être vrai.

Je me penche légèrement vers lui. De l'électricité passe entre nous, il me regarde dans les yeux. Il s'incline pour s'approcher de moi – je sens sa respiration chaude contre ma bouche…

Ma portière s'ouvre et je sursaute sur mon siège, comme agressée par la vision du voiturier debout devant moi qui me propose sa main tendue pour m'aider à descendre. Je sors de la voiture en inspirant profondément l'air frais – un air où ne flotte pas son odeur. Le voiturier s'occupe des bagages et M. Ryan passe un coup de fil pendant que je vais à la réception récupérer les clefs des chambres.

L'hôtel est envahi de gens venus assister à la conférence. Je retrouve des visages familiers. J'ai prévu de sortir avec un groupe d'élèves du même programme que moi pendant mon séjour ici. Je fais un signe à une jeune femme que je connais : faire la fête avec des amis dans cette ville doit être génial. La dernière chose dont j'ai besoin, c'est de rester nez à nez avec mes fantasmes dans une chambre d'hôtel.

Les clefs à la main, je me dirige vers le bar retrouver M. Ryan. Le voiturier fait monter nos bagages dans nos suites. La réception de bienvenue bat son plein, je parcours des yeux la salle. Je le retrouve à côté d'une grande brune, la tête légèrement penchée vers elle. Il l'écoute.

Ses cheveux m'empêchent de discerner le visage de la fille. Mes yeux se rétrécissent quand je la vois toucher son avant-bras. Il la fait rire. Il s'écarte un peu, je la détaille à loisir.

Elle est belle, les cheveux aux épaules, raides

et bruns. Elle place quelque chose dans sa main et referme ses doigts dessus. Le visage de M. Ryan prend une expression bizarre, il baisse les yeux pour examiner l'objet.

Serait-on en train de se foutre de ma gueule ? Ce n'est pas la clef de sa chambre qu'elle vient de lui donner, là ?

Je les observe pendant quelques secondes encore. Quelque chose en moi se brise. Il continue à fixer la clef comme s'il se demandait s'il allait ou non l'accepter. Le voir regarder une autre femme avec cette intensité, l'idée qu'il puisse *désirer* quelqu'un d'autre, me bouleverse. Je traverse la salle et me dirige vers eux.

Je pose la main sur son avant-bras. Il cligne des yeux vers moi, surpris :

— Bennett, es-tu prêt à monter dans ta suite ? demandé-je calmement.

Il écarquille les yeux et ouvre la bouche. Je ne l'ai jamais vu aussi décontenancé.

Et soudain, je prends conscience que c'est la première fois que je l'appelle par son prénom.

— Bennett ?

Quelque chose tremble sur son visage. Les coins de sa bouche se relèvent dans un sourire et ses yeux se plongent dans les miens.

Il se tourne vers la belle femme brune et lui sourit avec indulgence :

— Veuillez nous excuser, lui dit-il en replaçant discrètement la clef dans sa main. Comme vous pouvez le constater, je ne suis pas venu seul.

Il a parlé d'une voix si douce que je frissonne des pieds à la tête. Et juste après, un cri de victoire intérieur me fait complètement oublier l'horreur de ce qui vient de se passer. Il presse sa main chaude contre mon épaule. Nous sortons du bar. Mais plus nous approchons des ascenseurs et plus mon allégresse s'émousse. Je commence à paniquer. J'ai agi de manière tellement irrationnelle !

Le souvenir de notre petit jeu m'épuise. Combien de fois par mois voyage-t-il ? Lui donne-t-on souvent des clefs comme ça ? Serai-je toujours là pour l'empêcher de dire oui ? Et dans le cas contraire, se rendra-t-il joyeusement à l'étage avec quelqu'un d'autre ?

Mais franchement, je croyais être qui pour lui ? Merde ! Je devrais m'en foutre !

Mon cœur palpite, le sang bat dans mes oreilles. Trois autres couples nous rejoignent dans l'ascenseur, je prie pour arriver dans ma suite avant d'exploser. Je n'arrive pas à croire que je me suis réellement comportée comme ça. Je lui jette un coup d'œil, il arbore un sourire triomphant.

J'inspire profondément et je me rappelle pourquoi je dois rester à l'écart. Ce qui vient de se passer dans le bar ne me ressemble vraiment pas. Manque total de professionnalisme, surtout dans un événement public. J'ai envie de crier, de lui faire mal, de le pousser à bout pour lui prouver qu'il ne me possède pas. Trouver la volonté nécessaire devient de plus en plus difficile.

Les étages défilent dans un silence tendu, jusqu'à ce que le dernier couple sorte. Nous sommes seuls. Je ferme les yeux, en essayant de respirer, mais bien sûr, je ne sens que lui. Je ne veux pas qu'il soit avec une autre femme. Ce sentiment est si renversant qu'il me coupe le souffle. C'est terrifiant. Il peut me briser le cœur en un claquement de doigts.

Il peut me briser.

L'ascenseur s'arrête avec le bruit habituel. Les portes s'ouvrent à notre étage.

— Chloé ? souffle-t-il, sa main toujours dans mon dos.

Je me rue hors de l'ascenseur et me mets à courir dans le couloir.

— Où allez-vous ? crie-t-il sur mes talons.

J'entends le bruit de ses pas derrière moi. Je suis gravement dans la merde, je le sais.

— Chloé, attends !

Je ne peux pas le fuir pour toujours. Je n'en ai pas la force.

Chapitre 13

Un million de pensées traversent mon esprit en une seconde. Nous ne pouvons pas continuer comme ça. Ou ça reprend, ou ça s'arrête. *Maintenant*. Cette histoire influe trop sur mon travail, mon sommeil, mon cerveau – ma putain de vie.

À quoi bon me mentir à moi-même ? Je sais ce que je veux. Je ne peux pas la laisser partir.

Elle pique un sprint dans le couloir, je me lance à sa poursuite.

— Tu ne crois tout de même pas que tu peux me faire une chose pareille et puis me planter là !

— Je vais me gêner ! crie-t-elle par-dessus son épaule.

Elle atteint la porte de sa suite et attrape maladroitement la clef avant de l'enfoncer dans la serrure.

J'arrive à la porte au moment où elle la déverrouille. Je rencontre ses yeux, elle entre en courant et appuie de tout son poids sur la porte pour la refermer. Je la repousse si violemment qu'elle claque contre le mur.

— Mais où vous croyez-vous ? hurle-t-elle.

Elle court se réfugier dans la salle de bains et me fait face.

— Tu vas continuer à me fuir ?

Je la rejoins. Ma voix résonne dans le petit espace.

— Si c'est à propos de cette femme, dans le bar...

Ces mots semblent décupler sa fureur. Elle fait un pas dans ma direction :

— Vous n'avez pas intérêt à insinuer quoi que ce soit à ce sujet. Je ne me suis jamais comportée comme une petite amie jalouse.

Elle secoue la tête avec une expression de dégoût puis se tourne vers le lavabo et fouille dans son sac.

Je la dévisage. Elle est en colère. Pourquoi agit-elle comme ça ? Je suis totalement déboussolé. Elle est en colère – je devrais être déjà plaqué contre un mur et à moitié à poil. Mais elle ne semble pas décidée. Est-elle *vraiment* en colère, pour une fois ?

— Tu crois vraiment que je suis du genre à coucher avec la première bimbo qui me donne la clef de sa chambre ? Pour qui me prends-tu ?

Une brosse à cheveux lancée à toute volée se fracasse sur un coin du lavabo.

— Vous vous fichez de moi ? Je sais que vous avez déjà fait ça. Juste du sexe pour le sexe. Je suis sûre que ça arrive tout le temps, qu'une belle femme vous donne sa clef.

J'ouvre la bouche pour répondre. Oui, j'ai souvent eu des liaisons uniquement sexuelles, mais ce truc avec Chloé, ce n'est plus *juste du sexe* depuis un moment déjà.

Elle enchaîne avant que j'aie eu le temps de prononcer un mot :

— Je n'ai jamais fait un truc pareil. Je ne sais plus comment gérer ça.

Sa voix monte *crescendo*.

— Mais quand je suis avec vous, c'est comme si rien d'autre n'importait. Cette… *cette chose*.

Elle nous désigne en nous montrant du doigt.

— Ce n'est pas moi ! Je suis une autre personne quand je suis avec vous et je *déteste* ça. Je ne peux plus continuer, Bennett. Je n'aime pas la personne que je suis en train de devenir. Je suis une bosseuse. J'aime mon travail. Je suis intelligente. Mais si les gens savaient ce qu'il y a entre nous, rien de tout cela ne compterait plus. Trouvez quelqu'un d'autre.

— Je te l'ai déjà dit, je n'ai été avec personne d'autre depuis que nous avons commencé à…

— Ça ne veut pas dire que vous ne prendrez pas la clef d'une chambre si on vous la met dans la main. Qu'auriez-vous fait si je n'étais pas intervenue ?

— Je l'aurais rendue, dis-je sans hésitation.

Elle rit, visiblement incrédule :

— Écoutez, je n'en peux plus. J'ai seulement envie de prendre une douche et d'aller me coucher.

Je ne peux pas imaginer partir maintenant. Elle se retourne et ouvre le robinet de la douche.

J'arrive à la porte de sa chambre, je la regarde : elle est debout, déjà entourée de vapeur. Elle me laisse partir. Mais putain, elle n'a pas l'air moins partagée que moi.

Sans plus réfléchir, je retraverse la pièce, j'attrape son visage entre mes deux mains et je l'attire à moi. Nos bouches se pressent l'une contre l'autre et un son étranglé s'échappe de ses lèvres en signe de reddition. Ses mains s'enfoncent dans mes cheveux. Je l'embrasse plus fort. Ses gémissements m'appartiennent, ses lèvres m'appartiennent, son goût m'appartient.

— Une trêve pour la nuit, dis-je en l'embrassant doucement sur les lèvres. Donne-toi à moi entièrement pour une nuit. S'il te plaît, Chloé, je te laisserai tranquille après ça, mais je ne t'ai pas vue depuis presque deux semaines et… j'ai juste besoin de ce soir.

Elle me toise pendant un long et douloureux moment, en proie à une lutte intérieure que je devine déchirante. Et puis, en émettant un petit son plaintif, elle se hausse sur la pointe des pieds et m'attire à elle.

Mes lèvres sont brutales, dures, mais elle ne s'éloigne pas. Elle presse sa bouche contre la mienne. Tout disparaît. Plus rien n'existe autour de nous. Nous nous cognons contre le mur, le lavabo, la porte de la douche, glissant l'un contre l'autre comme des possédés. La pièce est maintenant remplie de vapeur, rien ne semble plus réel. Je la sens, je la goûte, je la touche, mais ça ne suffit pas.

Je l'embrasse avec plus de vigueur, nous nous déshabillons frénétiquement. Mes mains glissent sur ses cuisses, sur ses seins. Je veux que mes mains soient partout. Elle me pousse contre le mur, un flot de chaleur passe dans mes épaules avant de descendre dans ma poitrine. Je sors de ma torpeur. Nos vêtements encore à moitié sur le dos, nous entrons dans la douche.

Nous n'y prêtons attention ni l'un ni l'autre.

Ses mains parcourent mon corps, tremblantes. Elle tire ma chemise de mon pantalon et la déboutonne, maladroite, excitée, en arrachant quelques boutons dans sa hâte. Le tissu trempé glisse de mes épaules, elle le balance hors de la douche.

La soie mouillée de sa robe se colle à sa peau, accentuant chaque courbe de son corps. Je caresse ses seins, leurs pointes se hérissent. Elle gémit et pose sa main sur la mienne, en guidant mes mouvements.

— Dis-moi ce que tu veux. Dis-moi ce que tu veux que je te fasse.

— Je ne sais pas... murmure-t-elle. Je veux juste que tu en deviennes fou.

J'ai envie de lui dire que c'est en train d'arriver, là maintenant, devant elle. Que ça fait des semaines. Je la caresse sur sa robe et mes mots s'envolent. Nous cherchons nos lèvres, nous nous mordons – le bruit de la douche couvre nos gémissements. Mes mains se glissent dans sa culotte, elle est brûlante.

Je veux la voir, vraiment. Je retire mes doigts

et j'attrape l'ourlet de sa robe. En un mouvement, je la remonte par-dessus sa tête. Je me trouve coi devant ses sous-vêtements. *Seigneur*. Elle a décidé de me tuer.

Je recule d'un pas, en m'appuyant sur le mur de la douche. Elle reste debout devant moi, trempée dans une culotte de dentelle attachée sur les côtés par de petits nœuds de satin. Les pointes de ses seins sont dressées et visibles sous le soutien-gorge assorti. Je me jette sur sa poitrine.

— Putain, qu'est-ce que tu es belle, dis-je en caressant ses seins durs.

Un frisson la prend, ma main remonte dans son cou, puis jusqu'à sa mâchoire.

On peut baiser ici, trempés, glissants, contre le carrelage. On le fera peut-être plus tard, j'ai envie de prendre mon temps. Mon rythme cardiaque s'accélère – nous avons toute la nuit... Pas besoin de se hâter ni de se cacher. Pas de remarques acerbes, pas de culpabilité. Nous avons toute la nuit, seuls tous les deux. Je vais passer tout ce temps avec elle... dans un lit.

Je ferme le robinet de la douche derrière elle. Elle se presse contre moi avec plus de fougue. Je prends son visage entre mes mains et je l'embrasse profondément, ma langue joue avec la sienne. Ses hanches se balancent contre moi. J'ouvre la porte de la douche, j'en sors sans la lâcher.

Je ne m'arrête pas de la toucher, sa peau m'ensorcelle – son dos, la courbure charmante de ses fesses, ses seins. Je veux sentir et goûter chaque centimètre carré de sa peau.

Nous nous embrassons sans arrêt en sortant de la salle de bains, en trébuchant maladroitement dans nos vêtements. Je retire mes chaussures trempées. Ses mains passent sur mon ventre, elles se bloquent sur ma ceinture. Avec un peu de coopération, je me libère rapidement de mon pantalon et de mon boxer. Je les envoie balader d'un pied impatient. Ils atterrissent pour former une pile de vêtements trempés.

Mes doigts parcourent ses côtes avant de saisir l'agrafe du soutien-gorge. Je le détache, je le retire presque en le déchirant sur son corps. Je la prends contre moi. Je gémis, les pointes de ses seins sont dressées contre ma poitrine. Les mèches de ses cheveux mouillés, déversés sur son dos nu, chatouillent mes mains. C'est électrisant.

La chambre est plongée dans l'obscurité – la seule lumière provient d'un filet blanc sous la porte, et de la lune haut dans le ciel. Le dos de ses genoux frappe contre le lit et mes mains retirent le dernier vêtement entre nous. Ma bouche prend la sienne, puis descend sur son cou, ses seins, son buste tout entier. Je l'embrasse, je la mords jusqu'à son ventre, et à la dentelle blanche derrière laquelle elle se cache.

Je m'agenouille devant elle, je relève les yeux. Ses mains sont plongées dans mes cheveux humides en désordre.

Je prends l'un des deux rubans délicats en

satin entre mes doigts, je tire. Il glisse le long de sa hanche. Elle a l'air confuse. Je fais de même avec l'autre ruban. Le tissu tombe devant moi, intact. Elle est totalement nue. Je n'ai peut-être pas bousillé cette culotte, mais je prévois tout de même de me l'approprier – bien sûr.

Elle rit comme si elle lisait dans mes pensées.

Je la fais s'asseoir sur le bord du lit. Toujours agenouillé devant elle, j'écarte ses jambes. Mes mains caressent la peau douce de ses mollets, j'embrasse ses cuisses. Ma bouche s'attarde entre ses jambes. Son goût envahit ma bouche et mon esprit. Tout le reste disparaît. Putain, le pouvoir que cette femme a sur moi...

Je la pousse pour qu'elle s'allonge sur les draps et je me relève pour la rejoindre, lèvres et langue toujours sur son corps, ses mains, directives, dans mes cheveux. J'enfonce mon pouce dans sa bouche – elle le suce avec volupté –, promène mes lèvres sur ses seins, son ventre, son visage.

Ses soupirs et ses gémissements emplissent la chambre, se mêlant aux miens. Je bande plus que je n'ai jamais bandé. Ah ! m'enfoncer en elle et y rester pour toujours... Je l'embrasse sur la bouche, en passant mon pouce humide sur sa joue. Elle m'attire à elle. Nos deux corps nus se frottent l'un contre l'autre.

Nous nous embrassons fiévreusement, nos mains se cherchent et se serrent. Toujours plus proches. Nos hanches bougent en rythme, ma queue glisse contre la chaleur humide de son con. Elle gémit à chaque fois que j'effleure son clitoris. Un mouvement et je suis en elle. Elle est si proche…

Je veux la prendre plus que tout mais je veux aussi qu'elle parle – avant. Quand elle m'a appelé par mon prénom dans le bar, quelque chose s'est déclenché en moi. Je ne sais pas encore quoi, je ne sais pas si je suis prêt à l'apprendre. Mais je sais que j'ai besoin de l'entendre dire qu'elle me désire. J'ai besoin d'être sûr qu'elle sera mienne ce soir.

— Je crève d'envie d'être en toi tout de suite, murmuré-je dans son oreille.

Elle retient sa respiration, un long gémissement s'échappe de ses lèvres.

— Tu le veux aussi ?

— Oui, souffle-t-elle.

Sa voix est suppliante et ses hanches remontent pour se coller à moi. Ma bite frôle l'entrée de sa chatte, je serre les dents. Je veux prolonger le moment. Ses talons montent et descendent sur mes jambes avant de se bloquer autour de ma taille. Je prends ses mains et je les relève sur le lit, au-dessus de sa tête, nos doigts entrelacés.

— Je t'en supplie, Bennett. Je deviens folle.

Ma tête se penche, mon front se colle au sien. Je la prends d'un coup.

— Oh ! putain, gémit-elle.

— Dis-le encore, fais-je dans un soupir en allant et venant en elle.

— Bennett – *putain*.

207

J'ai envie de l'entendre encore et encore. Je me redresse sur mes genoux et je continue à la pénétrer plus fort, nos mains toujours emmêlées.

— Je ne m'en lasse pas...

L'orgasme pointe, je dois me retenir. J'ai été trop longtemps loin d'elle et rien de ce que j'ai fantasmé ne lui arrive à la cheville.

— Je veux t'avoir comme ça tous les jours, grogné-je, la bouche collée à sa peau en sueur. Comme ça et penchée sur mon bureau, à genoux, en train de sucer ma bite.

— Pourquoi ? grince-t-elle entre ses dents. Pourquoi est-ce que j'adore quand tu me parles comme ça ? Tu es un tel *salaud*.

Je me penche vers elle encore. Je ris.

Nous bougeons ensemble sans effort, nos peaux transpirantes glissent l'une contre l'autre. À chaque mouvement de mon sexe en elle, elle relève ses hanches pour être prise plus profondément, les jambes accrochées autour de ma taille. Je suis tellement perdu que le temps semble s'arrêter. Nos mains sont toujours entrelacées au-dessus de sa tête. Elle commence à se resserrer. Elle est tout près. Ses cris sont plus rauques, elle répète mon nom. Je suis au bord.

— Laisse-toi aller.

Ma voix est tremblante. Je suis tellement près, mais je veux l'attendre.

— Abandonne-toi, Chloé, et jouis.

— Oh mon Dieu, Bennett, je t'en prie. Dis autre chose.

Putain. Mes petits propos salaces font jouir cette petite.

— S'il te plaît.

— Tu es glissante et chaude quand tu es près de jouir. Ta peau rougit partout et ta voix devient rauque. Et ton visage est magnifique quand tu jouis.

Elle me bloque contre elle avec les jambes. Je la sens respirer plus rapidement et se resserrer autour de ma queue.

— Tes lèvres de suceuse deviennent toutes douces et s'ouvrent quand tu t'approches, tes yeux me supplient d'y aller plus fort et putain, rien n'est meilleur que le bruit que tu fais quand tu finis par jouir pour de bon.

C'est tout ce qu'il lui manquait. Je la pénètre encore plus profondément, en la soulevant du lit à chaque fois. Je chancelle, tout au bord de l'orgasme. Quand elle crie mon nom, je ne peux pas me retenir une seconde de plus.

Elle étouffe ses cris contre mon cou, je la sens s'abandonner, ses bras se referment sur mon dos – rien au monde n'est aussi bon que ça, laisser monter l'excitation entre nous avant qu'elle ne nous écrase. Je m'abandonne aussi.

Mon visage s'approche du sien, nos nez se touchent – nos respirations sont toujours aussi hachées. Ma bouche est sèche, j'ai des courbatures et je me sens épuisé. Je desserre la pression de mes doigts sur les siens et je caresse ses mains pour que la circulation du sang reprenne ses droits.

— Bordel de Dieu.

Tout est différent, mais aussi totalement indéfini. Je roule dans le lit à côté d'elle, je ferme les yeux.

Elle frissonne.

— Tu as froid ?

— Non. Mais je suis vraiment exténuée.

Je l'attire à moi et j'attrape la couette que je remonte sur nous. Je n'ai pas envie de partir, mais je ne suis pas sûr d'être le bienvenu dans ce lit.

— Moi aussi.

Le silence s'établit ; les minutes passent. S'est-elle endormie ? Je commence à me lever doucement. Sa voix me surprend.

— Ne t'en va pas, souffle-t-elle dans l'obscurité.

Je me penche sur elle, je l'embrasse sur le front.

Son odeur délicieuse et familière envahit mes narines.

— Ça ne risque pas.

Putain, que c'est bon.

Quelque chose de chaud et d'humide enveloppe ma bite une fois encore et je grogne. *Meilleur. Rêve. De. Toute. Ma. Vie*. Le gémissement de la Chloé virtuelle vibre le long de ma queue et dans tout mon corps.

— Chloé...

J'entends ma propre voix et je me secoue doucement. J'ai rêvé d'elle des centaines de fois,

210

mais ça, c'est trop réel. La chaleur disparaît, je fronce les sourcils.

Rendors-toi, Ben. Ce n'est pas le moment de te réveiller, putain.

— Redis-le encore une fois.

Une voix douce et éraillée me ramène à la conscience. Je m'oblige à ouvrir les yeux. La pièce est sombre, je suis allongé dans un lit étrange. Retour de la chaleur, mes yeux volent jusqu'à mes genoux, où une belle chevelure brune s'active entre mes jambes ouvertes. Elle reprend ma bite dans sa bouche.

En une seconde, la nuit entière me revient. La brume du sommeil disparaît rapidement.

— Chloé ?

Impossible que ce soit réel.

Elle a dû se lever pendant la nuit pour éteindre la lumière de la salle de bains ; la chambre est si sombre que je la discerne à peine. J'étends les mains pour la trouver, mes doigts passent sur ses lèvres qui entourent ma queue.

Elle s'agite, monte et descend sur moi, sa langue tourbillonne. Ses dents frottent légèrement contre ma verge. Ses mains caressent mes couilles. Je gémis fort quand elle les fait rouler dans ses paumes.

La sensation est si intense – la réalisation de mes rêves et la réalité... Je ne sais pas combien de temps ça va durer. Elle va et vient, ses doigts titillent légèrement mon anus. Un long soupir s'échappe de mes dents serrées. Personne ne m'a jamais fait ça. J'ai presque envie de l'arrêter,

211

mais la sensation est si incroyable que je n'arrive pas à bouger.

Mes yeux s'habituent à l'obscurité. Je passe les doigts dans ses cheveux, sur son visage et sa mâchoire. Elle ferme les yeux et me suce plus fort. Je suis à deux doigts de l'orgasme. La combinaison de sa bouche sur ma queue et de son doigt est irréelle. Je veux l'avoir contre moi, sentir sa bouche sur la mienne, en train de me sucer les lèvres pendant que je la pénètre.

Je me redresse et je l'attire sur mes genoux, enroulant ses jambes autour de mes hanches. Nos poitrines nues se collent l'une contre l'autre. Je prends son visage entre mes mains, en la regardant dans les yeux.

— C'est le meilleur réveil de ma vie.

Elle rit un peu, lèche ses lèvres. Elles brillent délicieusement. Je la soulève sur ma queue. Un mouvement fluide et je suis en elle, enfoncé jusqu'à la garde.

Son front glisse sur mon épaule, elle bouge les hanches pour me planter en elle, toujours plus loin.

Être dans un lit avec elle est inespéré. Elle me chevauche tranquillement, avec de petits mouvements. Elle embrasse mon cou, lèche et mord ma peau. Quelques mots ponctuent chaque mouvement de ses hanches.

— ... aime être sur toi, souffle-t-elle. Tu sens comme c'est profond ? Tu sens ?

— Ouais...

— Tu veux que j'accélère ?

212

Je secoue la tête, complètement perdu.

— Non. Mon Dieu, non.

Elle continue lentement pendant un moment, de petits cercles, en me mordant le cou. Puis elle se presse contre moi et murmure :

— Je vais jouir Bennett.

Au lieu de décrire l'effet de cette déclaration sur moi avec des mots salaces, je mords son épaule. Je lui fais un suçon.

Elle me baise plus vite et commence à parler. Des mots que je comprends à peine. Des mots à propos de mon corps dans le sien, de son désir pour moi. Des mots sur mon goût et sur son excitation. Elle est trempée. Des mots, elle veut que je jouisse, elle a *besoin* que je jouisse.

La pression monte. Je m'arrime à elle, en pensant aux bleus qu'elle aura. Je la pénètre plus vite. Elle gémit et se débat sur moi. Juste au moment où attendre est devenu impossible, elle murmure mon nom et je sens ses spasmes autour de moi. L'intensité de son orgasme déclenche le mien, je cache mon visage dans son cou, pour éviter de hurler.

Elle s'effondre sur moi et je nous fais redescendre dans le lit. Nous sommes transpirants, pantelants, totalement épuisés. Elle est toujours aussi parfaite.

Je l'attire à moi, son dos contre ma poitrine pour l'entourer de mes bras. Nos jambes s'emmêlent. Elle murmure quelque chose que je ne comprends pas et s'endort avant que je ne la fasse répéter.

Quelque chose a changé ce soir. Mes yeux se ferment. Je me dis que nous aurons tout le temps d'en discuter demain. La lumière du petit matin filtre sous les épais rideaux. Je m'aperçois, à regret, que c'est déjà demain.

Chapitre 14

Petit à petit j'émerge des limbes. Mon esprit est toujours embué de sommeil. Je me force à me réveiller, mais je n'en ai aucune envie. Je suis au chaud, dans un lit merveilleusement confortable. Je me sens bien.

Des images vagues de mon rêve défilent derrière mes paupières closes. Je me pelotonne dans la couette la plus chaude, à l'odeur la plus suave que j'aie jamais respirée. On se blottit contre moi en retour.

Quelque chose de chaud se presse contre moi. Je cligne des yeux et distingue, à quelques centimètres de mon visage, une tête dont la chevelure en bataille m'est familière. Une centaine de flash-backs envahissent mon esprit à la seconde même où la mémoire de ce qui s'est passé cette nuit surgit brutalement dans mon cerveau malmené.

Putain de merde.

C'est donc vrai.

Mon cœur fait un bond. Je relève doucement la tête pour contempler le bel homme enroulé autour de moi. Sa tête repose sur ma poitrine, sa bouche parfaite légèrement entrouverte souffle sur mes seins nus une haleine tiède. Son long corps est emboîté dans le mien, nos jambes sont emmêlées et ses bras forts entourent mon buste.

Il est resté.

L'intimité de notre position me frappe tout à coup. Je suffoque. Il n'est pas seulement resté, il s'est *accroché* à moi.

Je tente de retrouver une respiration normale. Pas de panique. À l'évidence, nos peaux se touchent. J'ai conscience de tous les points de contact. Sa queue, dressée dans une semi-érection dans son sommeil, est collée à ma cuisse. Je brûle de le toucher. Je ne rêve que de plonger mes lèvres dans ses cheveux. C'en est trop.

Quelque chose a changé hier soir. Suis-je prête à assumer cette évolution ? Je ne sais pas ce que ça suppose, mais le changement est bien là. Chaque mouvement, chaque contact, chaque mot et chaque baiser ont été partagés. Personne ne m'a jamais fait un tel effet. C'est comme si nos corps avaient été conçus l'un pour l'autre.

J'ai eu d'autres hommes, mais avec lui, je suis comme emportée par un courant inconnu. Je n'ai plus le choix. Je ferme les yeux. Ne panique pas. Je ne regrette pas ce qui est arrivé. C'est – comme toujours – intense. Il m'offre les meilleures expériences sexuelles que j'aie jamais eues. J'ai seulement besoin de quelques minutes de solitude avant de pouvoir me confronter à lui.

Je mets une main dans ses cheveux et l'autre dans son dos et commence à essayer de me dégager. Il remue un peu et je me fige, le tenant serré contre moi en priant pour qu'il se rendorme. Il murmure mon prénom, sa respiration se calme. Je me faufile entre ses bras et m'échappe.

Je le regarde dormir pendant un moment. La panique

s'éloigne. Je suis une fois encore frappée par tant de beauté. Dans l'immobilité du sommeil, ses traits sont tranquilles et paisibles, une expression que je ne lui avais jamais vue. Une boucle épaisse est retombée sur son front, mes doigts me démangent, mais je ne la remets pas en place. De longs cils, des pommettes parfaites, des lèvres pleines et une mâchoire recouverte d'une fine barbe.

Seigneur, qu'est-ce qu'il est craquant.

Je me dirige vers la salle de bains. Coup d'œil à mon reflet dans le miroir de la coiffeuse.

Waow. Retour de baise. C'est l'expression qui convient pour définir ce à quoi je ressemble.

Je me penche : de petites éraflures rouges sont parsemées le long de mon cou, sur mes épaules, mes seins et mon ventre. Une marque de morsure est visible sur mon sein gauche, un suçon sur mon épaule. Je regarde vers le bas, je passe mes doigts sur les marques rouges sur l'intérieur de mes cuisses. Mes seins durcissent à la simple évocation de sa barbe mal rasée contre ma peau.

Mes cheveux sont totalement décoiffés, un désordre de nœuds. Je mords mes lèvres en me rappelant ses mains s'enfonçant dans ma chevelure. La manière dont il m'a attirée vers lui pour m'embrasser avant de me pénétrer…

Ça ne m'aide pas beaucoup.

Je sursaute quand une voix ensommeillée me tire de mes pensées :

— Déjà réveillée et en pleine panique ?

Je me retourne. Son corps nu se tortille dans le lit. Il s'assoit avant d'enrouler un drap autour de sa taille, me laissant face à son torse nu. Je ne pense pas pouvoir un jour me lasser de cette vision. Ni de la sensation de cette large poitrine musclée, de son ventre parfait – cette piste tentante jusqu'à l'appendice de l'homme le mieux monté de ma connaissance. Quand mes yeux arrivent – finalement – au niveau de son visage, je jette un regard mauvais à son sourire crispé.

— Je t'ai vue... chuchote-t-il, en passant une main sur sa bouche.

Je ne sais pas si je dois sourire ou rouler des yeux. Le voir froissé, vulnérable au sortir du sommeil est déconcertant. Nous n'avons pas pensé à fermer les lourds rideaux hier soir et la lumière du jour illumine le chaos de draps blancs. Il a l'air si différent – toujours mon beau salaud de boss, mais aussi quelqu'un d'autre. Un homme, dans mon lit, prêt au round... quatre ? Cinq ? Je n'ai pas gardé le compte.

Il me dévore des yeux. Je me rappelle que je suis bien trop nue. Son expression est aussi intense que ses caresses. S'il continue comme ça, ma peau va-t-elle s'enflammer ? Je sens ses mains sur moi sans même qu'il me touche.

Je fixe mon attention ailleurs, histoire de lui cacher que je dresse mentalement le catalogue de chaque centimètre carré de sa peau. Je me penche pour récupérer son T-shirt. Il a été devant la climatisation toute la nuit. Le tissu est froid mais heureusement presque sec. Quand j'enfile le sous-vêtement lisse et doux, je hume profondément son odeur de sauge. Regard noir.

Il lèche ses lèvres.

— Viens par ici.

Je m'approche du lit pour m'asseoir à côté de lui, mais il m'attrape d'une telle façon que je me retrouve sur ses genoux.

— À quoi penses-tu ?

Comment veut-il que je résume trente-six mille pensées en une seule phrase ? Cet homme est malade.

J'ouvre la bouche sans réfléchir.

— Tu dis que tu n'as été avec personne depuis la première fois où nous avons... Est-ce que c'est vrai ?

Je commence par fixer ses épaules avant de me décider à le regarder dans les yeux.

Il acquiesce et passe les doigts sous mon T-shirt, de mes hanches à ma taille.

— Pourquoi ?

Il ferme les yeux, hoche la tête :

— Parce que je n'ai eu envie de personne d'autre.

Comment suis-je censée interpréter cette déclaration ? Est-ce qu'il veut dire qu'il n'a rencontré personne dont il ait eu envie, mais qu'il est ouvert à toutes les éventualités ?

— En général, es-tu plutôt du genre exclusif quand tu couches avec quelqu'un ?

— Si c'est ce qu'on attend de moi, répond-il en haussant les épaules.

Bennett embrasse mon épaule, de ma clavicule à mon cou. Je me redresse pour attraper la bouteille d'eau sur la table de nuit. J'en bois une gorgée avant de la lui tendre.

— Tu as encore soif ?

— Non. Mais je commence à avoir faim.

— Normal. Nous n'avons pas mangé depuis...

Je m'interromps. Il fait bouger plusieurs fois ses sourcils de haut en bas d'un air entendu, avant de me gratifier de son sourire éclatant.

Je lève les yeux au ciel, puis je les ferme quand

il se penche vers moi. Il m'embrasse tout doucement sur les lèvres.

— Est-ce que tu penses être exclusif, là ?

— Après ce qui est arrivé hier soir, c'est à toi de me le dire.

Je ne sais pas quoi répondre. Je ne suis pas même sûre de pouvoir être avec lui comme ça, et encore moins dans une relation exclusive… Rien que d'y penser, j'ai le vertige. Comment cela pourrait-il fonctionner ? Nous serions… sympas entre nous ? Il me dirait « bonjour » en le pensant ? Est-ce que ça le rassurerait toujours de critiquer mon travail ?

Ses doigts s'étendent sur le bas de mon dos ; il me presse contre lui. Mes pensées décousues s'escamotent.

— Ne retire pas ça, murmure-t-il en caressant son T-shirt sur mon dos.

— Marché conclu.

Je me penche en arrière pour mieux le laisser m'embrasser sur le cou.

— Je ne porterai que ça pour la séance de ce matin.

Il rit, tout bas. L'air joueur :

— Tu as intérêt.

— Quelle heure est-il ? fais-je en essayant de voir le réveil derrière lui.

— On s'en fout.

Ses doigts s'emparent de mes seins. Il les caresse à travers le tissu.

C'est alors que je découvre une tache sombre sur sa hanche. *C'est quoi, ça ?*

C'est un *tatouage* ?

— Qu'est-ce que…

J'ai dû mal à trouver mes mots. Je le pousse légèrement pour le regarder avant de me focaliser sur la marque. Juste sous l'os iliaque sont gravés sur sa peau des mots à l'encre noire. Une phrase que je devine être en français. Comment ai-je pu ne pas m'en apercevoir plus tôt ? Je repense à tous les moments où nous avons été ensemble. Toujours pressés, dans l'obscurité ou à moitié habillés.

— C'est un tatouage, répond-il, déconcerté, en passant les doigts sur mon nombril.

— Je sais que c'est un tatouage, mais… qu'est-ce que ça veut dire ?

Mon bourreau de travail de patron a un tatouage. Un préjugé de plus qui vole en éclats.

— Ça dit : « *Je ne regrette rien*[1]. »

Mes yeux se plantent dans les siens, mon sang s'échauffe au son de son accent parfait :

— Tu peux répéter ?

Il grimace : « *Je ne regrette rien.* » Il détache clairement les syllabes. C'est tellement sexy, putain. Entre ça, le tatouage et l'avoir nu sous moi… Je suis bonne pour la combustion spontanée.

— C'est une chanson, non ?

— Oui, c'est une chanson, acquiesce-t-il en riant. Tu crois peut-être que je regrette cette nuit à Paris où j'étais complètement saoul, à des milliers de kilomètres de chez moi, sans un seul ami dans la ville, et où je me suis fait faire ce tatouage. Mais non, je ne regrette même pas ça.

— Dis-le encore.

Il se rapproche. Ses hanches touchent les miennes, sa respiration chaude inonde mon oreille. Il chuchote encore :

1. En français dans le texte. (*N.d.T.*)

221

— *Je ne regrette rien*. Tu comprends ce que ça signifie ?

Je hoche la tête :

— Dis autre chose.

Ma respiration est courte, ma poitrine se soulève avec difficulté. Mes seins durcissent sous le coton de son T-shirt.

Il se penche encore, embrasse mon oreille. Il dit : « *Je suis à toi*[1]. » Sa voix est grave, rocailleuse. Je nous sauve d'une situation qui pourrait devenir trop sentimentale en plongeant vers lui avec un gémissement. J'aime quand il est dans cette position. Il murmure une unique syllabe profane, encore et encore, sans me quitter des yeux. Au lieu d'attraper mes cuisses, ses mains s'accrochent à mon T-shirt.

C'est tellement facile, tellement naturel entre nous. Ça ajoute, en un sens, à l'inquiétude qui m'étreint. Je ne pense plus qu'à ses grognements contre ma bouche. À la façon dont il nous soulève brutalement et suce mes seins en relevant le T-shirt. J'oublie tout sous ses doigts impatients sur mes hanches et sur mes cuisses, son front posé sur ma clavicule quand il s'approche de l'orgasme. Je me perds dans la sensation de ses jambes sous moi. Mes hanches bougent plus vite, plus fort, pour épouser ses mouvements.

Il me retourne, étend sa main sur ma poitrine, les hanches immobiles.

— Ton cœur *bat tellement fort*. Dis-moi que c'est putain de bon.

Je me détends instinctivement. Retour du sourire présomptueux. Est-ce qu'il sait que j'ai besoin d'un

1. En français dans le texte. (*N.d.T.*)

rappel ? Pour savoir qui nous avons été l'un pour l'autre jusque-là ?

— Tu recommences à parler comme ça ? Arrête.

— Tu adores quand je parle. Tu aimes ça quand ma bite est en toi, fait-il avec un large sourire.

Je lève les yeux au ciel :

— Qu'est-ce qui te faire dire ça ? Les orgasmes ? La manière dont je te le demande ? Quelle perspicacité !

Il cligne des yeux, remonte mon pied jusqu'à son épaule. Il embrasse ma cheville.

— Tu as toujours été comme ça ? demandé-je attirant ses hanches, sans succès.

Je crève d'envie qu'il bouge. Quand il est immobile, ça me met en appétit, ça fait presque mal, ça semble incomplet. Quand il va et vient, le temps s'arrête.

— J'ai pitié des femmes dont les egos sont en loques.

Bennett secoue la tête, se penche sur moi en s'appuyant sur les mains. Par bonheur, il commence à remuer, ses hanches frappent contre les miennes, il me prend au plus profond. Mes yeux se ferment. Il fait exactement ce qu'il faut quand il faut. Encore et encore.

— Regarde-moi, chuchote-t-il.

J'ouvre les yeux, la sueur perle sur ses sourcils, ses lèvres s'ouvrent. Les muscles de ses épaules ressortent, son torse est recouvert d'une fine couche de transpiration. Je le regarde aller et venir en moi. Je ne suis pas sûre de ce que j'ai dit quand il est ressorti presque entièrement avant de me pénétrer de nouveau très fort. Quelque chose de doux et de pervers, aussi instantanément oublié.

— *Tu* me rends présomptueux. C'est la manière

223

dont tu réagis qui me fait me sentir comme un dieu, putain. Ça ne se voit pas ?

Je ne réponds pas. Ça lui est égal. Son regard et ses doigts dérivent de mon cou à mes seins. Il trouve un point particulièrement sensible, je halète.

— On dirait que quelqu'un t'a mordu ici, dit-il, en montrant la marque de ses dents. Tu aimes ça ?

— Oui, fais-je après avoir avalé ma salive.

— Petite fille perverse…

Mes mains glissent sur ses épaules, sa poitrine, son ventre, les muscles de ses hanches. Mon pouce insiste sur son tatouage :

— J'aime ça aussi…

Ses mouvements deviennent saccadés, toujours plus violents :

— Oh merde, Chloé… Je ne peux pas… Je ne vais pas tenir longtemps.

Sa voix, désespérée, absolument incontrôlée, accroît mon désir. Je ferme les yeux, je me concentre sur la sensation délicieuse qui s'étend dans mon corps. Je suis si proche, tout au bord de l'extase. Mes doigts se glissent entre nous, pressent mon clitoris. Je le caresse doucement.

Il incline la tête, regarde ma main et jure :

— Oh ! putain.

Sa voix, toujours désespérée, son souffle, haletant.

— Continue à te toucher. Laisse-moi te voir, putain.

Ses mots sont tout ce dont j'ai besoin et, après un dernier frôlement, l'orgasme me submerge.

Je jouis fort, en le serrant contre moi. Les ongles de ma main libre s'enfoncent dans son dos. Il crie, son corps se contracte – il jouit en moi. Je tressaille – le contrecoup. Les tremblements continuent même après l'orgasme. Je m'accroche à lui, il s'immobilise. Son corps se relâche contre le mien. Il embrasse mon épaule et mon cou, puis mes lèvres. Nos yeux se croisent, il s'écarte de moi.

— Eh bien, dis donc, jeune femme, fait-il en soupirant profondément. Tu vas finir par me tuer, ajoute-t-il avec un petit rire forcé.

Nous nous allongeons sur le côté, face à face, la tête sur l'oreiller. Nous nous regardons intensément. Je ne peux pas détourner mes yeux de lui. Je perds espoir – la prochaine fois ne sera pas moins bonne. Notre connexion ne se délitera pas. Cette nuit de « trêve » n'a rien affaibli, rien arrangé. J'ai déjà envie de m'approcher, d'embrasser sa barbe, de le remettre sur moi. Je le contemple. Le jour où ça s'arrêtera, ça fera mal, putain.

La peur m'étreint, je retrouve la panique de la nuit dernière. Silence malaisé. Je m'assois en remontant les draps sur mon menton :

— Et merde.

Sa main jaillit et prend mon bras.

— Chloé, je ne peux pas…

— Il faut absolument qu'on commence à se préparer, l'interromps-je, pour couper court à ce que je crains être une façon de commencer à me briser le cœur. La première séance commence dans vingt minutes.

Il a l'air désorienté :

— Je n'ai pas de vêtements propres ici. Je ne sais même pas où est ma suite.

Je lutte contre la rougeur qui me monte aux joues. Tout est arrivé si vite hier soir.

— OK. J'utiliserai ta clef pour te rapporter quelque chose.

Je prends une douche rapide et je m'enroule dans une épaisse serviette, en regrettant de ne pas avoir un peignoir d'hôtel ici avec moi. Après une grande inspiration, j'ouvre la porte et regagne la chambre.

Il est assis sur le lit. Ses yeux se lèvent pour rencontrer les miens.

— J'ai juste besoin…

Je vais vers ma valise. Il acquiesce en silence. D'habitude, je n'ai aucune gêne vis-à-vis de mon corps. Mais debout ici, avec seulement une serviette, sachant pertinemment qu'il m'observe… Je me sens devenir pudique.

J'attrape quelques vêtements et je cours presque jusqu'à la salle de bains. Derrière la porte verrouillée, je me sens en sécurité. Je m'habille aussi vite que je peux. Je tire mes cheveux en arrière – on verra pour le reste plus tard. J'attrape les clefs, je retourne dans la chambre.

Il n'a pas bougé du bord du lit. Ses coudes reposent sur ses cuisses. Il est perdu dans ses pensées. Lesquelles… ? Je suis une boule de nerfs depuis ce matin, submergée par des émotions contradictoires, mais lui semble si calme. Si *sûr de lui*. Mais de quoi ? Qu'a-t-il décidé ?

— Tu veux que je te rapporte quelque chose en particulier ?

Il relève la tête, surpris. Comme s'il n'y avait pas réfléchi :

— Hmmm… J'ai seulement quelques rendez-vous cet après-midi, n'est-ce pas ?

J'acquiesce.

— Alors n'importe quoi fera l'affaire.

Je n'ai pas à chercher beaucoup pour trouver sa suite : elle se trouve juste à côté de la mienne. Maintenant, je l'imagine dans un lit à un mur de distance de moi. Ses bagages sont là. Je réalise que je vais devoir fouiller dedans…

Je soulève la plus grosse valise et je la place sur le lit. Je l'ouvre. Son odeur m'envahit tout de suite. Une vague de désir déferle. Je jette un coup d'œil sur ses affaires soigneusement rangées.

Tout chez lui est si bien organisé. À quoi ressemble sa maison ? Je n'y ai jamais beaucoup pensé. Je me demande soudain si je la verrai un jour, si je verrai son lit.

Merde, j'en ai envie. Et lui ? En a-t-il également envie ?

Je me suis immobilisée sans m'en rendre compte. Je continue à inventorier ses vêtements. Je choisis finalement un costume Helmut Lang gris foncé, une chemise blanche, une cravate de soie noire, un boxer, des chaussettes et des chaussures.

Je remets tout en place, rassemble ses vêtements, sors de sa suite et me dirige vers la mienne. Dans le couloir, je suis incapable d'étouffer un rire nerveux. La situation est tellement absurde. Heureusement, je parviens à me reprendre avant d'arriver à ma porte. Sur le seuil de la chambre, je m'arrête net.

Il est debout devant la fenêtre ouverte, nimbé par la lumière du matin. Chaque ligne somptueuse de ses formes est parfaitement accentuée par les ombres sur son corps. Une serviette tient, beaucoup trop bas sur ses hanches pour être décente, et juste au-dessus, se trouve le tatouage.

— Ce que tu vois te plaît ? lance-t-il.

Mes yeux reviennent vers son visage à regret :

— Je...

Sa hanche m'hypnotise.

— J'ai dit : ce que tu vois te plaît ?

Il traverse la chambre et s'arrête juste devant moi.

— J'ai entendu, dis-je en le toisant. J'étais juste perdue dans mes pensées.

— Tu penses à quoi ?

Il avance la main et replace une mèche de cheveux mouillée derrière mon oreille. Ce simple contact me retourne l'estomac.

— Nous avons un programme à honorer.

Il fait un pas vers moi.

— Pourquoi est-ce que je ne te crois pas ?

— Parce que tu es trop égocentrique ? suggéré-je en le regardant droit dans les yeux.

Il relève un sourcil et me considère pendant un moment. Il prend ses vêtements toujours pliés sur mon bras et les étale sur le lit. Avant que je puisse me retirer, il fait tomber sa serviette. *Sainte Marie mère de Dieu, priez pour nous.* S'il existe sur terre un plus beau spécimen d'homme, je donnerais cher pour le voir.

Il récupère son boxer, l'enfile, me surprend en train de le dévorer des yeux :

— Je croyais que nous avions un programme à honorer, lance-t-il en souriant. À moins, bien sûr, que tu n'aies une autre idée.

Sale...

Je plisse les yeux et je retourne rapidement dans la salle de bains pour finir de me préparer. Sous le séchoir à cheveux, je me convaincs qu'il voulait me

228

dire quelque chose. Autre chose que : « Regarde encore mon corps nu. »

Incapable de mettre de l'ordre dans mes émotions, j'essaie de deviner les siennes. Suis-je inquiète parce que j'ai peur qu'il parte ou parce que j'ai peur qu'il reste ?

Retour à la chambre. Il est habillé, il m'attend face à la fenêtre. Il se retourne, s'approche de moi et place ses mains chaudes sur mon visage. Il me regarde intensément.

— Écoute-moi, maintenant.

Je déglutis péniblement.

— OK, fais-je.

— Je n'ai pas envie de sortir de cette chambre et de perdre ce que nous y avons trouvé.

Ses mots, simples en apparence, me bouleversent. Il n'est pas en train de se déclarer, il ne promet rien, mais il dit exactement ce que j'ai besoin d'entendre. Nous ne savons pas ce qui se passe, mais nous n'allons pas en rester là.

Je soupire et je pose les mains sur sa poitrine :

— Moi non plus, mais je ne veux pas que ta carrière dévore la mienne.

— Ce n'est pas ce que je veux non plus.

Je hoche la tête. Je suis incapable de formuler une pensée cohérente.

— OK, dit-il en me regardant de haut en bas. Allons-y.

CHAPITRE 15

Le thème de la conférence de cette année est la Nouvelle Génération de Stratégie Marketing. Pour mettre en valeur la nouvelle génération, les organisateurs ont décidé que les étudiants en voie d'obtenir leurs diplômes présenteraient leur projet. La plupart des camarades de Chloé sont là, debout et impatients devant leurs panneaux d'affichage. La présentation est un prérequis de la bourse de Chloé, mais j'ai demandé une exception pour elle, arguant de l'importance et de la nature confidentielle du dossier Papadakis. Aucun autre étudiant ne gère une affaire d'un million de dollars.

Je n'ai eu aucun mal à obtenir cette dérogation des responsables du service d'attribution des bourses. Au contraire, ils se frottaient les mains à l'idée d'insérer la *success-story* de Chloé dans leur brochure une fois que le projet serait achevé, et que les contrats seraient signés et rendus publics.

Elle n'a donc rien à présenter, mais elle met un point d'honneur à parcourir toutes les allées

231

et à assister à toutes les sessions. Et comme je me révèle de toute évidence incapable de m'éloigner de plus de dix mètres d'elle et que je n'ai pas de rendez-vous avant 10 heures, je la suis en comptant les intervenants (576) et en matant son cul magnifique – une invitation explicite aux fessées, et présentement couvert de laine noire.

Elle m'a dit dans l'ascenseur que c'est sa meilleure amie, Julia, qui lui fournit la majorité de la garde-robe que j'aime/déteste. La tenue de ce matin se compose d'une jupe crayon ajustée et d'un chemisier bleu marine. Je les ajoute mentalement à ma liste. J'essaie plusieurs fois de convaincre Chloé de retourner dans la suite pour aller chercher quelque chose. Elle lève un sourcil et demande : « Aller chercher quelque chose ou *baiser* ? »

Je ne réponds pas. Mais je regrette de ne pas lui avoir dit que j'aurais désespérément besoin d'un « coup » de plus pour me détendre avant la conférence. Si j'avais présenté les choses de cette façon, aurait-elle dit oui ?

— Tu serais retournée dans la suite ? fais-je dans son oreille pendant qu'elle lit avec beaucoup d'attention la proposition d'un étudiant concernant le relooking d'une petite entreprise de téléphones portables.

Les graphes sont *collés* au panneau d'affichage – ça veut tout dire.

— Chut !

— Chloé, tu ne vas rien apprendre de cet intervenant. Tu n'as pas envie d'une tasse de café ? Ou de me faire une petite pipe dans les toilettes ?

— Ton père m'a dit qu'il était impossible de savoir du premier coup d'œil où je trouverais les meilleures idées et il m'a conseillé de *tout* lire. En plus, ce sont des copains.

J'attends en jouant avec l'un de mes boutons de manchette. Elle ne va manifestement pas répondre à ma deuxième proposition. J'ajoute :

— Mon père ne sait pas de quoi il parle.

Elle rit. Mon père est sur toutes les listes des meilleurs vingt-cinq P-DG depuis que je suis né – ou presque.

— Pas forcément une pipe. Je pourrais te baiser contre un mur, chuchoté-je, en éclaircissant ma gorge après un rapide coup d'œil aux alentours pour m'assurer de ne pas être entendu. Ou je pourrais t'allonger sur le sol, t'écarter les jambes et te faire jouir sous ma langue.

Elle frémit, sourit à l'étudiant suivant et s'approche de son panneau pour mieux lire. Un homme me tend la main :

— Excusez-moi. Vous êtes Bennett Ryan ?

J'acquiesce, distrait. Je lui serre la main en regardant Chloé s'éloigner.

La salle où nous nous trouvons est presque déserte, seulement occupée par les étudiants debout devant leurs panneaux d'affichage. Mais même eux commencent à la quitter pour se rendre vers des zones plus intéressantes, où de grandes entreprises – pour la plupart les sponsors de la conférence – ont installé de somptueux panneaux d'affichage où figurent en bonne place les logos de leur société, pour présenter la session inaugurale de leurs élèves. Chloé se penche et écrit quelque chose sur son bloc-notes. *Relooking pour Jenkins Financial ?*

Je fixe sa main puis son visage. Elle est pensive. Elle ne travaille pas sur le dossier de *Jenkins Financial*. Je ne le gère pas non plus. C'est un petit dossier, souvent mal supervisé par les managers exécutifs juniors. Est-ce qu'elle sait combien nous avons lutté contre cette campagne marketing antédiluvienne ?

Je n'ai pas le temps de le lui demander. Elle se dirige vers le panneau suivant. Je suis fasciné par la Chloé qui travaille. Je ne me suis jamais laissé aller à l'observer aussi ouvertement – je sais qu'elle est brillante et décidée, mais je n'avais jamais réalisé à quel point le monde de l'entreprise lui était familier.

J'ai envie de la complimenter, mais les mots ne veulent pas sortir de ma bouche. Je suis sur la défensive, c'est étrange. Comme si la complimenter sur son travail pouvait briser ma stratégie :

— Ton écriture s'est améliorée, dis-je sans avoir trouvé mieux.

— Ta gueule, me sourit-elle en faisant cliquer le bouchon de son stylo.

Ma bite durcit dans mon pantalon.

— Tu me fais perdre mon temps ici.

— Alors pourquoi tu ne vas pas serrer quelques mains de managers exécutifs dans le hall de réception ? Il y a un petit déjeuner. Avec ces fameux muffins au chocolat que tu fais semblant de ne pas aimer.

— Ce n'est pas ce que j'ai envie de manger.

Un petit sourire conquiert ses lèvres. Elle me regarde attentivement quand une autre étudiante se présente :

— Je suis l'avancée de votre carrière depuis toujours, dit-elle, le souffle court. Je vous ai entendu parler ici l'année dernière.

Je souris, je serre sa main le plus rapidement possible sans avoir l'air impoli.

— Merci de m'avoir salué.

Nous nous déplaçons jusqu'au bout du couloir et je pose ma main sur le coude de Chloé.

— Il me reste une heure avant ma réunion. Tu as une idée de ce que tu pourrais me faire ?

Elle relève finalement les yeux. Ses pupilles sont si dilatées que ses yeux sont presque noirs. Elle lèche ses lèvres puis fait la moue :

— Je suppose qu'il faut que tu m'emmènes à l'étage pour me montrer.

Chloé cherche une nouvelle culotte, je suis en retard de cinq minutes pour mon rendez-vous de 13 heures avec Ed Gugliotti, le manager exécutif marketing d'une petite firme de Minneapolis. Nous faisons appel à l'entreprise d'Ed pour sous-traiter de petits travaux. Nous pensons lui proposer un projet plus significatif en manière de test. Je remonte ma braguette – je me rappelle qu'Ed est du genre toujours en retard.

Évidemment, il est ponctuel cette fois. Il m'attend dans une des salles de réunion de l'hôtel avec deux jeunes collègues assis à côté de lui avec de larges sourires.

Je déteste être en retard.

— Ed, dis-je en lui serrant la main.

Il me présente son équipe, Daniel et Sam, qui me tendent la main. Le regard de Sam se perd soudain par-dessus mon épaule. Je me retourne.

Chloé vient de rentrer, les cheveux lâchés. Elle est belle, sauvagement belle, mais elle est aussi très professionnelle. Qui pourrait dire qu'elle vient d'avoir un énorme orgasme sur le bureau d'une chambre d'hôtel ?

Gugliotti et ses hommes observent un silence ravi en la regardant marcher jusqu'à nous et prendre une chaise. Elle s'assoit à côté de moi et me sourit. Ses lèvres sont rouges et gonflées. Une marque écarlate fleurit sur sa mâchoire. Éraflure de barbe de trois jours.

Bien vrai.

Je m'éclaircis la gorge. Tout le monde me regarde de nouveau :

— Allons-y.

C'est une réunion des plus simples. J'en ai fait mille comme ça. Je décris le dossier dans ses grandes lignes, en respectant la confidentialité. Gugliotti m'assure que son équipe et lui peuvent faire un excellent travail – bien sûr. Après avoir rencontré ses collaborateurs, j'accepte. Nous prévoyons de nous revoir le lendemain pour une présentation exhaustive du dossier et sa cession officielle. Le rendez-vous est bouclé en moins d'un quart d'heure. J'ai du temps avant le suivant. Je regarde Chloé en haussant les sourcils dans une question silencieuse.

— Déjeuner, répond-elle en riant. Il serait temps que l'on se nourrisse un peu !

Le reste de l'après-midi est productif. Je me suis mis en mode pilotage automatique. Si quelqu'un me demandait un détail spécifique, il me faudrait un bon moment pour le retrouver. Pour ça, il y a Chloé et sa manie de prendre des notes – Dieu merci. J'ai été approché par de nombreux collègues, serré une centaine de mains, mais le seul contact dont je me souvienne, c'est le sien.

Elle accapare totalement mes pensées. Mais le contexte est différent ici, et c'est bien ce qui m'ennuie. Il s'agit certes de boulot, mais dans un cadre totalement nouveau dont nous contrôlons toutes les circonstances. Le besoin d'être près d'elle est encore plus grand quand je dois garder mes distances. Je repense au discours inaugural : je n'arrivais pas à rediriger mes pensées vers quelque chose de productif. J'étais assis devant tout le monde, l'exercice est simple – j'avais déjà assuré le discours inaugural l'année dernière –, et pourtant, je n'arrivais pas à commencer.

Elle entre dans mon champ de vision, je la regarde instinctivement. Nos yeux se rencontrent et tous les sons se mélangent, flottent autour de moi. Je ne suis plus conscient de rien d'autre.

Sans y penser, je me penche vers elle, elle se penche vers moi et un petit sourire apparaît sur sa bouche.

Je me rappelle sa panique de ce matin. J'étais, au contraire, étrangement calme, comme si tout ce qui s'était passé entre nous depuis le début menait à ça, à cette facilité entre nous. À cette évidence.

Un inconnu nous jette un coup d'œil avant de détourner le regard. Il n'a aucune idée de ce qui nous lie et ne peut pas savoir que Chloé travaille pour moi. À ce moment, la culpabilité me revient en pleine figure. Tout le monde sait qui je suis, personne ne la connaît. Si quelqu'un réalise qu'on baise, le jugement de la communauté tout entière la poursuivra pour le reste de sa carrière.

Rapide regard vers Chloé – elle lit l'affolement sur mon visage. Je passe le reste de la conférence à regarder droit devant moi.

— Tout va bien ? demande-t-elle dans l'ascenseur, en brisant le lourd silence qui pèse sur nous pendant quatorze étages.

— Ouais, juste... fais-je en me grattant l'arrière du cou sans la regarder. Je suis juste en train de réfléchir.

— Je sors avec des amis ce soir.

— Très bonne idée.

— Tu as un dîner avec Stevenson et Newberry à 19 heures. Je pense qu'ils te rejoindront au restaurant de sushis que tu aimes dans le Gaslamp.

— Je sais, dis-je, soulagé que nous revenions aux détails familiers du travail. Comment s'appelle leur assistante, déjà ? Elle vient toujours.

— Andrew.

Je la dévisage, surprise.

— C'est plus viril que ce à quoi je m'attendais.

— Ils ont un nouvel assistant.

Comment peut-elle savoir ça ?

Elle sourit :

— Il était assis à côté de moi pendant le discours inaugural. Il m'a demandé si je serais au dîner ce soir.

Je me demande si ce sont ses yeux étrangers qui m'ont surpris à regarder Chloé et si c'est pour ça qu'il lui a posé la question. J'hésite sur ma réponse, elle me devance :

— Je lui ai dit que j'avais quelque chose de prévu.

Mon malaise revient. Je veux passer la soirée avec elle. Très bientôt, elle ne sera plus ma stagiaire. Pourrai-je continuer à être son amant *alors* ? Puis-je continuer à être son patron *maintenant* ?

— Tu voulais venir ?

Elle secoue la tête en regardant les portes s'ouvrir au trentième étage :

— Je préfère sortir de mon côté.

Le retour vers l'hôtel est calme et solitaire, seules mes pensées désordonnées me tiennent compagnie. Je traverse le hall jusqu'à l'ascenseur, je me dirige automatiquement vers la suite de Chloé avant de me souvenir que ce n'est pas la mienne. Je ne connais même pas mon numéro. J'essaie trois portes avant d'abandonner et de retourner à la réception. Quand je reviens, je m'aperçois que ma suite est juste à côté de la sienne.

Elle est exactement symétrique à celle de Chloé, mais imperceptiblement différente pour moi. Cette douche n'a pas été lavée après nos préliminaires d'hier soir, nous n'avons pas dormi tous les deux, emboîtés l'un dans l'autre dans ce lit. Ces murs n'ont pas été témoins de ses soupirs. Ce bureau n'a pas été endommagé par nos ébats de ce matin.

Je regarde mon portable. Deux appels manqués de mon frère. *Super*. En temps normal, j'aurais déjà appelé mon père et mon frère plusieurs fois pour leur raconter les réunions et les clients potentiels. Je ne l'ai toujours pas fait. J'ai peur qu'ils ne lisent en moi à distance et sachent que je n'ai pas la tête sur les épaules cette semaine.

Il est plus de 23 heures. Est-elle toujours avec ses amis ? Est-elle de retour ? Peut-être est-elle allongée, réveillée, obsédée par les mêmes choses que moi. Sans plus réfléchir, j'attrape le téléphone et je compose le numéro de sa suite. Quatre sonneries puis une messagerie générique. Je raccroche et j'essaie sur son portable.

Elle répond à la première sonnerie :

— Monsieur Ryan ?

Je grimace. Elle est toujours avec ses potes

étudiants. Bien sûr, elle ne va pas m'appeler par mon prénom.

— Salut. Je… hmmm… voulais juste m'assurer que tu avais un moyen de rentrer à l'hôtel.

Son rire me parvient de l'autre bout de la ligne, assourdi par un bruit de voix et de musique forte autour d'elle :

— Il y a soixante-dix taxis qui attendent dehors. J'en prendrai un quand on aura fini.

— Quand ça ?

— Quand Melissa aura bu le verre qu'elle a commencé et le suivant. Quand Kim aura décidé qu'elle en a marre de danser avec tous les queu-tards obsédés de la boîte. Mais je serai proba-blement rentrée avant 8 heures du matin…

— Tu as décidé de jouer les chaperons ? demandé-je avec un sourire.

— Exactement.

— Très bien, fais-je en soupirant. Envoie-moi un texto quand tu seras rentrée.

Elle se tait un moment avant de dire :

— OK.

Je raccroche. Je balance mon téléphone sur le lit à côté de moi. Je regarde le sol pendant une heure environ. Je ne sais pas quoi faire.

Finalement, je me lève et je redescends.

Je suis encore dans le hall quand elle revient à 2 heures du matin, les joues rouges et un grand sourire aux lèvres. Elle lâche son téléphone dans son sac. Le mien vibre dans ma main.

« Je suis rentrée. »

Je la regarde dépasser la réception et marcher tout droit vers les ascenseurs, près desquels je suis assis. Elle a un moment d'arrêt en me voyant, les yeux dans le vague, dans mon costume froissé. Je suis sûr que mes cheveux sont une catastrophe, parce que j'ai été très inquiet. Je ne sais soudain plus pourquoi je l'attends comme un mari anxieux. Je sais seulement qu'elle me manque quand elle n'est pas là.

— Bennett ? dit-elle en jetant un coup d'œil à son amie qui lui fait un signe de main et se dirige vers les ascenseurs.

Je me fous de ce que son amie pense. Je sens son regard sur nous jusqu'à l'arrivée de l'ascenseur.

Chloé porte une petite robe noire et des talons. Je me verrais bien lancer une pétition au bureau pour réclamer qu'elle en fasse son uniforme jusqu'à la fin de son stage. Des lanières fines se croisent de ses orteils peints en rose jusqu'à la moitié de ses mollets. J'ai envie de retirer sa robe et de la baiser sur le canapé, en utilisant ses talons pour faire levier.

— Hey, murmuré-je, hypnotisé par les kilomètres de jambes nues devant moi.

Elle s'approche de moi :

— Qu'est-ce que tu fais ici ?

— Je t'attendais.

Je lutte pour lui cacher mon émoi. Je ne pense qu'à plonger mes mains dans ses cheveux, caresser ses tétons, sentir combien son clitoris est doux, la partie la plus douce de tous les corps que j'ai touchés dans ma vie. J'ai envie de la savourer, de ses orteils aux lobes de ses oreilles. J'ai envie de lui dire tout ça.

— Tu es ivre ?

Je fais « non » de la tête. *Enfin, pas de la façon que tu crois.*

— Quelqu'un m'a vu te regarder cet après-midi.

— Je sais, répond-elle en passant les doigts dans mes cheveux. Au discours inaugural. J'ai vu ton visage.

— J'ai paniqué.

Chloé ne dit plus rien, elle rit. D'un rire doux, presque rauque.

— Je me fous de ce que les gens pensent de moi. C'est pour toi que je m'inquiète.

Je la vois respirer brièvement. Elle resserre ses doigts dans mes cheveux. Son visage est perplexe.

Comment peut-elle ne pas voir que je suis épris ? Elle doit le deviner chaque fois que je la regarde. Comme toujours, j'ai envie de la prendre par-derrière. De lui donner une fessée. De tirer ses cheveux quand elle jouit. De mordre ses seins. De promener mes dents sur sa colonne vertébrale. De pincer ses cuisses puis de les caresser avec la plus grande douceur.

Mais j'ai aussi envie de veiller sur son sommeil et sur son réveil. Pour jauger ses sentiments à mon égard – la sincérité du demi-sommeil.

Ce n'est pas seulement du sexe, je le vois

maintenant. C'est quelque chose qui n'entre habituellement pas dans mon système. Le sexe est le moyen le plus facile de la posséder avec la profondeur que je désire. Mais le reste... Je suis en train de tomber amoureux d'elle, trop vite, trop fort pour amortir ma chute.

C'est flippant.

Je décide de lui dire la vérité :

— J'ai besoin d'une autre nuit.

Son souffle s'accélère. Elle me dévisage. Peut-être n'a-t-elle pas envie de la même chose que moi.

— Ne te sens pas obligée de dire oui... J'ai juste...

Je passe la main dans mes cheveux et retrouve son regard.

— J'aimerais vraiment être avec toi ce soir encore.

— Tu es un peu gourmand, non ?

— Tu n'imagines pas à quel point...

À l'étage dans sa chambre, entre ses draps et avec son corps contre le mien, qui m'aspire, tout le reste s'envole. Son odeur et ses gémissements brouillent mon entendement. Je la prends très fort. Je deviens fou. Elle est trempée – entièrement. Sa peau, et sa chair, à l'intérieur, glissante. Elle m'enfonce plus profondément. Ses jambes s'enroulent autour de moi, elle me renverse sur le dos en riant. Elle me chevauche, le dos cambré, sa tête en arrière. Mes doigts s'accrochent à son ventre, je m'ancre en elle. Sa peau brille, je m'assois sous elle pour sentir sa poitrine glisser contre la mienne pendant qu'elle ondule. Je la repousse sur le dos et je la prends, ses jambes sur mes épaules, sa bouche tremblante quand elle essaye de trouver ses mots.

Ses ongles s'enfoncent dans mon dos et je gémis, je lui dis « encore », « oui », je veux qu'elle me marque, qu'elle me laisse quelque chose qui sera toujours là demain.

Elle jouit une première fois, puis encore et encore. Ses cheveux sont dans un état impossible, elle a l'air d'une sauvageonne, d'une furie indomptée. Je m'effondre sur elle, en lâchant tous les mots qui viennent, incohérents. J'essaie de lui dire ce que nous savons déjà : tout ce qui se passe hors de cette chambre n'a aucune importance.

CHAPITRE 16

Nous revenons lentement sur terre, nos jambes emmêlées dans les draps. Nous parlons pendant des heures de notre journée, de la réunion avec Gugliotti, de son dîner et de ma sortie avec mes amis. Nous parlons du bureau cassé et du fait que j'ai juste assez de sous-vêtements pour la semaine – il ne faut plus rien déchirer…

Nous parlons de tout, sauf du chaos qu'il a provoqué dans mon cœur.

Je passe un doigt sur sa poitrine. Il l'immobilise avec sa main, l'amène à ses lèvres et dit :

— C'est bon de parler avec toi.

Je ris et je repousse ses cheveux de son front.

— Tu me parles tous les jours. Et quand je dis parler, c'est plutôt crier. Hurler. Claquer des portes. Faire la gueule…

Il me distrait en dessinant des spirales sur mon ventre du bout des doigts.

— Tu vois ce que je veux dire, fait-il.

Oui, je vois. Je sais exactement ce qu'il veut dire. Je veux trouver un moyen de faire durer cet instant pour l'éternité.

— Dis-moi quelque chose, alors.

— Qu'est-ce que tu veux savoir ? demande-t-il en levant les yeux vers moi, un sourire nerveux sur les lèvres.

— Honnêtement ? Je pense que j'ai envie de tout savoir. Commençons par le commencement. Raconte-moi l'histoire des femmes de Bennett.

Il touche ses sourcils et répète en riant :

— Commençons par le commencement. *Bien sûûûûr.*

Il éclaircit sa gorge, me regarde :

— Quelques-unes au lycée, quelques-unes à l'université. Quelques-unes après l'université. Ensuite, une longue relation quand j'étais en France :

— Et le détail ?

Je tords une mèche de ses cheveux autour de mon doigt en espérant ne pas être trop oppressante.

À ma grande surprise, il répond sans hésitation :

— Elle s'appelait Sylvie. Elle était avocate dans une petite entreprise à Paris. Nous sommes sortis ensemble pendant trois ans et nous avons rompu quelques mois avant mon retour ici.

— C'est pour ça que tu es revenu aux États-Unis ?

— Non, fait-il avec un sourire.

— Elle t'a brisé le cœur ?

Le sourire devient une grimace :

— Non, Chloé.

— Tu as brisé le sien ?

Pourquoi est-ce que je demande tout ça ? Ai-je envie de l'entendre dire oui ? Je sais qu'il en est capable. Je suis presque certaine qu'il brisera le mien.

Il se penche pour m'embrasser, suce ma lèvre inférieure pendant quelques instants avant de répondre :

— Non. Ça ne marchait plus. Ma vie amoureuse a toujours été sans histoires. Avant toi.

Je ris :

— Ravie de t'apporter un peu de nouveauté.

Ma peau vibre, il embrasse mon cou en riant à son tour :

— Ah oui ?

Ses longs doigts descendent sur mon ventre, mes hanches, entre mes jambes :

— À ton tour.

— D'avoir un orgasme ? Oui, oui !

Il frôle paresseusement mon clitoris avant d'enfoncer son doigt en moi. Il connaît mieux mon corps que moi. Depuis quand ?

— Non, murmure-t-il. À ton tour de me raconter tes petites histoires.

— Impossible que je pense à quoi que ce soit quand tu fais ça.

Il embrasse mon épaule, sa main remonte sur mon ventre, assagie.

Je boude, mais il ne fait pas attention. Je regarde ses doigts sur moi.

— Il y en a eu tant… Par où commencer ?

— Chloé, m'avertit-il.

— Deux au lycée, un à la fac.

— Tu n'as couché qu'avec trois hommes ?

Je m'écarte de lui pour le regarder :

— Coucou, Einstein. J'ai couché avec quatre mecs.

Retour du sourire sûr de lui.

— C'est vrai. Suis-je le meilleur de loin ? Hein ?

— Et moi ?

Son sourire disparaît, il cligne des yeux, surpris.

— Oui.

C'est sincère. Ce mot me fait un effet fou, je ne suis plus que chaleur et humidité. Je me redresse pour embrasser son menton, en tentant de cacher mon bonheur :

— Bien.

J'embrasse son épaule, je gémis, heureuse. J'aime son goût, j'aime sentir son odeur de savon et de sauge. J'enfonce mes doigts dans ses cheveux, et je le tire en arrière pour mordiller sa mâchoire, son cou, ses épaules. Il reste immobile, appuyé sur moi, mais sans me rendre mes baisers.

Qu'est-ce qu'il fout ?

Il inspire avant de parler puis referme la bouche. J'éloigne mes lèvres des siennes et demande :

— Qu'est-ce qu'il y a ?

— Je sais que tu penses que je suis un queutard, un macho pervers, mais ça compte pour moi.

— Qu'est-ce qui compte… ?

— Que tu me le dises.

Je le dévisage, muette. Ses iris ont viré au marron foncé. Sa nervosité est palpable. Je me repasse mentalement les dernières minutes de notre conversation en tentant de comprendre de quoi il parle. Ah ! oui ! Ça y est :

— Oh ! oui.

Il fronce les sourcils :

— Oh ! oui, quoi, mademoiselle Mills ?

Un flot de chaleur m'envahit. Sa voix est différente quand il dit ça. Tranchante. Autoritaire. Sexy comme l'enfer.

— Oui, tu es le meilleur, de très très loin.

— C'est mieux.

— Du moins jusqu'à maintenant…

Il roule sur moi, attrape mes poignets et les plaque au-dessus de ma tête.

— Ne me provoque pas.

— « Ne me provoque pas » ? Tu es gonflé... lui dis-je, haletante.

Sa queue se colle contre ma cuisse. Je veux qu'elle remonte. Je veux qu'elle s'enfonce en moi.

— ... nous ne faisons rien d'autre que nous provoquer.

Comme pour me prouver le contraire, il attrape sa bite et me prend, en relevant ma jambe autour de sa hanche. Il reste comme ça, immobile, à me regarder. Sa lèvre supérieure a un mouvement convulsif.

— Continue, s'il te plaît, murmuré-je.

— Tu aimerais ?

— Oui.

— Et si je n'en fais rien ?

Je mords ma lèvre, en essayant de le fixer sans ciller. Il sourit en grognant :

— *Ça*, c'est provocant.

— S'il te plaît !

Je commence à remuer mon bassin, mais il suit tous mes mouvements. Aucun frottement.

— Chloé, je ne te *provoque* jamais. Je te baise pour que tu en perdes la raison.

Je ris, il ferme les yeux. Mon corps se tend.

— Ce n'est pas que tu en aies beaucoup à la base... dit-il en mordant mon cou. Maintenant, dis-moi que ce que je te fais est bon.

Quelque chose dans sa voix, un soupçon de vulnérabilité, sa manière de chuchoter à la fin de la phrase me dit qu'il ne joue pas.

— Personne ne m'a jamais fait jouir comme toi. Ni avec les mains ni avec la bouche ou autre chose.

Il reste immobile, même si l'effet de mes paroles ne se fait pas attendre. Ses épaules tremblent, son souffle devient haletant – comme si son corps tout entier allait exploser dans les draps.

— Personne ?

— Seulement toi, soufflé-je en mordillant sa mâchoire. Ça te donne une sérieuse longueur d'avance.

Il murmure mon nom en me prenant, ses hanches vont d'avant en arrière. Encore et encore. Fin de la conversation : sa bouche se plaque contre la mienne, embrasse mon menton, ma joue, mes oreilles. Ses mains montent jusqu'à mes seins, puis mon visage.

Nous sommes tous les deux absorbés par ce que nous faisons, je sens l'orgasme s'approcher, tout près, je plante mes talons dans ses fesses pour qu'il me pénètre plus fort, plus vite. C'est tout lui, il choisit ce moment pour chuchoter :

— J'aurais aimé savoir ça avant.

— Pourquoi ? parviens-je à articuler avec un grognement.

Mon corps crie *plus vite. Plus.*

— Est-ce que ça aurait fait de toi un moins gros salaud ?

Il retire mes jambes d'autour de lui, me retourne et me met à quatre pattes. Il grommelle en me reprenant :

— Je ne sais pas. J'aurais juste aimé savoir. Mon Dieu, qu'est-ce que c'est bon comme ça.

Ses mouvements sont fluides – il danse contre mon corps. Un rayon de soleil filtre dans la pièce. Le matelas grince, la force de ses coups me pousse vers la tête de lit.

— J'y suis presque, fais-je d'une voix suppliante, accrochée aux draps. Presque. Plus fort.

— *Putain*. Je suis si près. Rejoins-moi.

Il continue dans le même rythme, il sait qu'il ne peut plus rien changer maintenant.

— *Rejoins-moi.*

Son visage, sa voix, son odeur – chaque partie de lui me submerge. Je jouis, obéissante.

Tous ses muscles se tendent, il s'effondre sur moi en jouissant.

— Putain, la vache… marmonne-t-il dans mes cheveux avant de retomber, calme, lourd et immobile.

La climatisation s'allume avec un bruit métallique. Le bourdonnement est persistant. Il reprend son souffle et roule dans le lit, sa main sur mon dos en sueur.

— Chloé ?

— Hmmmm ?

— Je veux plus que ça.

Sa voix est si lourde et grave que je ne suis même pas sûre qu'il ne soit pas en train de dormir. Je m'immobilise. Mes pensées partent dans tous les sens – c'est un vrai désordre chaotique dans ma tête.

— Que dis-tu ?

Il ouvre les yeux avec un effort apparent et me regarde :

— J'ai envie d'être avec toi.

Je m'appuie sur un coude et je le dévisage, incapable de dire quoi que ce soit.

— J'ai sommeil.

Il lève les yeux au ciel et il m'attire contre lui de son bras lourd.

— Viens par là, ma chérie.

Il colle son visage dans mon cou et murmure :

253

— Ce n'est pas grave si toi tu n'en as pas envie. Je prends tout ce que tu me donnes. Laisse-moi juste rester ici jusqu'à demain matin, tu veux bien ?

Je suis soudain totalement réveillée. Je fixe le mur sombre et j'écoute la climatisation ronronner. Je suis terrifiée : est-ce que ça change tout ? Et s'il ne se rend pas compte de ce qu'il dit et que ça ne change rien ?

— D'accord, chuchoté-je dans l'obscurité.

J'entends sa respiration se calmer et devenir régulière. Il dort.

Je me retourne et prends un oreiller contre moi pour me sentir mieux. Son odeur me tire du sommeil, mais les draps sont froids de l'autre côté du lit – je suis seule. Je regarde vers la porte de la salle de bains, en me concentrant sur les bruits qui pourraient en provenir. Rien.

Je reste allongée, étreignant mon oreiller. Mes paupières sont lourdes. J'ai envie de l'attendre. J'ai besoin de la présence rassurante de son corps chaud à côté du mien, et de la sensation de ses bras forts autour de moi. Je nous imagine enlacés, il me chuchote que tout cela est bien réel et que rien ne changera au matin. Mes yeux se ferment au bout de quelques instants, je glisse de nouveau dans un sommeil malaisé.

Un peu plus tard, je me réveille, toujours seule. Je me retourne rapidement dans le lit et je regarde l'heure : 5 h 14.

Qu'est-ce qui se passe ? Je tâtonne dans l'obscurité et j'enfile le premier vêtement qui me tombe sous la main avant de me diriger vers la salle de bains.

— Bennett ?

Pas de réponse. Je frappe doucement.

— Bennett ? Un grognement et quelques pas derrière la porte.

— Va-t'en.

Sa voix est rauque, elle résonne dans la petite pièce.

— Bennett, ça va ?

— Non. Mais ça va aller. Recouche-toi.

— Est-ce que je peux t'apporter quelque chose ?

— Ça va. Retourne te coucher, s'il te plaît.

— Mais…

— *Chloé*, grommelle-t-il, visiblement agacé.

Je tourne les talons, sans savoir quoi faire. Je combats un sentiment étrange et déstabilisant. Est-ce qu'il est vraiment tombé malade ? En un an, il a eu, au pire, un nez bouché. Il est évident qu'il ne veut pas que je traîne dans les parages, mais je ne compte pas me rendormir.

Je refais rapidement le lit et me dirige vers le salon de la suite. Je prends une bouteille d'eau dans le minibar et m'assois dans le canapé.

S'il est malade – vraiment malade –, il ne sera pas en état de voir Gugliotti dans quelques heures.

J'allume la télé et je me mets à zapper. Publicités. Mauvais film. Dessins animés. Ah ! *Le Monde selon Wayne*. Je m'installe plus confortablement dans le canapé, replie les jambes sous moi et me prépare à l'attendre. À la moitié du film, j'entends l'eau couler dans la salle de bains. Je me redresse et tends l'oreille – c'est le premier bruit qui me parvient depuis une heure. La porte de la salle de bains s'ouvre. Je quitte le canapé, j'attrape une autre bouteille d'eau et je le rejoins dans la chambre.

— Tu te sens mieux ? demandé-je.

— Oui. J'ai juste besoin de dormir.

255

Il se laisse tomber sur le lit et enfonce sa tête dans un oreiller.

— Que... Que s'est-il passé ?

Je place la bouteille d'eau sur sa table de nuit et m'assois à côté de lui.

— Mal au ventre. Les sushis.

Ses yeux sont fermés, et malgré la pénombre je vois qu'il a une tête de cauchemar. Il tourne légèrement la tête pour se soustraire à mon regard, mais je n'en tiens pas compte. Je mets une main dans ses cheveux trempés, l'autre sur sa joue, pâle et moite. Malgré sa première réaction, il se laisse caresser.

— Pourquoi tu ne m'as pas réveillée ?

J'écarte quelques mèches humides de son front.

— Parce que la dernière chose dont j'avais besoin, c'était que tu me voies en train de vomir, répond-il, grincheux.

Je lève les yeux au ciel en lui tendant la bouteille d'eau.

— J'aurais pu faire quelque chose. Tu n'as pas besoin de jouer les super héros avec moi...

— Toi non plus. Qu'aurais-tu fait ? L'intoxication alimentaire, c'est un problème auquel on se confronte seul.

— Est-ce que je décommande Gugliotti ?

Il grogne en passant ses mains sur son visage :

— *Oh ! putain*. Quelle heure est-il ?

Je jette un coup d'œil au réveil :

— 7 heures et des poussières.

— Et la réunion est à... ?

— 8 heures.

Il commence à se lever mais je le repousse dans le lit :

— Tu ne peux pas aller à un rendez-vous comme ça ! Quand as-tu vomi pour la dernière fois ?

— Il y a quelques minutes environ.

— C'est bien ce que je pensais. Je vais l'appeler pour décaler le rendez-vous.

Il me retient par le bras avant que j'aie le temps d'aller chercher mon téléphone.

— Chloé, vas-y.

Je hausse les sourcils :

— Où ça ?

Il reste silencieux.

— À la réunion ?

Il acquiesce.

— Sans toi ?

Il acquiesce encore.

— Tu m'envoies à ce rendez-vous toute seule ?

— Mademoiselle Mills, vous êtes longue à la détente.

— Ta gueule ! m'exclamé-je en le repoussant doucement. Hors de question que j'y aille sans toi.

— Pourquoi pas ? Je parie que tu connais le dossier aussi bien que moi. En plus, si on annule maintenant, il va venir nous voir à Chicago et nous facturer ses frais de déplacement. S'il te plaît, Chloé.

Je le dévisage. J'attends qu'il éclate de rire ou qu'il retire sa proposition. Il n'en fait rien. De fait, il a parfaitement raison : je connais le dossier sur le bout des doigts. Je peux assurer ce rendez-vous.

— Bon, d'accord, cédé-je en souriant.

Une bouffée d'espoir monte en moi. Peut-être que finalement, on pourrait réussir cette chose qui s'appelle « nous ».

— J'en suis.

Les traits de son visage se contractent. Il retrouve la voix que j'ai si peu entendue ces derniers jours, et qui envoie des ondes d'excitation en moi.

— Quel est le plan, mademoiselle Mills ?

— Je dois m'assurer qu'il connaît les paramètres du projet et les dates limites, dis-je en hochant la tête. Je ferai attention aux grandes promesses. Je sais que Gugliotti est connu pour ça.

Bennett hoche la tête, en souriant faiblement. Je continue :

— Je confirme les dates de début du contrat et les grandes lignes.

J'égraine les cinq phases essentielles sur mes doigts, son sourire s'élargit :

— Tu vas gérer.

Je me penche et j'embrasse son front humide :

— Je sais.

Deux heures plus tard, si on m'avait demandé si je pouvais voler, j'aurais répondu oui sans l'ombre d'une hésitation.

La réunion s'est passée à la perfection. M. Gugliotti, au début vexé d'avoir affaire à une stagiaire au lieu du manager exécutif Ryan, s'est adouci quand je lui ai expliqué les raisons de ce changement. Plus tard, il a semblé impressionné par le nombre de détails que je lui ai fournis.

Il m'a même offert un job – « quand vous en aurez fini avec M. Ryan, bien sûr » a-t-il dit avec un clin d'œil. J'ai repoussé cette proposition le plus poliment du monde.

Je ne suis pas sûre d'avoir envie d'en finir avec M. Ryan.

En sortant de la réunion, j'appelle Susan pour savoir ce que Bennett aime quand il est malade. Comme je m'en doutais, la dernière fois qu'elle l'a bichonné avec de la soupe chinoise et des bâtonnets glacés, il portait un appareil dentaire. Elle est ravie d'avoir de mes nouvelles et je ravale ma culpabilité quand elle me demande s'il se comporte bien. Je l'assure que tout se passe à merveille, qu'il a juste quelques douleurs d'estomac. Il appellera plus tard. Je regagne ma suite après un petit détour par le supermarché et me rends tout de suite dans la kitchenette pour y poser mon sac de courses et retirer mon tailleur.

J'arrive dans la chambre en combinaison. Bennett n'est pas là. La porte de la salle de bains est ouverte, il ne s'y trouve pas non plus. Le ménage a été fait dans la chambre. Les draps sont frais, bien tirés sur le lit. Nos vêtements ne traînent plus sur le sol. La porte du balcon est ouverte, laissant entrer une brise fraîche. Je le trouve dehors, assis sur une chaise, les coudes sur les genoux, la tête dans les mains. Il semble avoir pris une douche, il porte un jean foncé et un T-shirt vert.

Ma peau frémit et se réchauffe à sa vue.

— Salut !

Il me déshabille du regard.

— *Bordel de Dieu.* Ne me dis pas que tu as porté ça pendant le rendez-vous.

— Eh bien, si… ris-je. Mais sous un tailleur bleu marine très BCBG.

— J'aime mieux ça.

Il m'attire à lui, et entoure ma taille de ses bras. Son front repose sur mon ventre :

— Tu m'as manqué.

Sensation étrange dans ma poitrine. Que faisons-

259

nous ? Est-ce réel ou s'agit-il d'un petit jeu avant le retour à la normale ? Là où j'en suis, je me sens incapable de revenir à la situation d'origine. Mais je ne vois pas non plus beaucoup d'avenir à la situation actuelle.

Demande-lui, Chloé !

Il lève les yeux vers moi, je rougis. Il semble attendre que je parle.

— Tu te sens mieux ?

Poule mouillée.

Il a l'air déçu, un bref instant.

— Beaucoup mieux, dit-il. Comment s'est passée la réunion ?

Je suis encore sur un petit nuage après l'épisode Gugliotti et je meurs d'envie de tout lui raconter. Mais en me posant la question, il retire ses bras de ma taille et se redresse sur son siège. J'ai froid, je me sens abandonnée. J'ai envie de rembobiner, de revenir juste deux minutes en arrière, de le réentendre me dire que je lui ai manqué, et cette fois-ci de lui répondre : « Moi aussi. » Je l'aurais embrassé, nous aurions fait ce que nous avions à faire et je lui aurais parlé de Gugliotti quelques heures plus tard.

Au lieu de ça, je lui donne tous les détails : la réaction de Gugliotti, la manière dont j'ai redirigé son attention vers le projet en question. Je repasse toute la discussion avec un tel détail qu'à la fin, Bennett rit doucement :

— Eh bien, ça te rend bavarde.

— Je pense que ça s'est bien passé, lui dis-je en avançant d'un pas.

Remets tes bras autour de ma taille.

Il ne le fait pas. Il se penche en arrière et me sourit. Un sourire tout à fait du genre « beau salaud ».

— Tu as été géniale, Chloé. Ça ne m'étonne pas de ta part.

Je ne suis pas habituée à ce genre de compliments. Une plus belle écriture, une super pipe – ça, il le remarque. Je m'étonne moi-même d'accorder soudain autant d'importance à l'opinion qu'il a de moi. Est-ce que ça a toujours été le cas ? Me traiterait-il différemment si nous étions vraiment engagés dans une relation, et pas seulement un plan cul l'un pour l'autre ? Je ne suis pas sûre d'avoir envie qu'il devienne un patron plus gentil, ni même qu'il mélange les rôles de mentor et d'amant. Je préfère qu'il reste un « beau salaud », au boulot comme au lit.

J'ai à peine le temps d'y penser. Nos anciens rapports me semblent si lointains et étranges… Comme une vieille paire de chaussures délaissées. Je suis déchirée entre l'envie qu'il fasse ses remarques d'enfoiré pour revenir à la réalité et celle qu'il m'attire à lui pour embrasser mes seins sous ma combinaison.

Encore une fois, Chloé. Raison numéro 750 000, on ne baise pas avec son boss. Tu as fait d'une relation bien codifiée un merdier sans nom.

— Tu as l'air fatigué, murmuré-je en caressant ses cheveux sur sa nuque.

— Je le suis, dit-il entre ses dents. Heureusement que je n'y suis pas allé. J'ai pas mal revomi.

— Merci pour l'info ! ris-je.

Je m'éloigne à regret.

— Je t'ai apporté des bâtonnets de glace, de la bière blonde, des biscuits au gingembre et des crackers. Par quoi veux-tu commencer ?

Il me dévisage, totalement désorienté, avant de lâcher :

— Tu as appelé ma *mère* ?

J'assiste à une conférence quelques heures dans l'après-midi pour le laisser dormir. Il fait comme si de rien n'était, mais j'ai bien vu qu'il n'arrivait même pas à la moitié d'une glace au citron sans devenir aussi vert que le fruit en question. De plus, s'il était venu à cette conférence, il n'aurait pas pu faire dix pas sans être arrêté, sans qu'on lui lèche les bottes ou qu'on le harcèle. Même en pleine santé, rien ne justifie de laisser les autres vous faire perdre votre temps inutilement.

Quand je reviens dans la chambre, il est étendu sur le canapé dans la position la moins « beau salaud » que l'on puisse imaginer, torse nu, les mains dans les poches. Il est assis d'une manière si ordinaire, en train de s'ennuyer devant la télévision. Ça me rappelle qu'il est un homme, rien qu'un homme, pour une fois. Une autre personne, qui trace sa voie sans plus perdre de temps à faire la roue sur la scène du monde.

L'illumination : Bennett est juste Bennett. Un frisson de plaisir me parcourt – il deviendra peut-être *mon* juste Bennett. Je désire ça plus que tout le reste. Je n'ai jamais désiré quoi que ce soit aussi ardemment.

Une femme avec des cheveux brillants à faire peur se retourne et nous sourit dans la télévision. Je me laisse tomber dans le canapé à côté de lui.

— Qu'est-ce que tu regardes ?

— Une pub pour shampooing, répond-il en sortant les mains de ses poches pour me caresser.

Je commence à le taquiner au sujet de la calvitie, mais je me tais à l'instant où il commence à me masser les doigts.

— Sinon, il y a *Clerks*.

— C'est une de mes séries préférées.

— Je sais, tu la citais le premier jour où je t'ai rencontrée.

— C'était la saison 2 de *Clerks*, pour être exacte, précisé-je avant de m'interrompre. Attends, tu t'en souviens ?

— Bien sûr que je m'en souviens. Tu parlais comme une poissonnière et tu ressemblais à un top model. Putain, quel homme pourrait oublier ça ?

— J'aurais tout donné pour savoir ce que tu pensais à ce moment précis.

— Je pensais : « Stagiaire plus que baisable. Repos, soldat. Je répète : *repos !* »

Je ris, ma tête sur son épaule :

— Putain, cette première rencontre a été un cauchemar.

Il se tait, mais continue à me caresser les doigts, en les malaxant par moments. On ne m'avait jamais massé les mains auparavant, et je trouve ça tellement agréable que même s'il avait fait mine de vouloir enchaîner dans l'hémisphère sud avec un cunnilingus, je l'en aurais détourné pour qu'il continue.

Waow, c'est un mensonge, ça. Je prendrais cette bouche entre mes jambes tous les jours de…

— Comment veux-tu que ça se passe, Chloé ? demande-t-il, interrompant opportunément ce débat intérieur et sans fin.

— Pardon ?

— Quand nous serons rentrés à Chicago.

Je le dévisage, surprise. Mon sang coule à gros bouillons dans mes veines.

— Nous, explicite-t-il avec une patience forcée. Toi et moi. Chloé et Bennett. Homme et gourgandine. Je sais que ce n'est pas simple pour toi.

— Eh bien, je suis à peu près sûre que je ne veux plus qu'on se dispute tout le temps.

Je donne un coup dans son épaule, joueuse.

— Même si j'aime bien ce côté-là aussi…

Bennett rit – un peu jaune.

— « Ne pas se disputer tout le temps », c'est un peu vague. Précise ta pensée !

Avoir une relation suivie avec toi. Être ta copine. Quelqu'un que tu fais rentrer dans ton appartement et qui y passe parfois la nuit avec toi. C'est ce que je voudrais répondre, mais les mots restent coincés dans ma gorge.

— Ça dépend s'il est réaliste ou non de penser que nous pouvons arriver à quelque chose.

Il laisse tomber ma main et frotte son visage. Le film recommence, nous sombrons dans le pire silence de l'histoire du monde.

Finalement, il reprend ma main et embrasse ma paume :

— OK, bébé. Je peux déjà faire un effort sur les disputes.

Je fixe ses doigts entrelacés dans les miens. Après ce qui me semble une éternité, j'ajoute :

— Désolée. Tout ça, c'est un peu nouveau.

— Pour moi aussi, me rappelle-t-il.

Retour du silence. Nous continuons de regarder le film en riant aux mêmes moments. Nous nous rapprochons lentement – je finis allongée presque sur lui.

Je garde un œil sur l'horloge et calcule le nombre d'heures qui nous reste à passer à San Diego.

Quatorze.

Quatorze heures dans cette réalité parfaite – je peux l'avoir quand je veux sans en faire secret, coucher avec lui sans que la colère soit un préliminaire nécessaire…

— Quel est ton film préféré ? demande-t-il en m'allongeant sur lui.

Sa peau est chaude, j'ai envie de retirer mon chemisier, mais je ne veux pas qu'il bouge d'un centimètre.

— J'aime les comédies. Il y a *Clerks, les employés modèles*, mais aussi *Le Courage d'un con, Shaun of the Dead, Hot Fuzz, Cluedo* – des choses comme ça. Mais mon film préféré, c'est probablement *Fenêtre sur cour*.

— À cause de Jimmy Stewart ou de Grace Kelly ? fait-il en m'embrassant dans le cou.

— Les deux. Plutôt Grace Kelly.

— Je vois. Tu as des tendances Grace Kelly…

Sa main remonte dans mes cheveux et replace une mèche qui s'est échappée de ma queue-de-cheval.

— J'ai entendu dire que Grace Kelly avait une bouche de suceuse, elle aussi.

— Tu l'aimes, ma bouche de suceuse.

— C'est vrai. Je l'aime surtout quand elle est pleine, réplique-t-il d'un air anodin.

— Tu sais, si tu la fermais de temps en temps, tu serais parfait, putain.

— Je serais un déchireur de culottes *silencieux*, ce serait encore pire qu'un patron colérique déchireur de culottes.

J'éclate de rire. Il me chatouille les côtes.

— Je sais que tu adores ça.

— Bennett ? dis-je, en essayant d'avoir un air nonchalant. Qu'est-ce que tu fais de mes culottes ?

Il me jette un regard noir, provocant :

— Je les garde en lieu sûr.

— Tu me montreras ?

— Non.

— Pourquoi ?

— Parce que tu voudras les reprendre.

— Pourquoi est-ce que je les reprendrais ? Elles sont foutues.

Il sourit largement, mais ne répond pas.

— Pourquoi est-ce que tu fais ça, franchement ?

Il m'étudie pendant un moment. Il pèse ses mots. Finalement, il s'appuie sur un coude et approche son visage à quelques centimètres du mien :

— Pour la même raison que celle pour laquelle tu aimes ça.

Il se relève et m'entraîne dans la chambre.

CHAPITRE 17

Je suis habitué à négocier, à marchander, à surmonter des obstacles. Et me voilà face à une situation peu familière. Je n'ai pas hésité à étaler toutes mes cartes sur la table. Je m'en fiche tant qu'il s'agit de Chloé.

Je lance innocemment :

— Tu as hâte de rentrer ? Ça fait presque trois semaines que tu as quitté Chicago...

Elle hausse les épaules en faisant descendre mon boxer sans plus de cérémonie. Elle prend ma queue dans sa main avec une telle familiarité... C'en est presque douloureux. Et répond :

— J'ai passé de bons moments ici, tu sais.

Je défais un à un les boutons de son chemisier, j'embrasse tous les recoins de peau qui s'offrent à ma vue.

— Combien de temps nous reste-t-il avant d'aller à l'aéroport ?

— Treize heures, dit-elle sans regarder le réveil.

Sa peau frémit sous mes doigts. Je les passe

sous sa combinaison. Elle n'a pas l'air particulièrement pressée de quitter cette chambre d'hôtel.

Je chatouille ses cuisses, j'enroule ma langue autour de la sienne et je me frotte à sa jambe. Elle se cambre. Ses jambes passent autour de ma taille, elle étend les mains contre ma poitrine. Je dirige ma queue en elle, et je la pénètre, déterminé à la faire jouir autant de fois que je pourrai avant le lever du soleil.

Plus rien n'existe au monde à part sa peau glissante et ses gémissements contre mon cou. Je la prends sans arrêt, muet de désir, perdu en elle. Ses hanches épousent le mouvement des miennes, j'ai envie de lui dire : « Ça, ce que nous avons, c'est la meilleure chose que j'aie jamais ressentie. Tu ressens ça, toi aussi ? »

Les mots ne viennent pas. Je ne suis qu'instinct et désir. Son goût sur ma langue, le souvenir de son rire dans mes oreilles. Je veux garder ce son et le repasser dans ma tête. Je veux être tout pour elle : son amant, son adversaire, son ami. Au lit, je peux être tout cela.

— Je ne sais pas comment on peut faire ça... dit-elle.

Elle est tout près de jouir. Elle s'accroche si fort à moi que je risque d'avoir des bleus. Je comprends ce qu'elle veut dire. Il est si douloureux d'être si plein de désir et de ne pas avoir la moindre idée de la suite des événements. Je la désire tellement qu'à chaque instant je suis rassasié et affamé – mon cerveau est retourné. Incapable de lui répondre, je l'embrasse dans le

cou et passe mes doigts sur la peau douce de
sa hanche, en la maintenant :

— Je ne sais pas non plus, mais je ne suis
pas prêt à laisser tomber.

— C'est tellement bon… murmure-t-elle contre
ma gorge.

Je gémis, à l'agonie. Aucun son articulé ne
sort de ma bouche.

J'ai peur de pleurer.

Je l'embrasse.

Je m'enfonce encore plus profondément en
elle.

Cette extase déchirante m'a semblé durer pour
toujours. Son corps se lève pour rencontrer le
mien ; sa bouche humide, insatiable, me mord
et me caresse.

Je me réveille quand on tire l'oreiller sous ma
tête. Chloé murmure quelque chose à propos
d'épinards et de hot dogs.

Cette fille parle en dormant. Il faut croire
qu'elle ne se repose jamais, même pendant son
sommeil.

Je passe une main pleine de désir sur son cul
avant de me retourner pour regarder le réveil :
5 heures passées. Il va bientôt falloir se lever
pour prendre notre avion à 8 heures. Je suis
ravagé à l'idée que cette parenthèse bienheu-
reuse va se fermer. Mais je n'ai quasiment rien
foutu depuis que je suis ici, et je commence
sérieusement à culpabiliser de négliger ma carrière à ce point. Ces dix dernières années, je n'ai

vécu que pour le travail. J'ai beau m'habituer à l'idée que Chloé va désormais peser dans la balance, je dois retrouver ma concentration. Il est temps que je rentre, que je remette ma casquette de patron et que je prenne des mesures.

Le soleil du petit matin filtre à travers les rideaux et éclaire sa peau d'une pâle lumière gris-bleu. Elle est allongée sur le côté, face à moi. Ses cheveux sont une masse sombre sur l'oreiller derrière elle. Son visage est enfoncé dans mon oreiller.

Je comprends ses hésitations. Comment notre relation fonctionnera-t-elle après le retour à la réalité ? La bulle de San Diego a été sublime, en partie parce que tous les aspects qui compliquent notre relation ont été gommés : son job chez Ryan Media, mon rôle dans l'entreprise familiale, sa bourse, nos attitudes indépendantes et tranchées. Même si je voudrais définir ce qui se passe entre nous et m'y consacrer à l'avenir, son approche – bien plus circonspecte que la mienne – est sûrement la bonne.

Nous n'avons pas pris la peine de remonter les couvertures sur le lit après les avoir balancées sur le sol hier soir. Je contemple son corps nu. Me réveiller chaque matin avec cette femme dans mon lit n'est vraiment pas désagréable.

Malheureusement, pas de matinée de loisir devant nous. Je tente de la réveiller, ma main sur son épaule, puis avec un baiser dans le cou. J'opte finalement pour un pincement vigoureux sur ses fesses.

Elle se redresse et frappe violemment mon bras sans me laisser le temps de le retirer. Je ne suis pas tout à fait sûr qu'elle soit réveillée.

— Connard !

— Debout ! Nous devons être à l'aéroport dans une heure à peine.

Chloé roule dans le lit, elle me dévisage. Son visage porte encore les marques de l'oreiller, ses yeux sont battus. Elle ne couvre pas son corps comme la veille. Mais elle ne sourit pas non plus.

— OK, lâche-t-elle.

Elle s'assoit, boit un peu d'eau et dépose un bref baiser sur mon épaule avant de sortir du lit.

J'admire son corps nu se diriger vers la salle de bains. Elle ne me rend pas mon regard. Baiser n'est pas à l'ordre du jour ce matin, mais je n'aurais rien eu contre un petit câlin. Ni contre le fait d'échanger deux ou trois mots sur l'oreiller.

J'ai sans doute eu tort de lui pincer les fesses...

Elle ne sort toujours pas de la salle de bains. Je rassemble mes affaires et je frappe à la porte.

— Je vais dans ma suite prendre une douche et faire ma valise.

Aucune réaction pendant quelques secondes. Puis :

— OK.

— Je n'ai pas droit à autre chose qu'à « OK » ce matin ?

Elle rit de l'autre côté de la porte :

— Je crois avoir dit aussi « connard » il y a quelques minutes.

Je souris.

Alors que j'ai la main sur la poignée de la porte pour partir, elle sort de la salle de bains en courant et se jette dans mes bras, en s'enroulant contre moi, son visage dans mon cou. Elle est toujours nue. Quand elle relève les yeux, je les trouve un peu rouges.

— Désolée, fait-elle.

Elle embrasse ma joue avant de prendre ma bouche, dans un long baiser profond.

— Je suis toujours un peu angoissée avant de prendre l'avion.

Elle tourne les talons et rentre dans la salle de bains avant que je puisse vérifier dans ses yeux si elle dit la vérité.

Ma suite est étrangement impeccable à côté de la sienne – même pour une chaîne de grands hôtels. J'ai rangé mes affaires, pris une douche, je me suis habillé en un rien de temps. Mais je n'ose pas revenir tout de suite dans la chambre de Chloé. Elle doit avoir besoin de quelques instants de solitude pour gérer la bataille silencieuse qui se livre à l'intérieur d'elle-même. Je sais qu'elle est partagée. À quelle conclusion parviendra-t-elle ? Décidera-t-elle d'essayer ? Alors, m'expliquera-t-elle qu'il lui est impossible d'assumer à la fois notre relation professionnelle et notre histoire privée ?

L'impatience prenant le pas sur la délicatesse, j'attrape ma valise et je frappe à sa porte.

Elle l'ouvre, vêtue comme une pin-up-femme-d'affaires-cochonne. Au bout d'un long moment, je parviens à détacher mon regard de ses jambes pour me concentrer sur ses seins puis sur son visage.

— Salut, beauté.

Elle me sourit, incertaine :

— Salut.

— Tu es prête ? demandé-je en avançant pour prendre sa valise.

La manche de ma veste frôle son bras nu. Elle me prend de court en s'emparant de ma cravate. Elle me plaque contre le mur. Sa bouche se pose contre la mienne.

Je me laisse faire, surpris :

— Waow, je te retrouve... murmuré-je entre deux baisers.

Une main sur mon torse, elle commence à détacher ma cravate en gémissant. Ma queue durcit contre elle. Ses doigts agiles défont le nœud de soie. Ma cravate pend de mon cou puis tombe au sol. L'avion !

— Chloé, fais-je, en luttant pour m'arracher à ses baisers. Bébé, on n'a pas le temps !

— Je m'en fous.

Elle n'est plus que dents et lèvres, elle suce mon cou, ses mains avides défont ma ceinture et empoignent ma queue.

Je jure, le souffle court. Je ne résiste pas à la manière qu'elle a de m'attraper à travers mon pantalon, sa manière autoritaire de tirer sur mes vêtements.

— Putain, Chloé, tu es *folle*...

Je la retourne brusquement en plaquant son dos

273

contre le mur. Ma main remonte sous son chemisier, écarte brutalement son soutien-gorge. Son désir me contamine, mes doigts se délectent de ses seins durcis, de la courbe ferme de sa poitrine qu'elle appuie dans ma main. Je me penche, je remonte sa jupe sur ses hanches et je descends sa culotte. Elle la pousse sur le côté, je la soulève.

J'ai besoin d'être en elle.

— Dis-moi que tu as envie de moi, souffle-t-elle, entre deux respirations saccadées.

Elle tremble. Ses yeux sont fermés.

— Tu n'as pas idée. Je veux tout ce que tu veux.

— Dis-moi que nous pouvons le faire.

Elle baisse mon pantalon et mon caleçon sur mes genoux puis enroule ses jambes autour de ma taille. Elle enfonce les talons de ses chaussures dans mon cul. Quand ma queue glisse contre elle, et s'enfonce, je couvre sa bouche. Elle laisse s'échapper un petit bruit. Presque un gémissement.

Presque un sanglot.

Je m'écarte d'elle, je regarde son visage. Des larmes coulent sur ses joues.

— Chloé ?

— N'arrête pas, dit-elle, en hoquetant.

Elle se penche pour embrasser mon cou. Elle se cache. Elle tente de glisser une main entre nous pour prendre ma bite. Étrange manifestation de désespoir. Nous savons baiser frénétiquement ou très rapidement. Mais là, c'est totalement différent.

— Stop.

Je la tiens plus près de moi, contre le mur.

— Ma chérie, qu'est-ce que tu fais ?

Elle ouvre finalement les yeux, concentrée sur mon col. Elle déboutonne ma chemise.

— J'ai juste besoin de te sentir contre moi encore une fois.

— Que veux-tu dire par « encore une fois » ?

Elle ne me regarde pas. Elle ne dit rien.

— Chloé, quand nous partirons de cette chambre, nous pouvons tout y laisser. Ou nous pouvons tout prendre avec nous. Moi, je pense que nous pouvons y arriver... et toi ?

Elle acquiesce, en mordant sa lèvre si fort que la chair rose devient blanche. Quand elle la relâche, une trace de morsure rouge vif subsiste. Un rouge tentant.

— C'est ce que je veux.

— Je te l'ai dit, je veux plus que ça. Je veux être *avec* toi. Je veux être ton amant.

Je jure, en enfonçant mes mains dans ses cheveux :

— Je crois que je suis en train de tomber amoureux de toi, Chloé.

Elle se penche en riant, son corps se relâche, soulagé. Debout, elle m'attire à elle et embrasse ma joue :

— Tu es sérieux ?

— Oui. Je veux être le seul mec qui te baise contre des fenêtres et la première personne que tu vois le matin – allongée, sur l'oreiller que tu m'as volé. Je veux aussi être le mec qui t'achète

275

des glaces au citron quand *tu* es malade après avoir mangé des sushis avariés. Il reste seulement quelques mois potentiellement compliqués...

Ma bouche est contre la sienne, mes mains parcourent son visage. Elle commence à comprendre.

— Promets-moi que tu me feras l'amour dans un lit quand nous serons rentrés.

— Je te le promets.

— Dans *ton* lit.

— Putain, oui, mon lit. Mon lit est énorme, avec une tête de lit pour t'attacher et te fesser. Te punir d'être aussi ridicule, imbécile heureuse.

À ce moment-là, tout est parfait.

Dans le hall, j'embrasse encore une fois sa main avant de la lui rendre pour l'accompagner à la réception.

CHAPITRE 18

Bennett va chercher la voiture pendant que je rends les clefs à la réception. Dernier coup d'œil à l'entrée de l'hôtel. J'enregistre tous les souvenirs de ce voyage. Je sors, Bennett est debout à côté du voiturier. Mon cœur bat très vite dans ma poitrine. Je rembobine. Il m'a donné tant d'occasions de lui avouer mes sentiments. Je suis juste si peu sûre de notre capacité à faire fonctionner cette relation. Apparemment, il a les épaules plus larges que moi.

Je crois que je suis en train de tomber amoureux de toi.

Une impression délicieuse m'envahit.

M. Gugliotti repère Bennett sur le trottoir et se dirige vers lui. Ils se serrent la main. Ils échangent des plaisanteries. J'aimerais marcher vers eux, rejoindre la discussion comme un égal. Mais j'ai peur de ne pas pouvoir contenir les bouleversements de mon cœur et que mes sentiments pour Bennett se lisent sur mon visage.

M. Gugliotti me jette un coup d'œil, mais ne semble pas me reconnaître hors contexte. Il regarde Bennett et acquiesce à ce qu'il dit. Cette absence de marque de reconnaissance me fait hésiter encore plus. Je ne suis pas encore quelqu'un qui compte. J'ai tout réglé à l'hôtel, je porte le planning de Bennett et son attaché-case. Je n'existe qu'en périphérie – je suis une stagiaire.

Je reste en retrait, en essayant de profiter de la brise de l'océan. La belle voix de Bennett porte. J'entends ce qu'il dit, même à quelques mètres de distance :

— Vous avez apporté de bonnes idées, apparemment. Je suis heureux que Chloé ait eu l'opportunité de se prêter à l'exercice.

— Chloé est une vraie pro. Tout s'est très bien passé, répond M. Gugliotti.

— Appelez-moi très vite pour commencer le processus de cession.

Exercice ? Commencer ? Ce n'est pas ce que j'ai fait ? J'ai donné à Gugliotti les papiers du département juridique à signer et à renvoyer par Fedex.

— Parfait. Annie vous appellera pour organiser quelque chose. J'aimerais revoir les termes avec vous. Je ne me sens pas prêt à signer tout de suite.

— Bien sûr !

Mon rythme cardiaque s'accélère – panique et humiliation me submergent. Comme si la réunion qui a eu lieu n'avait été qu'un simple test et que le travail réel commençait entre les deux hommes. Retour dans le monde réel.

Cette conférence entière a-t-elle été un fantasme géant ? Je me sens ridicule. Tous ces détails que j'ai partagés avec Bennett... Ma fierté d'avoir réglé la question et de l'avoir fait pour lui permettre de se rétablir...

— Henry m'a dit que Chloé a obtenu une bourse

Miller. C'est fantastique. Est-ce qu'elle reste chez Ryan Media à la fin de ses études ? demande Gugliotti.

— Ce n'est pas encore décidé. Cette petite est prometteuse, même s'il lui manque encore un peu d'expérience.

Ma respiration s'étrangle tout à coup. Bennett a plutôt intérêt à plaisanter. Je sais, quand bien même Elliott ne me l'aurait pas seriné de nombreuses fois, que j'aurai le choix après mon diplôme. J'ai travaillé chez Ryan Media pendant des années, en me crevant à la tâche pour faire mon boulot et préparer mon diplôme en même temps. Je connais certains dossiers mieux que les gens qui les gèrent. Bennett sait cela.

Gugliotti glousse :

— Expérience ou pas, je lui mettrai la main dessus sous peu. Elle a tenu le coup, hier, Bennett.

— Bien sûr, dit-il. Qui l'a formée, d'après vous ? La réunion avec vous a été une occasion parfaite pour elle de se mouiller un peu. Aucun doute qu'elle sera au top à la fin de l'année. Quand elle sera prête.

Je ne reconnais aucun des Bennett Ryan que je côtoie. Ce n'est pas l'amant que j'ai quitté il y a quelques instants, reconnaissant et fier de ma capacité à prendre sa place. Ce n'est même pas le « beau salaud » qui me complimente de mauvaise grâce. C'est quelqu'un de totalement nouveau. Quelqu'un qui parle de moi comme d'une gamine à qui il aurait fait une faveur.

La colère colore mon visage. Je rentre dans l'hôtel. Il n'y a plus assez d'oxygène nulle part.

Expérience ? *Être au top* ? Lui, mon *mentor* ? Dans *quel* univers parallèle ?

Je fixe les chaussures des gens qui marchent devant

moi, entrant et sortant par les grandes portes. Pourquoi ai-je la sensation que mon estomac a disparu, laissant place à une poche remplie d'acide ?

Je suis dans le monde des affaires depuis suffisamment longtemps pour savoir comment ça fonctionne. Les gens au sommet n'y arrivent pas en partageant les mérites. Ils y parviennent grâce à de grosses promesses, de grosses revendications et d'encore plus gros egos.

Pendant mes premiers mois chez Ryan Media, j'ai apporté un compte marketing de soixante millions de dollars.

J'ai géré le portefeuille de L'Oréal de cent millions de dollars.

J'ai conçu la dernière campagne pour Nike.

J'ai fait d'un cul-terreux un requin.

Il m'a toujours fait des compliments à contrecœur. C'était d'autant plus agréable de lui montrer qu'il avait tort, ou de dépasser ses attentes juste pour le contrarier. Mais maintenant que nous nous sommes avoué nos sentiments, il réécrit l'histoire. Il ne m'a pas formée. Je n'ai jamais eu besoin de lui. Il ne m'a pas poussée à réussir. Au contraire, il n'a pas cessé de me mettre des bâtons dans les roues avant ce voyage. C'est plutôt à démissionner qu'il m'a poussée, avec ses comportements de gros con.

Je suis tombée amoureuse de lui malgré tout. Et il me dévalorise juste pour sauver la face. Parce qu'il a loupé une réunion.

Mon cœur se brise en mille morceaux.

— Chloé ?

Je le regarde. Son expression est confuse. Il continue :

— La voiture est prête. Je pensais qu'on se retrouvait dehors…

Je me frotte les yeux, comme pour enlever une poussière gênante. Pas comme si j'étais au bord de la crise de nerfs dans la réception du W.

— Ah ! oui, c'est vrai.

Je me reprends, ramasse mes affaires. Je le regarde de nouveau.

— J'avais oublié.

C'est le pire mensonge de toute mon existence. Il me devine instantanément – ses sourcils se froncent. Il s'approche, les yeux anxieux et inquisiteurs. Il doit se demander pourquoi je mens sur un pareil sujet.

— Tout va bien, bébé ?

J'adorais quand il m'appelait comme ça il y a vingt minutes encore. Maintenant, ça sonne faux.

— Je suis juste fatiguée.

Il sait que je mens de nouveau. Cette fois, il ne redemande pas. Il pose la main sur le bas de mon dos et m'accompagne jusqu'à la voiture.

Chapitre 19

Je sais que les femmes peuvent changer d'humeur d'une minute à l'autre. J'en connais qui partent au quart de tour, qui font d'un « et si » une réalité. Elles se projettent mariées avec trois enfants et pètent un câble en anticipant ce que je pourrais faire trois jours plus tard.

Mais ça ne peut pas arriver à Chloé. Elle n'a jamais été ce genre de femme. Je l'ai déjà vue énervée. Putain, je connais tout de ses colères, je peux classifier leurs différentes phases : emmerdée, furieuse, haineuse, à la limite de la violence...

Je ne l'avais jamais vue blessée.

Elle se plonge dans des documents pendant le court trajet qui nous sépare de l'aéroport. Elle s'excuse et va téléphoner à son père quand nous attendons l'embarquement. Dans l'avion, elle s'endort dès que nous nous sommes assis et ignore toutes mes propositions même les plus intelligentes. Refus catégorique de rejoindre le club très fermé des orgasmes aériens. Elle n'ouvre les yeux que le temps de décliner le plateau-déjeuner, bien qu'elle n'ait rien mangé ce matin. Quand l'avion commence sa descente, elle se concentre sur le hublot au lieu de me regarder.

— Est-ce que tu vas me dire ce qui ne va pas ?

Elle ne répond pas pendant une éternité. Mon cœur commence à battre plus vite. Je repense à tous les moments où j'ai pu merder. Baiser Chloé dans le lit. Rebaiser Chloé. Les orgasmes de Chloé. Elle a beaucoup joui, vraiment. Ça ne peut pas être ça. Réveil, douche, déclaration d'amour. Réception de l'hôtel, Gugliotti, aéroport.

Je m'arrête en pensée. La conversation avec Gugliotti m'a laissé un arrière-goût amer. Je sais pas pourquoi j'ai agi comme un enculé possessif — mais c'est vrai, Chloé a cet effet sur moi. Elle a été sublime pendant cette réunion, je le sais. Mais j'en crèverais si elle s'abaissait à travailler pour un mec comme Gugliotti après avoir obtenu son diplôme. Il la traiterait comme un morceau de viande et materait son cul toute la journée.

— J'ai entendu ce que tu as dit, répond-elle d'une voix si calme qu'il me faut un moment pour réaliser.

Je pèse ses mots. Mon ventre se noue.

— Ce que j'ai dit *quand* ?

Elle sourit, et se retourne pour me regarder. Putain, elle pleure.

— À Gugliotti.

— Je me suis montré possessif. Je suis désolé...

284

— Tu t'es montré possessif? répète-t-elle en regardant par le hublot. Tu as été méprisant. Tu m'as fait passer pour une petite fille naïve. Tu as fait comme si la réunion était un test, une mise à l'épreuve. Je me sens ridicule après ce que je t'ai raconté hier, et parce que j'ai pensé qu'il y avait quelque chose de plus.

Je pose la main sur son bras en riant :

— Les types comme Gugliotti ont un ego. Il a juste besoin de sentir que les managers exécutifs le prennent en considération. Tu as fait ce qu'il fallait. Il voulait seulement que ce soit moi qui lui donne le contrat officiel.

— C'est absurde. Et tu t'y conformes. Je ne suis qu'un pion.

Je la regarde, confus. J'ai fait exactement ce qu'elle a dit. Mais c'est comme ça que ça marche.

— Tu es ma stagiaire.

— C'est vrai. Et tu as vachement fait en sorte que ma carrière progresse depuis tout ce temps, réplique-t-elle avec un petit rire acide, ses yeux dans les miens.

— Bien sûr.

— Comment peux-tu savoir que j'ai besoin d'expérience ? Tu t'intéressais à peine à mon travail avant hier.

— C'est totalement faux, répliqué-je, agacé. Je le sais parce que je m'intéresse à tout ce que tu fais. Je ne veux pas te mettre la pression, tu t'en mets assez toi-même. C'est pour cette raison que je garde le contrôle du dossier

285

Gugliotti. Tu as fait du très bon boulot là-bas. Je suis très fier de toi.

Elle ferme les yeux et appuie son dos contre le siège :

— Tu as dit « cette petite » en parlant de moi.

— Ah bon ?

Je cherche dans ma mémoire et je m'en souviens.

— J'imagine que je ne voulais pas qu'il te voie comme une femme d'affaires canon qu'il pourrait engager et baiser.

— Nom de Dieu, Bennett ! Il ne t'est pas venu à l'esprit qu'il pouvait avoir envie de m'engager parce que je fais du bon boulot ?

— Je suis désolé. Je me comporte comme un petit ami jaloux.

— Le petit ami jaloux, je connais. Tu te comportes comme si tu me faisais une faveur. Tu es condescendant. Et je ne suis pas sûre que ce soit le meilleur moment pour revenir à la relation classique patron-stagiaire.

— Je t'ai dit que je pensais que tu avais fait du super boulot.

Elle me toise, les joues roses :

— Tu n'aurais jamais dit ça avant. Tu aurais dit : « Bien, au boulot maintenant. » Et c'est tout. Avec Gugliotti, tu as agi comme si je te mangeais dans la main. Avant, tu aurais fait comme si tu ne savais pas qui j'étais.

— Est-ce vraiment le moment pour discuter du sale con que j'étais avant ? Tu n'étais pas non plus un rayon de soleil à l'époque. Et pourquoi ressortir ça maintenant ?

— Je me fous que tu aies été un connard avant. Ce qui m'intéresse, c'est ce que tu es maintenant. Tu compenses. Voilà pourquoi il ne faut pas baiser avec son patron. Tu étais parfait avant – tu me laissais faire mes trucs et tu faisais les tiens. Maintenant, tu joues les mentors paternalistes et tu m'appelles « petite » devant le mec avec qui je suis allée négocier à ta place pour te sauver la mise. J'hallucine.

— Chloé...

— Je gère très bien tes comportements de gros enculé, Bennett. J'y suis habituée, je m'y *attends*. Ça marche comme ça. Sous les engueulades et les portes qui claquent, il y avait un minimum de respect. Mais aujourd'hui...

Elle secoue la tête et se retourne vers la fenêtre.

— Tu exagères.

— Peut-être, s'écrie-t-elle en attrapant son téléphone dans son sac. Mais j'ai bossé comme une dingue pour arriver où j'en suis. Et je me demande si je ne suis pas en train de mettre tout ça en péril.

— On peut faire les deux, Chloé. Pour quelques mois. On peut travailler ensemble et être ensemble. Ce qui arrive en ce moment, ça s'appelle de l'inquiétude.

— Je n'en suis pas sûre, répond-elle, le regard ailleurs. Je veux faire le bon choix, Bennett. Je n'avais jamais remis en question ma propre valeur jusqu'à présent, même quand je pensais que toi, tu n'avais pas beaucoup de considération pour mon travail.

Elle a vraiment l'air affectée.

— Je n'ai vraiment pas envie de commencer à me torturer maintenant. Après tout ce que j'ai fait.

L'atterrissage me secoue, mais ce n'est rien à côté de ce que je viens d'entendre. J'ai mené des discussions avec les patrons des plus grands départements financiers du monde. J'ai tenu tête à des managers exécutifs qui pensaient pouvoir m'écraser. Je pourrais me disputer avec cette femme jusqu'à la fin du monde et me sentir plus viril à chaque mot. Mais là, je ne trouve rien à dire.

Je n'ai littéralement pas fermé l'œil de la nuit. J'ai à peine pu m'allonger. Toute surface plane semble porter son empreinte. Elle n'est jamais venue ici, mais ça ne change rien. Le simple fait d'avoir envisagé avec elle qu'elle vienne ici à notre retour la rend présente.

Je l'appelle. Elle ne décroche pas. OK, il est 3 heures du matin, mais je sais qu'elle ne dort pas non plus. Le silence est bien pire – elle ressent la même chose que moi, j'en suis certain. Elle est aussi impliquée que moi. La seule différence, c'est qu'elle se punit de l'être.

J'attends le lever du jour avec impatience.

J'arrive au bureau à 6 heures – sûr qu'elle n'y sera pas. J'ai acheté deux cafés, remis à jour mon planning pour lui laisser le temps de reprendre ses marques après son absence prolongée. Je faxe le contrat à Gugliotti en précisant que la version de San Diego est définitive. La présentation de Chloé... Je lui donne deux jours pour renvoyer les papiers signés.

Et j'attends.

À 8 heures, mon père entre dans mon bureau, furieux. Je suis pourtant rarement l'objet de sa colère. Henry ferme la porte derrière eux, il a l'air emmerdé.

Je lis dans leurs yeux qu'ils ont envie de me tuer.

— Qu'est-ce que tu as foutu ?

Mon père balance une feuille de papier sur mon bureau.

Mon sang se glace dans mes veines.

— Qu'est-ce que c'est ?

— La lettre de démission de Chloé. Elle l'a remise ce matin à Sara.

Je reste bouche bée pendant une longue minute. J'entends mon frère dire :

— Ben, qu'est-ce qui s'est passé ?

— J'ai merdé, dis-je finalement, le visage dans mes mains.

Mon père s'assoit, impassible. Il y a moins d'un mois, Chloé s'était assise sur cette même chaise, avait écarté les jambes et s'était caressée pendant que j'essayais de me contenir au téléphone.

Mon Dieu, comment ai-je pu laisser les choses déraper comme ça ?

— Explique-moi, fait mon père d'un ton posé – une accalmie entre deux raz-de-marée.

Je défais ma cravate. Le poids sur ma poitrine m'écrase.

Chloé est partie.

— Nous avons une relation. Ou plutôt, nous avions une relation.

— Je le savais ! s'écrie Henry triomphalement.

— *Quoi* ? s'étrangle mon père.

— Pas avant San Diego, le rassuré-je rapidement. Avant San Diego, nous ne faisions que...

— Baiser ? propose Henry, d'une grande aide.

Mon père lui lance un regard noir.

— Oui. On ne faisait que...

Un pincement de douleur ronge ma poitrine. *Son expression quand je me penche pour l'embrasser. Sa lèvre inférieure entre mes dents. Son rire contre ma bouche.*

— Comme vous le savez tous les deux, j'étais un con. Elle me l'a bien rendu. Et à San Diego, c'est devenu plus... *Putain.*

Je m'interromps, tendant la main vers sa lettre :

— Elle a vraiment démissionné ?

Mon père confirme, le visage indéchiffrable. C'est ce qui fait son pouvoir : il est impossible de savoir ce qu'il pense ou ressent, même dans les pires moments.

— C'est pour ça que nous avons un règlement strict sur la fraternisation dans l'entreprise, Ben, déclare-t-il.

Sa voix s'est adoucie en prononçant le diminutif de mon prénom.

— Je pensais que tu étais au courant.

— Je le suis.

Je plonge ma tête dans mes mains et je fais signe à Henry de s'asseoir. Je leur donne tous les détails de mon intoxication alimentaire qui a empêché ma réunion avec Gugliotti. La maestria avec laquelle Chloé m'a remplacé. Je leur explique qu'on venait de décider d'avoir une vraie relation quand j'ai rencontré Ed à l'hôtel.

— Mais quel gros fils de pute ! lance mon frère à la fin de mon récit.

Je ne peux qu'être d'accord. J'ai droit à un sermon austère, mais aussi à l'assurance qu'on ne gloserait pas sur mes conneries. Mon père retourne dans son bureau pour appeler Chloé et lui demander de travailler avec lui jusqu'à la fin de son stage.

Il est moins préoccupé par Ryan Media – même si elle pourrait devenir, après son MBA, l'un des membres les plus importants de nos équipes de stratégie marketing – que par le fait qu'elle n'a que trois mois pour trouver un autre stage, s'adapter et s'impliquer dans un nouveau projet à présenter au jury de sa bourse. De cela dépend le fait que Chloé soit diplômée avec les honneurs et reçoive une lettre de recommandation personnelle du P-DG de JT Miller.

Cela peut lancer sa carrière ou la briser dans l'œuf.

Henry et moi nous regardons en chiens de faïence pendant l'heure qui suit. Il me fixe et je contemple le paysage par la fenêtre. Je sens qu'il a envie de me botter le cul. Papa revient dans mon bureau pour reprendre la lettre de démission qu'il plie soigneusement. Elle l'a tapée. Pour la première fois depuis notre rencontre, j'éprouve l'envie ridicule de voir son écriture de collégienne au lieu des caractères impersonnels en Times New Roman.

— Je lui ai dit que l'entreprise a conscience de sa valeur et que notre famille l'adore et souhaite qu'elle revienne.

Mon père marque une pause avant d'asséner :

— Elle a répondu que c'était une raison de plus pour voler de ses propres ailes.

Chicago est devenu un univers parallèle, où Billy Sianis n'a pas jeté de malédiction aux Cubs, où Oprah n'a jamais existé et où Chloé Mills ne travaille plus chez Ryan Media. Elle a démissionné. Elle a abandonné l'un des plus gros contrats de l'histoire de l'entreprise. Elle m'a laissé tomber.

Je récupère le dossier Papadakis sur son bureau. Le contrat a été établi par le département juridique pendant que nous étions à San Diego, il ne me reste qu'à le signer. Chloé aurait dû passer les deux derniers mois de son master à améliorer sa présentation PowerPoint pour le jury de la bourse. Au lieu de ça, elle recommence de zéro ailleurs.

Comment peut-elle avoir tout supporté avant et partir à cause de ça ? Pourquoi était-il si important pour elle que je la traite en égale devant Gugliotti ? Assez important pour qu'elle nous sacrifie...

Je suspecte que le fait même que je me pose cette question explique en grande partie le départ de Chloé. Je pensais que nous pouvions continuer notre relation sans que nos carrières soient en jeu. Je n'ai plus rien à prouver. Elle est la stagiaire. Tout ce qu'elle voulait, c'était que sa carrière ne souffre pas de notre folie. Mais c'est ce qui est arrivé...

Je suis surpris qu'aucune rumeur ne coure au bureau. Henry et mon père semblent avoir été discrets. Chloé a gardé notre secret. Sara est-elle au courant ? Chloé lui parle-t-elle encore ?

J'obtiens rapidement une réponse à ma question. Quelques jours après ce bouleversement, Sara fait irruption dans mon bureau sans frapper.

— Cette situation, c'est du grand n'importe quoi, déclare-t-elle.

Je lève les yeux du dossier que j'étais en train de consulter, et la fixe suffisamment longtemps pour qu'elle se sente mal à l'aise.

— Dois-je vous rappeler que *cette situation* ne vous regarde en rien ?

— Je suis son amie, donc ça me regarde.

— Vous êtes aussi une employée de Ryan Media et de Henry. Donc non.

Elle me dévisage pendant un moment et hoche la tête :

— Je sais. Je ne le dirai à personne, si c'est ce que vous sous-entendez.

— Oui, bien sûr. Je voudrais aussi que votre

comportement reste correct. Il est hors de question que vous débouliez dans mon bureau sans frapper.

Elle a l'air contrariée, mais ne tremble pas sous mon regard. Je commence à comprendre pourquoi Chloé et elle sont si proches. Elles sont toutes les deux décidées, voire téméraires et parfaitement loyales.

— Compris.

— Puis-je vous demander pourquoi vous êtes ici ? Vous l'avez vue ?

— Oui.

J'attends. Je n'ai pas envie de lui arracher des confidences, mais *bon Dieu*, qu'attend-elle pour cracher le morceau ?

— On lui a offert un job chez Studio Marketing.

Je lâche un soupir. Une petite entreprise, mais qui tient la route. Une start-up dynamique avec quelques bons managers exécutifs juniors, mais de vrais connards au pouvoir.

— Elle traite avec qui ?

— Un mec qui s'appelle Julian.

Je ferme les yeux pour masquer ma réaction. Troy Julian a fait partie de notre équipe. C'est un égocentrique qui a un faible pour les escort-girls tout juste majeures. Chloé doit le savoir. À quoi pense-t-elle ?

Réfléchis, trou du cul.

Elle doit estimer que Julian a les ressources nécessaires pour la mettre sur un projet qu'elle maîtrisera assez pour le présenter dans trois mois.

— Quel est son projet ?

Sara marche jusqu'à ma porte et la ferme pour éviter qu'on nous entende :

— La pâtée pour chiens Sanders.

Je me redresse et frappe la table du plat de mes mains. La colère m'étrangle, je ferme les yeux pour me contrôler, pour éviter que l'assistante de mon frère en fasse les frais :

— C'est un dossier *minuscule*.

— Elle n'est qu'une étudiante de master, monsieur Ryan. *Bien sûr* que c'est un minuscule dossier. Il faut être amoureux d'elle pour la laisser travailler sur un contrat marketing à un million de dollars, sur un terme de dix ans.

Sans me jeter un regard, elle sort de mon bureau.

Chloé ne répond ni à son portable, ni à son téléphone fixe, ni à aucun des mails que je lui envoie sur son compte personnel. Elle n'appelle pas, ne passe pas, ne me donne aucun signe de vie – elle ne veut pas me parler. C'est quand on a l'impression d'avoir la poitrine qui va exploser, quand on ne dort plus, qu'on en arrive à chercher l'adresse de sa stagiaire. Pour s'y rendre un samedi à 5 heures du matin. Je suis sûr de ne pas la rater quand elle sortira.

Mais elle ne met pas le nez dehors de la journée, au point que je dois convaincre le vigile que je suis son cousin et que je m'inquiète pour sa santé. Il me conduit jusqu'à sa porte, et reste derrière moi lorsque je frappe.

Mon cœur bat la chamade. J'entends quelqu'un bouger et s'approcher. Je sens presque son corps à quelques centimètres du mien, derrière la séparation de bois. Une ombre passe dans le judas. Le silence.

— Chloé.

Elle n'ouvre pas la porte, mais ne s'éloigne pas non plus.

— Bébé, ouvre, s'il te plaît. Il faut que je te parle.

Après ce qui me semble une heure, elle répond :

— Je ne peux pas, Bennett.

J'appuie mon front contre la porte et je pose mes mains contre le bois. Un pouvoir magique n'aurait pas été de trop à cet instant. Des mains de feu ou la téléportation. Ou simplement la capacité à trouver la bonne chose à dire. Ça semble au-dessus de mes capacités.

— Je suis désolé.

Silence.

— Chloé... Bon Dieu, j'ai compris, OK ? Pourris-moi parce que j'essaye un nouveau costume de connard. Dis-moi d'aller me faire foutre. Fais ça selon ton habitude – mais ne pars pas...

Silence. Elle est toujours là. Je la sens.

— Tu me manques. Putain, tu me manques vraiment. *Vraiment beaucoup.*

— Bennett, juste... pas maintenant, OK ? Je ne peux pas.

Est-ce qu'elle *pleure* ? Je déteste ne pas savoir.

— Monsieur...

Le garde s'impatiente. Il n'a pas l'air d'apprécier que je lui aie menti :

— Vous n'étiez pas censé monter pour ça. Elle a l'air d'aller bien. Allons-y.

Je rentre chez moi et je bois beaucoup de whisky. J'ai passé les deux dernières semaines à jouer au billard dans un bar sordide. J'ai ignoré ma famille. Je raconte que je suis malade et je ne sors de mon lit que pour aller manger un bol de céréales de temps en temps, remplir mon verre ou pisser. Je regarde mon reflet et je me montre du doigt. Je suis une grosse merde triste. Je n'ai jamais rien vécu de pareil, je ne sais pas comment m'en sortir.

Ma mère dépose des sacs de course sur le pas de ma porte.

Mon père me laisse des messages tous les jours avec les dernières nouvelles du travail.

Mina m'apporte du whisky.

Un jour, Henry rentre avec le seul jeu de clefs de secours de ma maison. Il me renverse un seau d'eau sur la tête puis me tend un sachet rempli de nourriture chinoise. Je mange pendant qu'il menace de scotcher des photos de Chloé dans toute la maison si je ne me reprends pas tout de suite.

Les semaines suivantes, Sara comprend que j'ai perdu la tête et que j'ai besoin de nouvelles. Elle fait ça dans le genre détaché et professionnel, elle me raconte comment se passe le travail de Chloé avec Julian. Son projet suit son cours. Les autres employés de Sanders l'adorent. Elle a fait sa proposition de campagne aux managers exécutifs et ils lui ont donné le feu vert. Rien de tout cela ne me surprend. Chloé est supérieure à tous les autres, là bas – et de loin.

De temps en temps, Sara lance une phrase en l'air : « Elle a recommencé à faire du sport. » « Elle va mieux. » « Elle s'est fait couper les cheveux, ça lui va très bien. » « Nous sommes sorties samedi soir. Elle a passé une bonne soirée, bien qu'elle soit rentrée tôt. »

Parce qu'elle avait un rendez-vous ? J'ai chassé cette pensée. Je ne peux pas imaginer sortir avec quelqu'un d'autre. Je sais ce qu'il y a entre nous. Je suis pratiquement sûr que Chloé ne voit personne d'autre non plus.

Les nouvelles ne suffisent jamais. Pourquoi Sara ne sort-elle pas son téléphone pour me montrer des photos ? J'espère rencontrer Chloé dans un magasin ou dans la rue. Je me rends plusieurs fois chez Aubade. Mais je ne la vois pas pendant deux mois.

Un mois, ça file à une vitesse folle quand on tombe amoureux de la femme qu'on baise. Mais quand la femme qu'on aime nous quitte, deux mois semblent une éternité.

À la veille de la présentation, Sara me dit que Chloé est prête et qu'elle a mis Julian dans sa poche, mais qu'elle a aussi l'air « plus petite et moins elle-même ». Alors je retrouve mes couilles.

Je m'assois à mon bureau, j'ouvre PowerPoint et le plan Papadakis. À côté de moi, le téléphone

du bureau sonne. Je n'ai pas envie de décrocher, pour me concentrer sur ça, et seulement
là-dessus.

C'est un numéro local inconnu. Mon cerveau
rêve que ce soit Chloé.

— Ici Bennett Ryan.

Un rire de femme à l'autre bout du fil.

Tu es un sacré con, beau gosse.

CHAPITRE 20

Le président Cheng et les autres membres du jury de la bourse entrent en me saluant aimablement avant de s'asseoir. Je vérifie mes notes et pour la troisième fois, je m'assure que mon ordinateur portable et le système de projection sont bien connectés. J'attends que les derniers retardataires arrivent dans la salle de conférence. Les glaçons s'entrechoquent dans les verres des gens qui se servent de l'eau. Mes collègues discutent à voix basse ; de temps en temps un éclat de rire discret trouble le silence.

Collègues.

Je ne me suis jamais sentie aussi seule. M. Julian n'a même pas pris la peine de venir à la présentation pour me soutenir. Je ne m'attendais pas à sa défection.

La pièce ressemble tellement à une certaine salle de conférence, à dix-sept blocs de là… Je me suis arrêtée devant la tour Ryan Media ce matin. Dans ma tête, j'ai remercié tous ceux qui devaient se trouver à l'intérieur pour m'avoir aidée à devenir qui je suis. Et je suis partie, en comptant les blocs pour ignorer la douleur dans ma poitrine. Je sais que Bennett ne sera pas là aujourd'hui – stoïque, en train de jouer

301

avec ses boutons de manchette, le regard me scrutant au-delà de mon calme apparent.

Mon projet me manque. Mes collègues me manquent. L'exigence impitoyable de Bennett me manque. L'homme qu'il est devenu pour moi me manque. C'est affreux : j'ai dû choisir entre les deux Bennett et finalement je n'ai pu avoir ni l'un ni l'autre.

On frappe à la porte : une assistante passe la tête dans l'embrasure. Je croise son regard. Elle s'adresse à M. Cheng :

— Je dois faire signer quelques formulaires à Chloé. J'en ai pour une minute.

Je la suis sans lui poser de question. Mes mains tremblent le long de mon corps. J'espère que je vais réussir à surmonter mon stress. *Tu peux le faire, Chloé.* Vingt slides tout simples détaillant une campagne marketing médiocre à cinq chiffres pour une société locale de nourriture pour animaux. Du gâteau.

Je dois juste en finir avec ça et je foutrai le camp de Chicago pour tout recommencer à zéro à des centaines de kilomètres de là. Pour la première fois depuis que j'ai emménagé ici, la ville me semble totalement étrangère.

Pourtant, je ne suis pas absolument convaincue que déménager soit la bonne solution.

Au lieu de nous arrêter dans le bureau de l'assistante, nous longeons le couloir et entrons dans une autre salle de conférence. Elle ouvre la porte et me fait signe de passer devant elle. J'avance. Au lieu de me suivre, elle ferme la porte derrière moi et me laisse seule.

Enfin, pas tout à fait.

Bennett est là.

Mon estomac se noue, ma poitrine se serre. Il est debout devant la baie vitrée de l'autre côté de la pièce, dans un costume bleu marine, avec la cravate violet foncé que je lui ai offerte pour Noël. Un dossier épais sous le bras. Ses yeux sont sombres, indéchiffrables.

— Salut.

Sa voix se brise en un seul mot.

Je déglutis évitant son regard. Je supplie mes émotions de rester là où elles sont. Être loin de Bennett, ça a été l'enfer. J'ai passé mes journées à fantasmer mon retour chez Ryan Media ou son irruption dans mon bureau, façon Richard Gere dans *Officier et gentleman*. Ou encore, son arrivée devant ma porte avec un sac Aubade pendant au bout de son index.

Mais je ne m'attendais pas à le voir ici après cette longue absence. Même ce mot maladroit me bouleverse. Sa voix m'a manqué – ses lèvres, ses mains... Sa manière de me regarder, d'attendre que je parle, cette évidence qu'il est tombé amoureux de moi.

Bennett est ici. Il a l'air dévasté.

Il a maigri et, même s'il est bien habillé et parfaitement rasé, ses vêtements flottent un peu sur son grand corps. Il ne doit pas dormir depuis des semaines. Je comprends tout à fait. Ses yeux sont cerclés de noir, le sourire suffisant – sa marque de fabrique – a disparu. Sa bouche est devenue une ligne horizontale triste. La flamme que je croyais enracinée en lui s'est éteinte.

— Qu'est-ce que tu fais ici ? demandé-je.

Il lève une main, la passe dans ses cheveux. Ce qui réduit à néant ses efforts pour être bien coiffé. Mon cœur se serre à la vue de ce désordre familier.

— Je suis là pour te dire que quitter Ryan Media, c'était vraiment très con.

Je suis stupéfaite par son ton de voix. L'adrénaline s'infuse dans mes veines :

— J'ai fait beaucoup de conneries dans ma vie. Merci d'être venu. Super retrouvailles.

Et je tourne les talons pour partir, mais il m'arrête :

— Attends.

Sa voix est basse, suppliante. De vieux souvenirs me submergent, je tourne vers lui. Il se rapproche :

— Nous avons été cons tous les deux, Chloé.

— Ça, c'est sûr. Tu as raison de dire à tes clients que tu t'es donné beaucoup de mal pour m'apprendre le métier. J'ai appris que j'étais conne grâce au plus gros con de la terre. Tout le reste, je l'ai appris grâce à ton père.

Il encaisse le coup. Il recule. J'ai eu mille émotions ces derniers mois : beaucoup de colère, un peu de regrets, de la culpabilité, souvent, et un bourdonnement constant de fierté morale. J'ai tout de même dit quelque chose d'injuste. Je le regrette. Il m'a poussée, même sans le vouloir. Je lui dois quelque chose.

Être dans cette grande pièce silencieuse avec lui – avec ce silence maudit qui s'installe – me fait prendre conscience que je me suis trompée de A à Z. *Il* m'a donné l'opportunité de travailler sur les projets les plus importants. *Il* m'a amenée à toutes les réunions. *Il* m'a fait écrire des rapports critiques, passer des appels compliqués, gérer la livraison de documents essentiels.

Il a réellement été mon mentor. C'était important pour lui.

J'avale ma salive.

— Ce n'est pas ce que je voulais dire.

— Je sais. C'est écrit sur ton visage, dit-il en passant la main sur sa bouche. Mais c'est aussi vrai.

Tu ne dois toutes tes qualités qu'à toi-même, bien que j'apprécie que ton mérite rejaillisse sur moi. Non seulement parce que je suis égocentrique, mais aussi parce que je te trouve impressionnante.

La boule dans ma gorge ne semble pas vouloir disparaître. Elle m'empêche de respirer. Depuis que je suis entrée dans cette salle, je suis en apnée. Elle se met à descendre dans mon ventre. Je m'assois sur la chaise la plus proche de moi :

— Pourquoi es-tu venu ici, Bennett ?

— Parce que si tu déconnes avec ça, tu ne travailleras jamais dans l'une des entreprises du classement Fortune 500 et ce sera ma faute.

Je ne m'attendais pas à ça. Ma colère se rallume à la seconde.

— Je ne vais pas déconner avec ça, espèce d'enculé. Je suis prête.

— Ce n'est pas ce que je voulais dire. Je t'ai apporté tes slides et tes documents pour Papadakis.

Il me tend une clef USB et un dossier.

— Si tu ne les éblouis pas tous avec cette présentation, je te scalperai personnellement.

Pas de sourire suffisant, pas de jeu de mots intentionnel. Derrière ce qu'il dit, il y a un écho.

Nous. Ça, c'est nous.

— Ce que tu as dans les mains ne m'appartient pas, répliqué-je en désignant la clef USB. Je n'ai pas préparé les slides Papadakis. Je suis partie avant de les organiser.

Il fait « non » de la tête comme si j'étais une simple d'esprit.

— Les contrats ont été établis pour être signés au moment de ta démission. J'ai organisé les slides à partir de *ton* travail. C'est ce que tu vas présenter aujourd'hui, pas une campagne marketing pour de la bouffe de merde pour chiens.

M'envoyer ça à la figure, c'est humiliant. Je rétorque :

— Va te faire foute, Bennett. J'ai travaillé comme un âne pour toi, *idem* pour Julian. Je travaillerai comme un âne où que je sois plus tard – que ce soit pour vendre de la pâtée pour chiens ou des campagnes de promoteur immobilier à un million de dollars. Tu n'as pas à me dire comment je dois gérer ma carrière. Tu ne me contrôles pas.

— Je n'ai pas envie de te contrôler, fait-il en avançant d'un pas.

— Foutaises.

— Je veux t'aider.

— Je ne veux pas de ton aide.

— Si, Chloé. Prends ça. C'est ton travail.

Il est assez proche de moi pour avancer la main et me toucher. Il se rapproche encore. Je sens la chaleur de son corps, l'odeur du savon et de sa peau, combinés dans un effluve familier. Il ajoute :

— S'il te plaît, tu le mérites. Ça impressionnera le jury.

Il y a un mois, j'aurais tué pour présenter ce dossier. J'y ai consacré des mois de ma vie. Il m'appartient. Les larmes se forment dans mes yeux, je les ravale.

— Je ne veux rien te devoir.

— Ce n'est pas une faveur. C'est seulement un juste retour des choses. J'admets que j'ai déconné. C'est moi qui te dis que tu as l'un des esprits les plus aiguisés pour les affaires que je connaisse.

Ses yeux s'adoucissent, il replace une mèche de cheveux derrière mon épaule.

— Tu ne me seras redevable de rien. À moins que tu le veuilles... d'une manière totalement différente.

— Je ne pense pas pouvoir retravailler pour toi, dis-je.

Les mots sautent par-dessus le mur de mon cœur brisé dans ma gorge. Je rassemble toutes mes forces pour ne pas le toucher.

— Ce n'est pas ce que je veux dire. Je te dis que j'ai déconné en tant que patron, fait-il, nerveux.

Il inspire profondément.

— Et que j'ai déconné encore plus en tant qu'amant. Je veux que tu prennes ces slides.

Il me tend la clef.

— Et je veux que tu me reprennes.

Je le fixe :

— Il faut que je retourne dans la salle de conférence.

— Non. Ils ont du retard.

Il jette un coup d'œil à sa montre.

— Il y a quelques minutes, j'ai demandé à Henry d'appeler Cheng et de le distraire pour que j'aie le temps de te parler seul à seule. Pour te dire : a) tu es une idiote ; b) je veux une deuxième chance.

Je me mets à sourire, les coins de ma bouche se relèvent et je mords ma lèvre inférieure pour l'empêcher de trembler. Les yeux de Bennett s'enflamment.

— J'apprécie l'intention, lâché-je avec précaution. J'ai beaucoup travaillé sur ce dossier et j'ai l'impression qu'il m'appartient. Si ça ne te dérange pas, j'aimerais que le jury prenne connaissance des détails de Papadakis dans les documents que tu as apportés. Mais je vais quand même présenter le pitch pour Sanders.

Il réfléchit un instant, ses yeux examinant mon visage. Un muscle de sa mâchoire se contracte en signe d'impatience :

— OK. Alors donne-moi un aperçu ici. Convaincs-moi que tu n'es pas en train de te suicider.

Je retrouve une contenance :

— La campagne joue sur une référence à *Top Chef*. Chaque épisode, ou publicité, propose un ingrédient différent. Le défi, c'est d'en faire de la nourriture haut de gamme pour animaux.

Les yeux de Bennett sont voilés, mais il sourit sincèrement :

— Bien vu, Chloé.

Je rayonne. Le moment est délicieux.

— Pas vraiment. C'est le truc. Les ingrédients de Sanders sont basiques : bonne viande. Des céréales. Les chiens se foutent que leur bouffe présente bien. Ils veulent de la viande. Sur un os. Que ce soit bon. Mon père donnait à manger à ses chiens tous les jours du riz brun et du blé vert. C'est vrai. Et pour leurs anniversaires, il leur offrait un os plein de viande premier prix. C'est le maître qui fait attention à la verdure, au riz brun et à tous ces trucs. Pas les animaux.

Son sourire s'élargit.

— C'est une manière de se moquer de notre habitude de traiter nos animaux comme s'ils étaient nos propres enfants. Sanders fournit la pâtée et les os remplis de viande avec lesquels vous pouvez les gâter tous les jours. Les animaux « jurés » choisissent toujours la recette de Sanders.

— C'est toi qui as imaginé ça ?

— La campagne ? C'est le but !

— Oui, je sais que tu peux le faire. Je veux dire, la manière de faire le pitch. Tu m'as embobiné. Tu m'as eu.

Je ris, apte à reconnaître un compliment émis par Bennett.

— Merci.

— Reprends-moi, Chloé. Dis-moi *maintenant* que c'est ce que tu veux.

J'éclate de rire et je frotte mon visage avec mes mains :

— Toujours un connard autoritaire.

— Tu vas me dire que je ne t'ai pas manqué, peut-être ? Tu ne ressembles à rien, toi non plus. Julia m'a appelé hier soir pendant que j'organisais les slides...

Je le regarde bouche bée :

— Julia t'a appelé ?

— ... et m'a dit que tu étais ravagée, que je devais prendre mon courage à deux mains et venir te trouver. Je lui ai dit que j'y comptais bien. J'allais le faire de toute façon, mais son appel a appuyé ma décision de venir ici et de te supplier.

— Est-ce que tu sais comment supplier, au moins ? souris-je.

Bennett humecte ses lèvres, les yeux sur ma bouche.

— Sûrement pas. Montre-moi comment tu rampes.

— Avec tout le respect que je vous dois, mademoiselle Mills, je vais devoir vous demander d'aller vous faire foutre.

— Seulement si tu me supplies.

Ses yeux s'agrandissent. Sans lui laisser le temps de dire autre chose, je saisis le dossier Papadakis et je sors de la pièce.

J'entre dans la salle de conférence, Bennett sur mes talons. Les murmures s'arrêtent quand nous apparaissons.

Je tends le dossier au président Cheng et il passe au crible les documents relatifs à Papadakis :

— Comment avez-vous fait pour mener deux projets à leur terme ? demande-t-il.

Je bégaye, prise au dépourvue.

— Elle est très efficace, dit Bennett, en me contournant. (Il s'assoit à la table.) Quand elle a mis le dossier Papadakis dans la boîte, nous lui avons suggéré de faire un stage court ailleurs jusqu'à l'obtention de son diplôme. Quoi qu'il en soit, nous espérons qu'elle reviendra chez Ryan Media très bientôt.

Je lutte pour masquer ma surprise. *Mais de quoi parle-t-il, putain ?*

— Fantastique, commente un vieil homme âgé en bout de table. Pour travailler sur Papadakis ?

Bennett acquiesce :

— Pour travailler pour mon père. Il a besoin de quelqu'un à temps plein pour gérer ce dossier. Le choix de Chloé s'est imposé. Si elle accepte, bien sûr.

J'étouffe quelques milliers de réactions différentes. La première, de l'irritation – il parle de ça devant le comité ! Et puis, il y a de la gratitude, de l'excitation, de la fierté. J'engueulerai Bennett plus tard.

— Eh bien, commençons, lance Cheng en s'appuyant sur le dossier de sa chaise.

J'attrape mon pointeur laser et j'avance sur des sables mouvants. À deux sièges du centre de la table, Bennett éclaircit sa gorge en me regardant.

Il faudra que je lui parle de ça aussi. Parce que je suis sûre qu'avant le début de ma présentation, il a formé les mots : « Je t'aime » sur ses lèvres.

Connard sournois.

Ils m'ont dit qu'ils utiliseraient ma présentation dans la brochure, sur le site Internet et pour la newsletter de la compagnie.

Ils m'ont fait signer quelques papiers, poser pour des photos et serrer beaucoup de mains.

Ils m'ont même offert un job chez JT Miller.

— Elle est déjà prise, a lancé Bennett, en me faisant asseoir à côté de lui.

Il me contemple sans parler jusqu'à ce que tout le monde soit enfin sorti de la pièce.

— Ouais, à propos de ça…, dis-je en essayant d'avoir l'air en colère.

Je suis toujours sur un nuage après la présentation, notre conversation, la journée entière. Et avoir Bennett à portée de baisers n'est pas pour m'en faire redescendre.

— Ne dis pas non, s'il te plaît. J'ai volé la vedette à mon père, il va t'appeler ce soir.

— Et il va vraiment m'offrir un job ?

— Tu vas accepter ?

Je hausse les épaules, prise de vertige.

— Qui sait ? Là maintenant, j'ai seulement envie de faire la fête.

— Tu as été géniale.

Il se penche et m'embrasse sur la joue.

— Merci. Je me suis bien amusée – ça faisait longtemps…

— Les documents étaient les bons, n'est-ce pas ?

Je roule des yeux :

— Oui, mais tu as commis une erreur fatale.

Son visage se décompose.

— Laquelle ?

— Tu as admis que tu savais utiliser PowerPoint…

Il rit et me prend ma pochette d'ordinateur des mains. Il la pose sur une chaise derrière lui et s'approche avec un sourire diabolique :

— J'ai fait beaucoup de slides pour mon boss, à une certaine époque. J'ai aussi été stagiaire, tu sais…

Ma peau se couvre de chair de poule.

— Est-ce que ton patron criait ?

— Parfois, répond-il en caressant mon bras.

— Et critiquait ton écriture ?

— Tout le temps.

Il se penche et embrasse le coin de ma bouche.

— Ton patron t'embrassait ?

— Mon père a toujours été plutôt du genre à me serrer la main.

Je ris en passant les mains sous sa veste pour le prendre dans mes bras.

— Ça y est, je ne suis plus ta stagiaire…

— Non, tu es ma consœur…

Je fredonne. J'aime entendre ça.

— Et ma compagne ?

Je m'entends répondre « oui », et je comprends enfin la signification du mot « soulagement ». Bennett doit sentir mon cœur battre contre lui.

Il mord mon oreille :

— Je vais devoir trouver de nouvelles excuses pour te faire monter dans la salle de conférence et te mettre nue contre la fenêtre.

Mon sang court dans mes veines, épais et chaud.

312

— Tu n'as plus besoin d'excuses pour me ramener chez toi.

Bennett embrasse ma joue et me plante un baiser très doux sur la bouche :

— Chloé ?

— Oui, Bennett ?

— Le flirt, c'est bien beau, mais je sais que je ne pourrais pas supporter que tu me quittes encore une fois. Ça m'a presque brisé.

Mes côtes me font mal, rien que l'idée que l'on se sépare de nouveau me crucifie.

— Je ne pense pas que je referai une chose pareille. Je ne veux plus être loin de toi.

— Donne-moi une chance de réparer les choses quand je merde. Tu sais que je suis un connard, parfois.

— Parfois ?

Il grogne avant de souffler :

— Et en plus, je déchire la lingerie.

Je repousse une boucle de son front :

— Et tu la stockes. N'oublie pas le stockage angoissant.

— Mais je t'aime, dit-il en me regardant dans les yeux. Et je tutoie la plupart des vendeuses chez Aubade. J'ai fait beaucoup de shopping en ton absence. Je suis aussi plutôt sûr d'être celui qui te baise le mieux. Donc, avec un peu d'espoir, ça compense le rest...

— Vendu !

Je l'attire à moi.

— Viens par là.

Je colle ma bouche sur la sienne en mordillant sa lèvre inférieure. J'attrape les revers de sa veste, je me retourne et le plaque contre la fenêtre. Je monte

313

sur la pointe des pieds pour être plus près, aussi près que je peux.

— Mais dis-moi, tu es autoritaire maintenant que c'est officiel entre nous !

— Tais-toi et embrasse-moi, lancé-je en riant.

— Oui, chef.

Remerciements

Notre première déclaration d'amour va à Holly Root, notre agent, notre pom-pom girl, notre adorable Ninja, et la personne la plus butée de la terre. Tu te souviens du moment où on a décidé d'être des grandes filles et de te raconter tous nos secrets ? Tu as accepté notre côté libertin avec le même enthousiasme que le reste. Merci de nous avoir permis de cocher toutes les cases sur la liste de tes qualités. Tu es un être humain fabuleux.

Adam Wilson, notre éditeur chez Gallery, mérite nos hurlements de fans en délire pour avoir immédiatement accepté de publier *BB* – et nous avoir acceptées, nous –, et pour ses annotations sur notre manuscrit qui nous ont fait littéralement mourir de rire pendant des jours. Nous sommes également heureuses de savoir qu'il y a au moins un homme qui a lu cette histoire. Nous promettons de ne jamais employer le mot « vulve ».

Merci à Dawn, pour son amitié indéfectible et l'enthousiasme avec lequel elle a accueilli notre nouveau projet.

Merci à Rachel, qui a relu avec attention la fanfiction originale. Tu es une amie merveilleuse, et la meilleure directrice en Recherche & Développement dont *BB* pouvait rêver.

Et même si un immense merci général, du fond du cœur, à l'univers des fans ne suffira jamais, c'est le mieux que nous puissions faire sur cette page. Mais soyez-en sûrs, l'espace qui vous revient dans cette aventure est bien plus important. Si notre histoire a pu continuer à vivre, c'est grâce à l'intérêt que vous n'avez cessé de lui manifester pendant trois ans. Nous espérons que vous apprécierez autant le texte remanié que l'original. Et que quelqu'un déchirera vos dessous Aubade au moins une fois dans votre vie !

Merci aux toutes premières lectrices de *Beautiful Bastard* : Martha, Erin, Kellie, Anne, Myra et Gretchen. Ça nous a vraiment plu de retravailler le texte original avec vous pour en faire un livre, et nous avons adoré chacun de vos commentaires : « suppr. », « modif. », « hiatus », etc. Votre implication nous a encouragées à continuer dans les moments où nous pensions que nous étions folles de faire ça – et surtout dans les moments où nous étions sûres de l'être. Merci d'avoir pris le temps de lire chaque phrase, même les plus osées, que nous vous avons fait relire cent fois.

Mais par-dessus tout, nous voulons remercier nos familles pour leur soutien : Sister Shoes, Cutest, Ninja, Bear, Blondie, et Dr. Mister Shoes. Vous avez fait mieux que nous encourager : vous nous avez donné de votre *temps*, et nous avez aimées même au paroxysme de nos obsessions les plus insensées. Merci d'avoir été la meilleure partie de nos journées, et la raison essentielle pour laquelle nous nous sommes embarquées dans cette aventure.

Les éditions Hugo & Compagnie remercient Franck Spengler pour sa collaboration avisée.

Découvrez dès maintenant
les premières pages de

BEAUTIFUL BITCH
de
CHRISTINA LAUREN

la suite des aventures sulfureuses
de Benett et Chloé à paraître
en janvier 2014 aux Éditions
Hugo & Cie

CHRISTINA LAUREN

BEAUTIFUL BITCH

Traduit de l'anglais (États-Unis)
par Margaux Guyon

HUGO ROMAN

#

De retour dans mon bureau, je laisse tomber les dossiers sur ma table et fixe mon ordinateur. À ma grande surprise, mon planning est presque vide. J'ai travaillé comme un fou la semaine dernière pour retrouver Chloé plus tôt. Hormis la gestion des salaires que j'ai sur les bras, aucune tâche urgente ne semble vouloir m'assaillir aujourd'hui. Chloé, en revanche, est très prise par ses nouvelles fonctions.

Elle me manque, comme stagiaire. Lui donner des ordres me manque.

Pour la première fois depuis des mois, j'ai du temps pour me prélasser dans mon fauteuil et ne rien faire. Je ferme les yeux et toutes sortes de pensées défilent en quelques secondes dans mon esprit. Je songe à l'aménagement des nouveaux bureaux de New York, laissés vides avant de reprendre l'avion pour rentrer à Chicago. À la perspective de faire mes cartons. Et à celle, plus agréable encore, de les déballer dans un nouvel appartement avec Chloé. Et puis, mon cerveau sélectionne son image préférée : Chloé nue dans toutes les positions possibles et imaginables.

Ce qui me ramène à l'un de mes souvenirs favoris : nos retrouvailles après La Rupture. Nous avions eu l'une de nos plus grosses disputes : la tension, l'excitation au moment d'admettre que nous ne baisions pas seulement parce que nous nous détestions mais que nous voulions tous les deux quelque chose de plus… Je ne l'avais pas vue depuis des mois, je me suis pointé à sa soutenance devant son jury de bourse pour la regarder réussir brillamment. Ce qu'elle a fait.

Ensuite, malgré tout ce qu'on s'était dit dans la salle de conférences, il y avait encore *tellement* de questions à soulever ! Je l'avais retrouvée, mais je n'étais pas encore sûr que cela soit bien réel.

#

Une fois sur le trottoir, je la dévisage longuement : ses yeux, ses lèvres, son cou toujours un peu rouge parce que je l'ai embrassé avec une barbe de trois jours. La manière dont elle se redresse et passe le doigt sur un petit suçon provoque en moi une décharge électrique dans tout le corps : cette réunion était bien sympathique, mais il est temps de la ramener chez moi pour la baiser dans mon lit.

Si elle accepte…

Dehors, dans la lumière du jour, j'ai l'impression qu'elle va s'effondrer. Pas étonnant. Connaissant Chloé, elle a probablement préparé et peaufiné sa présentation ces dernières soixante-douze heures sans dormir. Mais cela fait si longtemps que je ne l'ai pas vue ! Est-ce que je peux me retenir et la laisser rentrer chez elle se reposer ? Si elle a besoin de faire une sieste, je peux toujours faire un tour et attendre qu'elle se réveille, n'est-ce pas ? Je pourrais m'allonger à côté d'elle, m'assurer qu'elle est vraiment là et que nous allons vraiment mettre toutes les chances de notre côté et juste... quoi ? Toucher ses cheveux ?

Merde alors. Ai-je toujours été aussi stressant à ses yeux ?

Chloé remonte la sacoche de son ordinateur sur son épaule, le mouvement me tire de mes pensées. Quand je cligne des yeux pour me concentrer, je la vois regarder fixement la rivière.

— Tout va bien ?

Je me penche pour rencontrer son regard.

Elle acquiesce avec une expression de surprise, comme si elle venait d'être prise la main dans le sac.

— Ça va, je suis juste un peu bouleversée.

— Un peu en état de choc ?

Son sourire épuisé provoque une bouffée de tendresse dans ma poitrine. La manière dont elle humecte ses lèvres avant de parler titille quelque chose un peu plus bas.

— J'étais tellement triste à l'idée de ne pas te voir aujourd'hui. Ce matin, je suis passée devant l'immeuble de la boîte en pensant que c'était bizarre que tu ne sois pas là avec moi, ou Elliott, ou quelqu'un de chez Ryan Media. Et puis tu es venu, bien sûr tu m'as mise hors de moi mais tu m'as aussi fait rire... *(Elle hoche la tête, étudie mon visage.)* La présentation s'est passée exactement comme je l'espérais, j'ai eu ma première proposition d'embauche... et toi, tu m'as dit que tu m'aimais. Tu es là.

Comment cela va-t-il se passer ce soir ?

Je sais exactement comment. Nous allons parler jusqu'à ce que la nuit tombe et puis baiser jusqu'au lever du soleil. Je tends la main vers elle, j'enroule mon bras autour de son épaule. Dieu que c'est bon.

— Je m'occupe de tout, tu peux être tranquille. Je te ramène.

À ce moment-là, elle secoue la tête, probablement pour chasser de mauvaises pensées.

— Ce n'est pas un problème si tu dois retourner travailler, on peut...

En lui faisant les gros yeux, je marmonne :

— Ne sois pas ridicule. Il est presque 16 heures Je ne vais pas retourner travailler. Ma voiture est juste là, monte !

Son sourire s'aiguise.

— Le Bennett autoritaire refait surface ! Maintenant je suis sûre que je ne vais pas venir avec toi.

— Chloé, je ne rigole pas. Tu ne te débarrasseras pas de moi d'ici Noël !

Elle plisse les yeux dans le soleil de cette fin d'après-midi de juin.

— Noël ? Ça ressemble un peu trop à de la séquestration sadomaso, à mon goût.

— Si ce n'est pas ton genre, cette relation ne fonctionnera peut-être pas, après tout, lui dis-je pour la provoquer.

Elle rit mais ne répond rien. À la place, ses yeux d'un brun profond me fixent sans ciller. Je n'arrive pas à déchiffrer son expression.

Je sens que j'ai perdu l'habitude de me frotter à Chloé, je dois lutter pour cacher ma frustration.

Je pose la main sur ses hanches, je me penche

pour déposer un petit baiser sur ses lèvres. Putain, j'en veux plus.

— *Viens. Pas de séquestration. Juste nous.*

— *Bennett...*

Je l'interromps par un autre baiser. Curieusement, sa manière de me contredire me fait du bien.

— *Ma voiture. Maintenant.*

— *Tu es sûr que tu ne veux pas entendre ce que j'ai à dire ?*

— *Totalement. Tu pourras parler autant que tu voudras quand je serai confortablement installé entre tes jambes.*

Chloé acquiesce et me suit quand je l'attrape par la main et que je l'attire doucement vers le parking souterrain. Elle sourit mystérieusement.

#

Pendant tout le trajet jusqu'à son appartement, elle passe les doigts le long de ma cuisse, se penche pour lécher mon cou, frôle ma queue de la main et parle de la petite culotte rouge qu'elle a mise ce matin. Elle a besoin de se donner du courage.

— *Ça détruirait ta force intérieure si je la déchirais ?, je demande en l'embrassant quand le feu passe au rouge.*

La voiture derrière moi klaxonne au moment où ça devient bon : quand ses lèvres laissent découvrir ses dents, ses gémissements remplissent ma bouche, ma tête et – putain – ma poitrine tout entière. Je la désire nue, sous moi, tout de suite.

Nous avons commencé à faire n'importe quoi dans l'ascenseur de son immeuble – tant pis pour les camé-

ras. *Elle était là, putain de merde, elle était là, elle m'avait tellement manqué ; je comptais bien faire durer cette nuit pendant trois jours... Elle remonte sa jupe sur ses hanches, je la soulève et je la plaque contre la paroi de l'ascenseur. Je me place entre ses jambes. Quand je presse ma queue douloureuse à force de bander contre elle, elle sait ce qui l'attend.*

— Je vais te faire jouir comme jamais.

— Mmmmm, tu promets ?

— Oui.

Composé par Nord Compo
à Villeneuve-d'Ascq (Nord)

Imprimé en France par

à La Flèche (Sarthe)
en décembre 20013

POCKET – 12, avenue d'Italie – 75627 Paris Cedex 13

N° d'impression : 3003109
Dépôt légal : janvier 2014
S24326/01